AS PESSOAS NA
plataforma 5

CLARE POOLEY

AS PESSOAS NA *plataforma 5*

Tradução
Cecília Camargo Bartalotti

1ª edição
Rio de Janeiro-RJ / São Paulo-SP, 2024

VERUS
EDITORA

Título original
The People on Platform 5

ISBN: 978-65-5924-311-2

Copyright © Quilson Ltd, 2022
Todos os direitos reservados.

Tradução © Verus Editora, 2024
Direitos reservados em língua portuguesa, no Brasil, por Verus Editora. Nenhuma parte desta obra pode ser reproduzida ou transmitida por qualquer forma e/ou quaisquer meios (eletrônico ou mecânico, incluindo fotocópia e gravação) ou arquivada em qualquer sistema ou banco de dados sem permissão escrita da editora.

Verus Editora Ltda.
Rua Argentina, 171, São Cristóvão, Rio de Janeiro/RJ, 20921-380
www.veruseditora.com.br

**CIP-BRASIL. CATALOGAÇÃO NA FONTE
SINDICATO NACIONAL DOS EDITORES DE LIVROS, RJ**

P862p
   Pooley, Clare
      As pessoas na plataforma 5 / Clare Pooley ; tradução Cecília Camargo Bartalotti. - 1. ed. - Rio de Janeiro : Verus, 2024.

   Tradução de: The People on Platform 5
   ISBN 978-65-5924-311-2

   1. Romance inglês. I. Bartalotti, Cecília Camargo. II. Título.

24-91607
          CDD: 823
          CDU: 82-31(410.1)

Meri Gleice Rodrigues de Souza - Bibliotecária - CRB-7/6439

Revisado segundo o Acordo Ortográfico da Língua Portuguesa de 1990.

Seja um leitor preferencial Record.
Cadastre-se no site www.record.com.br e receba informações sobre nossos lançamentos e nossas promoções.

Atendimento e venda direta ao leitor:
sac@record.com.br

Para minha filha, Eliza
Que você sempre possa "Ser mais Iona"

*Trens são maravilhosos.
Viajar de trem é ver natureza e seres humanos,
cidades e igrejas e rios,
ou seja, ver a vida.*

AGATHA CHRISTIE

Iona

8h05 De Hampton Court para Waterloo

Até o momento em que um homem começou a morrer bem na sua frente no trem das 8h05, o dia de Iona tinha sido igual a qualquer outro.

Ela sempre saía de casa às 7h30. Levava em média vinte minutos para caminhar até a estação com seus saltos, ou seja, chegava habitualmente quinze minutos antes de o trem sair para Waterloo. Ou dois minutos mais tarde, se estivesse usando os Louboutins.

Chegar com antecedência era crucial se ela quisesse garantir o lugar de sempre em seu vagão de sempre, o que conseguiu. Embora novidade fosse algo maravilhoso quando se referia a moda, ou filmes, ou mesmo doces, não era bem-vinda em seu deslocamento cotidiano.

Algum tempo antes, o editor de Iona tinha sugerido que ela começasse a trabalhar em home office. Era a tendência, ele dissera, e o trabalho dela poderia ser feito sem problemas remotamente. Havia tentado convencê-la a liberar seu espaço no escritório com uma conversinha doce com promessas de passar uma hora a mais na cama e ter mais flexibilidade e, como isso não funcionou, tentou jogá-la para fora obrigando-a a fazer uma coisa terrível chamada hot desking, o que, ela acabou descobrindo, era o termo corporativo para *mesas compartilhadas*. Mesmo quando criança, Iona nunca havia gostado de compartilhar. Aquele pequeno incidente com a boneca Barbie ainda estava impresso em sua memória e, sem dúvida, na de suas colegas de escola também. Não, limites eram necessários. Mas, para sua sorte, os colegas de trabalho logo entenderam qual era a mesa preferida dela e o esquema se transformou de flexível em decididamente estático.

Iona amava ir para o escritório. Gostava de conviver com todos aqueles jovens, que lhe ensinavam as gírias mais recentes, mostravam para ela suas novas músicas favoritas e davam sugestões do que ver na Netflix. Era importante manter pelo menos um dedo conectado ao zeitgeist, ao espírito da época, especialmente em sua profissão. A querida Bea não era de muita ajuda nesse sentido.

Mas não estava muito ansiosa por aquele dia. Seu novo editor havia marcado uma avaliação de desempenho 360, o que parecia excessivamente íntimo. Na sua idade (cinquenta e sete), não era muito agradável ser avaliada com minúcia demais e, pior ainda, por todos os ângulos. Era melhor deixar algumas coisas para a imaginação. Ou para nem sequer serem pensadas, a bem da verdade.

Mas como ele saberia disso? Mais ou menos do mesmo jeito que acontecia com policiais e médicos, seus editores pareciam ficar mais jovens a cada ano. Esse atual, acredite ou não, tinha sido concebido depois da World Wide Web. Ele não conheceu um mundo em que telefones eram presos à parede e em que se procurava informações na Enciclopédia Britânica.

Iona pensou, com alguma saudade, em suas avaliações anuais quando começou a trabalhar na revista, quase trinta anos antes. Não eram chamadas de "avaliações" naquela época, claro. Chamavam-se "almoço" e aconteciam no Savoy Grill. A única desvantagem era ter que remover educadamente a mão gorda e suada do editor de sua coxa de tempos em tempos, mas ela já era bem perita nisso, e quase valia a pena pelo linguado à meunière, habilmente separado da espinha por um garçom atencioso com sotaque francês, e regado a Chablis gelado. Tentou se lembrar da última vez que alguém, tirando Bea, tinha tentado apalpá-la embaixo de uma mesa, e não conseguiu. Não desde o início da década de 90, pelo menos.

Conferiu sua aparência no espelho do saguão. Tinha se decidido por usar seu conjunto vermelho favorito. Aquele que gritava *Não estou para brincadeira* e *Nem se atreva, cavalheiro*.

— Lulu! — chamou ela, mas a cachorrinha buldogue francês já estava sentada aos seus pés, pronta para sair. Outra criatura de hábitos. Ela se inclinou para prender a guia em Lulu, na coleira pink cravejada de pedrinhas brilhantes que formavam seu nome. Bea não aprovava os acessórios de Lulu. "Minha querida, ela é um cachorro, não uma criança", havia dito em inúmeras ocasiões. Iona tinha plena consciência disso. As crianças nos últimos tempos andavam muito egoístas e prepotentes, era o que ela achava. Não eram de jeito nenhum um amorzinho como Lulu.

Iona abriu a porta e gritou na direção da escada, como sempre fazia.

— Tchau, Bea! Estou indo para o escritório. Vou ficar com saudade!

A vantagem de embarcar no trem em Hampton Court era ser o fim da linha, ou o começo, dependendo, claro, da direção em que se estava viajando. Havia uma lição de vida ali, pensou Iona. Em sua experiência, a maioria dos fins acabava se revelando começos disfarçados. Precisava tomar nota daquilo para a coluna. Assim, os trens estavam sempre — desde que se chegasse relativamente cedo — vazios. Isso significava que Iona geralmente podia ocupar seu assento favorito (sétimo banco à direita, no corredor, voltado para a frente, diante de uma mesa) em seu vagão favorito: o número três. Iona sempre havia preferido números ímpares a pares. Ela não gostava que as coisas fossem muito redondinhas ou convenientes.

Iona se sentou, pôs Lulu no assento ao lado, e começou a organizar as coisas à sua frente. A garrafa térmica com chá verde, carregado de antioxidantes para desafiar a idade; uma xícara de porcelana branca com pires combinando, porque tomar chá em copo de plástico era inaceitável em qualquer circunstância; sua correspondência mais recente e o iPad. Eram apenas dez paradas até Waterloo, e a viagem de trinta e seis minutos era a oportunidade perfeita para se preparar para o dia à frente.

Enquanto o trem ia ficando mais movimentado a cada estação, Iona trabalhava com tranquilidade em sua pequena bolha, maravilhosamente anônima e confundindo-se com o cenário. Era apenas uma dos milhares de passageiros indiferenciados, e nenhum deles lhe prestava a mais remota atenção. Certamente ninguém ia falar com ela ou com qualquer outra pessoa. Todos conheciam a Segunda Regra do Transporte Público: pode-se cumprimentar com um gesto de cabeça alguém que já se viu um número considerável de vezes, ou até — *in extremis* — trocar um sorriso irônico ou uma virada de olhos diante de um dos anúncios do fiscal pelo sistema de som, mas nunca, jamais, falar. A menos que a pessoa seja muito excêntrica. O que ela não era, apesar do que diziam.

Um barulho estranho fez Iona levantar os olhos. Reconheceu o homem sentado à sua frente. Ele não costumava estar naquele trem, mas ela já o vira muitas vezes na viagem de volta, no trem das 18h17 de Waterloo. Havia reparado nele por causa das roupas bem cortadas, que normalmente ela teria admirado, mas o efeito era arruinado pela impressionante postura de superioridade que só ocorre associada a ser branco, homem, heterossexual e excessivamente bem de vida, e ficava evidente no gosto dele por se sentar de pernas abertas e falar extremamente alto no celular sobre *mercados* e *posições*. Uma vez ela tinha ouvido ele se referir à esposa como *a carrasca*. Sempre descia em Surbiton, o que, para ela, parecia um pouco incoerente. Iona dava apelidos para todos os passageiros que reconhecia, e ele era o Surbiton Chique-Mas-Sexista.

Naquele momento, ele não parecia tão cheio de si. Na verdade, parecia aflito. Estava inclinado para a frente, segurando a garganta e emitindo uma série de sons que eram alguma coisa entre uma tosse e uma ânsia de vômito. A mocinha sentada ao lado dele — uma garota bonita de cabelos ruivos presos em uma trança e uma pele orvalhada em que ela provavelmente nem reparava, mas de que, um dia, ia se lembrar com saudade — perguntou, nervosa:

— Você está bem?

Obviamente, ele não estava bem. O homem levantou os olhos, tentando falar alguma coisa, mas as palavras pareciam entaladas em sua garganta. Fez gestos indicando a salada de frutas semiconsumida na mesa à sua frente.

— Acho que ele se engasgou com um morango. Ou talvez com uma uva — disse a garota.

Não havia dúvida de que era uma emergência. Não fazia muita diferença qual era, precisamente, a fruta envolvida. A moça largou o livro que estava lendo e bateu nas costas dele, entre os ombros. Foi o tipo de batidinha gentil que com frequência era acompanhada pelas palavras *que cachorrinho esperto*, de forma nenhuma o que a situação exigia.

— Bata com mais força — disse Iona, inclinando-se sobre a mesa e dando uma pancada vigorosa com o punho fechado no homem, o que ela achou muito mais satisfatório do que deveria, dadas as circunstâncias. Por um momento, houve silêncio, e Iona achou que ele estivesse melhor, mas então os sons sufocados recomeçaram. O rosto dele ficou roxo e os lábios começaram a perder a cor.

Será que ele ia morrer, bem ali, no trem da 8h05? Antes de chegarem a Waterloo?

Piers

8h13 De Surbiton para Waterloo

O dia de Piers não estava de forma alguma seguindo o planejado. Para começar, aquele não era seu trem habitual. Ele gostava de estar no centro de Londres antes da abertura dos mercados, mas a rotina do dia tinha sido completamente alterada depois que Candida decidira, na véspera, demitir a babá.

Magda era a terceira babá naquele ano e Piers alimentara a forte esperança de que ela durasse pelo menos até o fim do ano letivo. Mas eles tinham voltado mais cedo de uma desastrosa viagem de fim de semana en famille e encontraram Magda na cama com o jardineiro paisagista, além de resíduos de cocaína e uma nota de dinheiro enrolada sobre uma edição de capa dura de *O Grúfalo*. Piers talvez tivesse conseguido convencer Candida a deixar passar com uma advertência, já que Magda estava de folga quando aconteceu, mas a conspurcação do livro de hora de dormir favorito das crianças tinha sido a gota d'água. "Como eu vou conseguir ler essa história outra vez sem imaginar o Tomaso passeando pela floresta escura da Magda?", gritara Candida.

Tudo foi ainda mais ladeira abaixo quando Piers por fim embarcou no trem em Surbiton e descobriu que o único assento vago, em uma mesa para quatro, era na frente da mulher esquisita com o cachorro ofegante de cara achatada. Piers não costumava vê-la de manhã, mas ela era uma visão irritantemente familiar na viagem de volta. Ele obviamente não era o único passageiro que tentava evitá-la, já que ela estava com frequência acompanhada dos únicos assentos desocupados.

A Mulher Louca do Cachorro parecia ainda mais ridícula do que de hábito, com um conjunto carmesim de um tecido de tweed, que estaria muito mais em seu ambiente natural revestindo os móveis de uma escola primária.

Piers fez um rápido cálculo mental dos prós e contras de ficar em pé até Waterloo *versus* sentar-se na frente daquele sofá de salto alto. Mas então notou que a moça sentada ao lado do lugar vago era muito bonita. Tinha certeza de já tê-la visto no trem antes. Reconheceu o pequeno espaço entre os dois dentes da frente — uma minúscula imperfeição que desequilibrava a balança de seu rosto de comumente bonito para cativante. Talvez ele tenha até piscado para ela — um daqueles momentos silenciosos de comunhão compartilhados por passageiros atraentes e bem-sucedidos que se viam perdidos em um mar de humanidade medíocre, como carros de corrida de alto desempenho no estacionamento de um supermercado Lidl.

A jovem tinha uns vinte e tantos anos e usava um saia cor-de-rosa justa, que ele tinha certeza de que exibiam um par de pernas perfeitas, infelizmente escondidas sob a mesa, com uma camiseta branca e blazer preto. Devia trabalhar em algum veículo de mídia moderninho que lhe permitia usar roupas informais todos os dias e não só às sextas-feiras. Ter um colírio para os olhos durante a viagem pendeu a balança em favor de se sentar.

Piers tirou o celular do bolso para conferir as posições de suas principais ações. Havia perdido tanto dinheiro na semana anterior que precisava que aquela fosse espetacular. Fez uma oração silenciosa para os deuses dos mercados enquanto pegava uma uva da pequena salada de frutas que tinha comprado na loja de conveniência ao lado da estação.

Passara tanto tempo tentando fazer as crianças comerem o café da manhã, esquivando-se dos gritos de "Cadê a Magda? A gente quer a Magda!", que havia se esquecido de comer. Hesitara ao ver o pain au chocolat na seção de padaria, mas Candida o havia proibido de comer doces, dizendo que ele estava ficando gordo. *Gordo?!* Ele estava com uma forma excelente para sua idade. Mesmo assim, por precaução, encolheu a barriga, consciente da garota sentada ao lado.

Arregalou os olhos quando viu os números na tela. Não era possível que aquilo estivesse certo. A Dartington Digital era uma aposta garantida. Puxou o ar involuntariamente e, nesse instante, sentiu algo se alojar no fundo da garganta. Tentou respirar, mas a coisa só afundou mais. Tentou tossir, mas isso não teve efeito nenhum sobre a obstrução. *Fique calmo*, disse para si mesmo. *Pense. É só uma uva.* Mas já podia sentir que estava sendo tomado por uma onda de medo e impotência.

Piers bateu as mãos na mesa e esbugalhou os olhos encarando as mulheres à sua volta em uma súplica silenciosa. Sentiu alguém dar uma batidinha em suas costas que mais parecia uma massagem do que a manobra extrema necessária. Então, graças aos céus, veio aquela pancada forte e firme que com certeza resolveria o problema, certo? Com uma enorme sensação de alívio, sentiu a uva se mover de leve. Mas então ela se assentou de novo na mesma posição.

Eu não posso morrer aqui, agora, pensou ele. *Não neste trem medonho cercado por esquisitos e zés-ninguéns.* Então veio um pensamento ainda pior: *Se eu morrer hoje, a Candida vai descobrir. Ela vai descobrir o que eu estive fazendo e as crianças vão crescer sabendo que seu pai, na verdade, é um fracassado.*

De sua posição, curvado sobre a mesa, Piers viu o conjunto vermelho se levantando como um vulcão em erupção, e uma voz alta gritou:

— TEM ALGUM MÉDICO NO TREM?!

Por favor, por favor, pensou ele, *que tenha um médico no trem.* Ele daria tudo que tinha só para conseguir respirar de novo. *Está ouvindo, Universo? Pode ficar com tudo.*

Piers fechou os olhos, mas ainda via tudo vermelho — ou era o fantasma do tweed carmesim ou os vasos sanguíneos se dilatando atrás de suas pupilas.

— Eu sou enfermeiro! — Ouviu de algum lugar mais atrás.

Então, em poucos segundos que pareceram uma eternidade, dois braços o envolveram por trás e ele foi puxado da posição encurvada, os braços apertando fundo seu estômago, uma, duas, três vezes.

Sanjay

8h19 De New Malden para Waterloo

Não passa de hoje, pensou Sanjay, enquanto caminhava para a estação New Malden para pegar seu trem habitual. Chegara o dia em que ele finalmente teria coragem para falar com A Garota no Trem. Já tinha até ensaiado o que ia dizer. Ela sempre estava com um livro. Um livro físico mesmo, não um Kindle ou um audiolivro. Essa era uma das (muitas) razões que o faziam saber que seriam perfeitos juntos. Na semana anterior, tinha reparado que ela estava lendo um romance chamado *Rebecca,* então comprou um exemplar na livraria de seu bairro e leu os primeiros capítulos no fim de semana. O que significava que naquele dia, pressupondo que ela ainda estivesse lendo o mesmo livro, ele poderia perguntar o que ela achava da sra. Danvers. O modo perfeito de iniciar uma conversa. Original, amistoso e inteligente.

Sanjay procurou pelo caminho os colegas com quem dividia a casa. Os dois trabalhavam no mesmo hospital que ele, mas estavam, no momento, no turno da noite, por isso era frequente eles se cruzarem de manhã: Sanjay indo para o norte, com o rosto descansado e relativamente animado, James e Ethan indo para o sul, pálidos, exaustos e com cheiro de desinfetante. Um vislumbre de seu futuro próximo.

Esperou no ponto exato da plataforma, perto do balcão de salgadinhos, onde o Vagão 3 costumava parar, porque havia aprendido, depois de semanas de tentativa e erro, que se tratava da parte do trem em que havia maior probabilidade de ela estar.

É um ótimo livro, ensaiou em sua cabeça. *O que você acha da sra. Danvers? Ah, eu sou o Sanjay. Você sempre pega este trem?*

Não, não, sem essa última parte. Que coisa mais stalker.

Assim que Sanjay entrou no trem, viu que aquele realmente estava se revelando seu dia de sorte. Ali estava ela, sentada à uma mesa para quatro com a Mulher Arco-Íris com o cachorro e um homem um pouco mais velho ligeiramente acima do peso vestido em um terno caro. Já o tinha visto várias outras vezes. Era bem o tipo de pessoa ambiciosa e arrogante que Sanjay sempre via sendo levada de maca para a emergência com uma úlcera perfurada induzida por estresse ou uma suspeita de infarto causado por uso recreativo de cocaína, gritando: "Eu tenho plano de saúde!" Ele obviamente se julgava melhor do que a maioria dos meros mortais e tinha pouco respeito pelo espaço pessoal alheio.

Mas Sanjay gostava muito da Mulher Arco-Íris, que ele vira muitas vezes em seu trajeto para o trabalho, mas com quem nunca falara. Obviamente. Em um mundo em que quase todos usavam preto, azul-marinho ou tons de cinza, ela usava verdes-esmeralda, azuis-turquesa e roxos violentos. Mais uma vez, ela não decepcionara. Estava com um conjunto de tweed muito vermelho, que a fazia parecer os bombons de morango que sempre sobravam no fundo das latas tamanho família de Quality Street.

Será que ele poderia pedir para tirar o cachorro do banco para que ele pudesse se sentar? Afinal, o cachorro presumivelmente não tinha um bilhete de trem e transportar um animal no assento devia infringir todas as regras de saúde e segurança. O problema era que Sanjay admirava e temia a Mulher Arco-Íris na mesma proporção. Ele não era o único. Por mais lotado que estivesse o trem, poucas pessoas ousavam pedir que ela tirasse o cachorro do banco. E as que pediam não cometiam o mesmo erro duas vezes. Nem mesmo o fiscal.

Ficou de pé, segurando a barra de metal para se equilibrar, tentando encontrar um jeito de chegar perto o suficiente da garota para iniciar uma conversa. Nunca tinha feito aquilo. Todas as mulheres com quem tivera alguma coisa ele tinha conhecido na faculdade, no trabalho ou em um aplicativo em que ficavam trocando mensagens espirituosas durante dias, soltando pequenos e hesitantes fragmentos de informações pessoais, antes de se encontrar de fato na vida real. Mas aquilo ali era fazer as coisas do jeito antigo, e era aterrorizante. Havia uma razão para ninguém mais fazer aquilo.

Considerando que havia umas oitenta pessoas espremidas dentro de uma caixa de metal relativamente pequena, o vagão estava, como de hábito, bastante quieto. Apenas o som das rodas nos trilhos, o barulhinho abafado vindo dos fones de ouvido de alguém e uma tosse ocasional. De repente, cortando o silêncio como um trovão, uma voz:

— TEM ALGUM MÉDICO NO TREM?!

Suas preces tinham sido atendidas da maneira mais inesperada e extraordinária. Ele pigarreou e disse, com o máximo de autoridade que conseguiu:

— Eu sou enfermeiro!

A multidão se abriu com deferência, as pessoas se contorcendo para sair do caminho, conduzindo-o para a frente através de uma multiplicidade de odores — café, perfume, suor — em direção à Mulher Arco-Íris, à sua garota e ao homem que, obviamente, estava engasgado. Tal situação havia sido abordada no primeiro semestre da faculdade de enfermagem. Primeiros Socorros de Emergência, Módulo 1: A Manobra de Heimlich.

O treinamento de Sanjay assumiu o controle e ele passou para o piloto automático. Com mais força do que sabia que tinha, levantou o homem do assento por trás, passou os braços em torno da barriga dele e apertou, fazendo toda pressão de que foi capaz sobre o diafragma. Três vezes. Era como se o trem inteiro estivesse contendo a respiração em solidariedade. Então, com uma enorme tossida, a uva importuna foi expelida da boca do homem em uma velocidade notável e aterrissou com um *plop* satisfatório na xícara de chá na frente da Mulher Arco-Íris.

A xícara balançou sobre o pires e voltou a se acomodar, enquanto o vagão inteiro irrompia em aplausos. Sanjay enrubesceu.

— Ah, era uma uva — disse a Mulher Arco-Íris, olhando para seu chá, como se tudo tivesse sido parte de um jogo para crianças chamado Adivinhe o Objeto Escondido.

— Muitíssimo obrigado. Acho que você salvou minha vida — disse o homem, as palavras saindo com esforço, uma por vez, como se ainda contornassem a lembrança da uva. — Como é seu nome?

— Sanjay — respondeu ele. — Tudo bem. É parte do meu trabalho.

— Sou Piers. Realmente nem sei como agradecer — disse ele, enquanto a cor voltava aos poucos ao seu rosto.

"PRÓXIMA ESTAÇÃO: WATERLOO", anunciou a voz no sistema de som. Sanjay começou a entrar em pânico. Ele estava recebendo palmadinhas nas costas e parabéns de vários estranhos, o que era muito gratificante, mas havia só uma pessoa com que queria falar e estava perdendo a chance. Todos se levantaram e começaram a se mover para as portas, arrastando-o para a frente, como um lemingue sendo empurrado contra a vontade para a beira do penhasco. Ele se virou para ela em desespero.

— O que você acha da sra. Danvers? — perguntou, apressado.

Ela fez uma expressão confusa. Não estava nem sequer lendo aquele livro naquela manhã. Estava com a biografia de Michelle Obama em mãos. Ele parecia mesmo um stalker maluco. Talvez *fosse* um stalker maluco.

Tinha estragado tudo. Não havia volta depois daquilo.

Emmie

Emmie estava se sentindo trêmula demais para ir direto ao escritório, então resolveu entrar em sua pequena cafeteria de bairro favorita e tirou uma xícara reutilizável da bolsa.

— Oi, Emmie! — cumprimentou o barista. — Tudo bem?

— Não muito, na verdade — disse Emmie, antes de conseguir se controlar e apenas responder o habitual e socialmente aceitável: "Tudo bem, obrigada!" Por princípio, ela odiava a ideia de ser do tipo de gente que reclama de seus problemas insignificantes de pessoa privilegiada quando todos os dias havia gente dormindo nas ruas ou lutando para alimentar os filhos.

O barista parou e franziu a testa, esperando que ela continuasse.

— Um homem quase morreu no trem hoje de manhã. Ele se engasgou com uma uva — disse Emmie.

— Mas ele ainda está vivo, né? — perguntou o barista, e Emmie confirmou com a cabeça. — Nenhuma incapacidade permanente? — Ela fez que não. — Então isso é motivo para comemoração! Vai um cinnamon roll?

Emmie não sabia como começar a explicar por que não estava se sentindo nem um pouco com vontade de comemorar. Tinha começado o dia, como sempre, fazendo seus alongamentos e agradecendo suas muitas bênçãos, e de repente — BAM! —, antes de chegar a Waterloo, foi confrontada com seu próprio senso de mortalidade. A constatação de que um dia, totalmente do nada, podia-se passar de ser uma pessoa saudável e feliz para... não ser mais coisa nenhuma.

E qual havia sido a utilidade dela para o homem que estava morrendo ao seu lado? Emmie, que sempre pensara em si mesma como competente e boa para lidar com crises, ficara ali sentada impotente enquanto dois estranhos salvavam a vida dele. Na hora do vamos ver, a reação instintiva dela tinha sido fugir e não lutar. Tudo que conseguiu fazer foi pensar: *E se isso acontecesse comigo? E se eu fosse atropelada por um ônibus hoje, explodida por um terrorista ou eletrocutada por um cabo de computador com defeito? O que eu deixaria no mundo? O que eu realizei?*

Emmie pensou no projeto em que estivera trabalhando no último mês, a campanha publicitária digital totalmente integrada para uma marca de papel higiênico "desafiante" no mercado. Imaginou seu epitáfio: *Graças ao gênio estratégico e criativo de Emmie, mais algumas pessoas tiveram a oportunidade de descobrir o luxo de um papel higiênico levemente almofadado, delicadamente perfumado.*

Quando adolescente, ela havia passado um mês dormindo em uma árvore para proteger o bosque local de destruição, e boa parte de suas férias escolares como voluntária em uma cozinha de distribuição de sopas para moradores de rua. Seu apelido era Hermione, porque seus amigos diziam que, se houvesse Elfos Domésticos na escola, Emmie com certeza teria liderado uma campanha para a libertação deles. No entanto, ali estava ela, aos vinte e nove anos, sem fazer nada que pudesse mudar minimamente o próprio bairro em Thames Ditton, quanto mais o mundo, e sentada como uma inútil enquanto pessoas sufocavam até a morte.

Emmie se lembrou do enfermeiro no trem naquela manhã. Ele era tão calmo. Tão competente. Tão — e ela se perdoou por um momento de superficialidade — *bonito*. Ele de fato *estava* fazendo a diferença. Salvando vidas até mesmo antes de chegar ao trabalho.

Talvez ela pudesse mudar de profissão e ser enfermeira. Seria tarde demais? Achava que não, mas o fato de ser famosa por desmaiar ao ver um nariz sangrando ou uma unha do pé encravada fosse uma provável indicação de que uma carreira na área da saúde não servia para ela.

O que foi mesmo que o Enfermeiro Herói Gatíssimo gritou enquanto ela saía do trem? Parecia que tinha ouvido "O que você acha da sra. Danvers?". Mas não podia ser, não fazia nenhum sentido. Aquele drama todo estava embaralhando a sua cabeça.

Emmie se sentou à sua mesa e ligou o computador, movida por uma mistura de cafeína, adrenalina e determinação. Ia começar a usar toda a sua experiência e talento para algo *bom*. Talvez pudesse fazer uma campanha beneficente, convencer Joey a deixá-la assumir essa tarefa sem remuneração? Ele toparia se ganhassem alguns prêmios publicitários.

Abriu seu e-mail. Ia verificar o que fosse importante, fazer a lista de prioridades para o dia, e depois passar algum tempo em seu novo projeto.

Emmie examinou a lista de mensagens não lidas. Uma delas, bem no alto, se destacou, em parte porque o remetente a fez sorrir: um.amigo@gmail.com. A linha de assunto era *Você*. Seria alguma oferta de trabalho? Ela a abriu e leu o texto curto.

VOCÊ PARECE UMA PUTA COM ESSA SAIA COR-DE--ROSA. COMO ESPERA QUE ALGUÉM TE LEVE A SÉRIO?
UM AMIGO.

Emmie girou a cadeira, como se o autor pudesse estar de pé logo atrás dela, esperando para ver sua reação. Mas, claro, não estava.

Leu o e-mail de novo, seu entusiasmo anterior afogado por uma onda de raiva, vergonha e constrangimento. Baixou os olhos para olhar a saia que havia escolhido naquela manhã. Uma saia justa pink que a fazia se sentir arrojada, bem-sucedida e sexy. Agora só queria arrancá-la e jogá-la na lata de lixo do escritório.

O espaço amplo já estava cheio de gente. Colegas. Amigos. Pessoas que ela respeitava e achava que a respeitavam também. Examinou os rostos e a linguagem corporal deles, em busca de pistas de quem poderia ter lhe enviado aquele e-mail apenas — ela conferiu o horário — dez minutos antes. Mas todos pareciam os mesmos de todos os dias.

Emmie, no entanto, achava que não se sentiria a mesma naquele escritório nunca mais.

Iona

18h17 De Waterloo para Hampton Court

Iona foi invadida por uma onda daquela forma específica de medo que acompanha encontrar uma pessoa do RH em sua reunião com o chefe. Brenda — a diretora de "recursos humanos", que Iona ainda chamava de "departamento pessoal", mas havia sido renomeado em algum momento na década de 90 — estava sentada ao lado do editor na mesa de reunião, com uma expressão presunçosa. Aquilo, em si, não queria dizer nada, já que a cara de Brenda era naturalmente presunçosa, mas era um fator a mais para a sensação geral de desastre iminente.

— Oi para todos — disse Iona, xingando-se por dentro pelo leve tremor na voz. — Duas pessoas contam como todos? Acho que eu devia ter dito *Oi para ambos,* ou *Olá, vocês dois.* — Ela estava tagarelando. Direcionou o olhar para o editor, na vã esperança de que se recusar a fazer contato visual com Brenda pudesse fazê-la desaparecer. O nome do editor era Ed. Será que ele tinha mudado de nome para combinar com o cargo? Ela não descartaria essa possibilidade.

— Ãhn... você se incomoda de deixar o cachorro do lado de fora, Iona? — disse Ed, apontando o dedo para a fofíssima Lulu como se fosse membro de um pelotão de fuzilamento. O que talvez ele fosse.

Iona recuou pela porta aberta sem se virar, para o caso de que algum deles tentasse atirar nela pelas costas.

— Você podia ficar com ela por uns minutos? — pediu Iona à "assistente executiva" de Ed, o equivalente moderno de uma secretária, mas sem a taquigrafia. A moça recebeu o pedido com um entusiasmo agradecido. Sem dúvida seria uma variação agradável na tarefa de ser a escudeira sub-remunerada e subvalorizada de Ed. — Ela adora receber carinho nessa parte sensível logo atrás das orelhas. — E em seguida, porque sempre extrapolava quando estava nervosa, acrescentou: — Como todos nós, né? — E soltou uma risada aguda e forçada. A assistente de Ed se encolheu na cadeira, com ar de espanto.

— *Uma vez mais à brecha, bons amigos* — murmurou Iona para si mesma, enquanto voltava à sala, coluna ereta, cabeça levantada, como costumava caminhar pelo palco, nos bons velhos tempos.

— Sente-se, sente-se — disse Ed, fazendo um gesto para uma fileira de cadeiras vazias de cores vivas em volta da mesa de reunião. Iona escolheu a da direita, torcendo para que a combinação de cadeira tangerina e conjunto vermelho talvez causasse danos permanentes às retinas de Brenda. Tirou caderneta e lápis da bolsa. Não tinha a intenção de anotar nada, mas sempre poderia usar o lápis para apunhalar a mão de Ed, se necessário. A ideia fez seu humor melhorar um pouco.

— Pois bem, antes de começarmos uma avaliação detalhada, eu queria falar com você sobre o *quadro maior* — disse Ed, unindo as pontas dos dedos à sua frente e fazendo um ar sério, como um menino fingindo ser um gerente de banco.

Ele desfiou detalhes sobre a circulação em queda, redução das receitas, aumento dos custos indiretos, deixando todos aqueles números flutuando na frente de Iona como pólen radioativo na brisa enquanto ela tentava parecer interessada e inteligente.

— Como pode ver — disse por fim —, precisamos nos concentrar mais em nossos produtos digitais e atrair um público mais jovem, e isso significa garantir que nosso conteúdo seja moderno e relevante. E, para falar de forma bem direta, estamos preocupados que "Pergunte a Iona" seja um pouquinho... — Ele fez uma pausa, procurando o adjetivo mais adequado até se decidir por: — ... antiquado. — Ed, aparentemente, era incapaz de demonstrar talento criativo mesmo nos próprios insultos.

Iona sentiu o estômago revirar.

Pare com isso, disse a si mesma com firmeza. *Levante-se e lute. Pense em Boadiceia, a rainha dos celtas.*

Então ela reuniu seu exército caótico e subiu no carro de guerra.

— Você está dizendo que eu sou *muito velha*, Ed? — perguntou, pausando para desfrutar a visão da mulher do RH empalidecendo, o que tornou mais aparente a linha onde a maquiagem terminava e a papada no queixo começava. — Porque, para ser a terapeuta da revista, experiência é essencial. E eu já vivi tudo. Sexismo, etarismo, homofobia. — Ela foi largando as palavras como minas terrestres, o que, claro, eram mesmo. Se pudesse tirar da cartola uma deficiência, o que, em sua idade, era uma possibilidade nítida, teria praticamente o repertório inteiro de casos de discriminação. *Você que lute agora, Brenda-do-RH.*

— Claro que eu não estou dizendo isso — contrapôs Ed. — Só estou propondo um desafio. — Iona entendeu de imediato que, nesse contexto, "desafio" era um código para "ultimato". — De qualquer modo, talvez reduzir o ritmo seja uma mudança positiva para você. Você teria mais tempo para passar com os netos.

Ela lhe lançou um olhar extremamente duro e estalou as juntas dos dedos, o que sempre fazia Ed contrair o rosto.

Brenda pigarreou e mexeu no crachá pendurado em seu pescoço.

— Ah. Netos, não. Claro que não — gaguejou Ed.

Ele disse "Claro que não" porque ela era obviamente jovem demais para ter netos ou porque era lésbica demais?

— Não vamos fazer nada às pressas. Vamos te dar mais um mês e ver se você consegue revolucionar seu espaço na revista. Modernizar suas páginas. Fazer elas vibrarem. Pense como uma millennial. É aí que está o futuro. — Ele forçou um sorriso que quase rachou com o esforço.

— Claro — disse Iona, anotando VIBRAR em sua caderneta, seguido por ESCROTO. — Mas gostaria de te lembrar, Ed, o quanto as páginas de solução de problemas são importantes para a revista. As pessoas contam com elas. E eu não acho que estou exagerando quando digo que *vidas* dependem delas. E nossos leitores gostam. Muitos deles até dizem que só compram a revista por causa da minha coluna. — *Segura essa, seu centurião romano patético.*

— Tenho certeza que já foi assim, Iona — disse Ed, levantando a espada e enfiando-a no coração dela. — Mas quando foi a última vez que alguém disse isso? Hum?

Iona não voltou direto para sua mesa. Tomou o rumo dos banheiros, os olhos fixos no tapete feio, mas funcional, ainda um pouco pegajoso sob os pés por causa de todo o ponche de frutas derramado na última festa da firma. Trancou-se em um dos cubículos e se sentou sobre a privada fechada, com Lulu no colo, respirando a miscelânea de cheiros químicos de pinho, excreções corporais diversas e cachorro. Começou a chorar. Não um choro delicado, mas do tipo explosivo que vinha acompanhado de rios de meleca e rímel escorrendo. Seu trabalho era sua vida. Era a razão pela qual se levantava de manhã. Dava a ela um propósito. Definia *quem ela era*. O que ela seria sem ele? E quem mais daria emprego a uma terapeuta de revista que estava rapidamente se aproximando dos sessenta anos e ficara no mesmo emprego por quase trinta anos? Como havia passado de aclamações, seguidores devotos e cerimônias de premiação para aquilo?

Tentou sentir raiva, mas estava esgotada demais. Os velhos tempos, em que ela vivia ocupada equilibrando uma coluna social e a página de conselhos com ocasionais resenhas de restaurantes e artigos sobre viagens, tinham sido estafantes, mas não estar *suficientemente* ocupada era exaustivo. Estava cansada de transmitir uma autoconfiança que não sentia de verdade havia anos. Estava cansada de ter que parecer constantemente ocupada quando a realidade era que todas as suas responsabilidades — exceto a coluna de conselhos — haviam sido pouco a pouco retiradas dela.

Tinha aprendido a fazer cada tarefa se estender por horas e a virar a tela de seu computador em um ângulo em que ninguém poderia ver que, em vez de trabalhar, ela estava planejando viagens de férias fictícias com Bea em atóis de coral perfeitos ou xereteando o perfil de velhas amigas de escola no Facebook.

A vida, claro, não era uma competição. Mas, se fosse, Iona se imaginara bem na dianteira. Ao longo dos anos, zombara secretamente das escolhas de vida de suas contemporâneas, que, uma a uma, tinham parado no acostamento da estrada da vida profissional para produzir filhos e atender às necessidades de maridos ingratos e egoístas que já haviam sido passavelmente bonitos, mas agora tinham barriga de cerveja, pelos no nariz e micose nas unhas dos pés.

Olhava as fotos de cerimônias de formatura de filhos, festas multigeracionais em volta de mesas de cozinha de pinho polidas e até netos recém-nascidos piscando os olhos desfocados para a câmera, e se perguntava se, talvez, no final das contas, eram elas que estavam vencendo. Pelo menos não estavam chorando em um banheiro com a cara enfiada no pescoço de um cachorro.

Iona ouviu a porta do banheiro abrir e o som de dois pares de saltos ecoando no piso de ladrilhos. Levantou os pés do chão, puxando os joelhos para o peito e apertando mais o rosto no pelo de Lulu para abafar seus soluços.

— Meu Deus, eu odeio segundas-feiras. — Ouviu uma das mulheres dizer.

Reconheceu, para seu alívio, que era Marina, uma das editoras de conteúdo. Ela e Marina eram boas amigas, apesar de Marina ser quase trinta anos mais nova. Sempre trocavam conversas rápidas e bem-humoradas no bebedouro e até haviam saído para almoçar juntas algumas vezes. Marina atualizava Iona sobre todas as fofocas do escritório e, em troca, Iona lhe dava conselhos gratuitos sobre a vida amorosa enrolada da colega. Ela e Marina também se respeitavam como colegas profissionais, mulheres no pico de seu poder. Talvez ela devesse sair de seu esconderijo sanitário e confidenciar com a amiga. Compartilhar um problema, essas coisas. Talvez pudesse sugerir mais um almoço juntas. Com alguma bebida restauradora.

— Eu também — respondeu Brenda-do-RH. — Mas odeio mais ainda as quartas-feiras. Elas ficam no meio, nem lá nem cá.

— Ei, era com a velha dinossaura que você e o Ed estavam falando? — perguntou Marina. — Finalmente vão dar um jeito de a extinção acontecer? O que estão planejando? Uma era do gelo ou uma queda de meteoro?

E lá se foi o mito da solidariedade feminina.

Iona ficou mais aliviada do que de hábito ao ver que o trem de volta para casa já estava à espera na Plataforma 5 de Waterloo. Pelo menos essa parte do dia era tranquilizadoramente previsível. Embarcou no vagão de sempre e falou um palavrão consigo mesma, apertando Lulu sem querer e fazendo-a ganir. Ali estava o Homem da Uva — como era o nome dele mesmo? Piers. Era isso. Sentado bem do outro lado do corredor do único assento vago. Era bem capaz que quisesse começar uma conversa e, por mais que, em dias normais, a abundante gratidão de alguém pudesse lhe ser prazerosa, naquele momento só queria ficar sentada em silêncio e se imaginar em um mundo em que ela ainda fizesse diferença.

Ela suspirou e se sentou. Abriu a bolsa e tirou o copo e a garrafinha de gim-tônica pronta para beber, além de um saquinho plástico contendo algumas fatias de limão. Esperou pela inevitável interrupção. Mas esta não veio. Deu uma espiada em Piers, que estava recostado no banco como se pudesse moldá-lo à sua vontade, e com as coxas tão separadas que a senhora idosa sentada ao lado se apertava contra a janela como uma persiana de tela. Ele olhou para Iona e ela pensou, por um segundo, que ele fosse falar alguma coisa, mas então o olhar do homem se desviou para o celular e começou a pressionar as teclas com um dedo indicador ditatorial.

Iona se sentiu incomodada. Depois irritada consigo mesma por permitir que aquele... *ogro* a perturbasse. Sem dúvida a atitude esperada — a *única* atitude possível — ao se ver diante de alguém que, apenas algumas horas atrás, tinha *ajudado a salvar a sua vida* era dizer obrigado, não?

Ou pelo menos: olá? Ou mesmo um cumprimento rápido com a cabeça? Será que ele não a reconhecera? Impossível, certo? A única coisa de que Iona nunca havia sido acusada era de ser esquecível.

— Querida — disse ele ao celular, em um tom e volume que não demonstravam consideração nenhuma pela serenidade de seus colegas passageiros. — Você poderia ir até a adega, pegar uma garrafa do pouilly-fumé e colocá-la na geladeira? Não, não esse. O grand cru. Um dos que nós trouxemos daquelas férias pavorosas na villa do Loire com os Pinkerton.

Lulu, sentada no colo de Iona, começou a rosnar. Iona sentiu o tronco da cachorrinha se expandir, como uma gaita de foles se enchendo de ar, antes de ela se voltar para Piers e emitir uma saraivada de latidos agudos.

Piers bateu o dedo no celular, encerrando a conversa sem se despedir, e olhou furioso para Iona.

— Qual é o problema desse cachorro ridículo? — gritou.

Iona estava acostumada com a grosseria das pessoas e conseguiria, talvez, ignorar a ingratidão e estupidez de Piers, mas não ia permitir que ele insultasse Lulu.

— A Lulu — disse ela — não é ridícula. Na verdade, ela é extremamente inteligente. Também é feminista e denuncia masculinidade tóxica sempre que a encontra.

Piers ficou boquiaberto e tratou de abrir seu exemplar do *Evening Standard* na frente do rosto como um véu. Iona tinha plena certeza de que eles nunca mais iam nem sequer olhar um para o outro, quanto mais se falar. E graças ao Senhor por isso.

Sanjay

Sanjay havia sido transferido de Acidentes e Emergências para a Oncologia dois meses antes. Era, em muitos sentidos, um avanço. O período na emergência fora maluco, caótico e interminavelmente estressante, pontuado pelos sons de alarmes, choros e instruções urgentes emitidas em *staccato*. Também o deixara se sentindo um pouco perdido. Mandar uma criança pequena de volta para casa com o braço quebrado protegido dentro do gesso e segurando um adesivo de coragem era bom e aquecia o coração, mas tantas vezes ele transferira pessoas para as enfermarias e nunca ficara sabendo o fim da história. Não se podia construir relacionamentos com os pacientes na Emergência; o padrão era entrar no momento mais dramático do enredo e ser arrancado dele antes da resolução.

A oncologia permitia mais uso dos talentos de Sanjay, e foi por isso que ele solicitara a transferência. Lá poderia atender os mesmos pacientes todas as semanas, ao longo de meses. Anos até, em alguns casos. Já conhecia os pacientes habituais — sabia o nome de seus filhos e netos, seus sonhos e pesadelos, e como tornar sua rota de tratamento tão manejável quanto possível. Era para isso que tinha estudado enfermagem: para curar corações e mentes, além de corpos. Quando escreveu essa frase em seu formulário, não estava só despejando clichês; estava falando sério.

O problema, Sanjay vinha percebendo, era que, quanto mais se envolvia na vida de seus pacientes, menos conseguia lidar com os finais infelizes. Para cada punhado de pessoas que ele mandava para casa com um cisto benigno ou em remissão por cinco anos, havia uma com uma recorrência incurável que havia se espalhado para o fígado, os ossos e o cérebro. Ele vira mães de crianças pequenas ficarem mais fracas a cada ciclo de quimioterapia, perdendo primeiro o cabelo, os cílios e sobrancelhas, depois o senso de humor e, por fim, a esperança.

Os orientadores com quem Sanjay trabalhava pareciam imunes a tudo isso. Conseguiam "compartimentalizar". Lidavam com tragédia, injustiça e vidas desmoronadas, depois tiravam o jaleco no fim do dia e saíam para tomar uma ou duas cervejas, aparentemente sem nenhuma preocupação no mundo. Como faziam isso? Os compartimentos de Sanjay pareciam estar todos interligados. Ele não conseguia evitar que um vazasse para o outro. Acordava no meio da noite pensando nos marcadores tumorais do exame de sangue mais recente do sr. Robinson, ou se lembrava da ampla dispersão de manchas escuras na tomografia da sra. Green enquanto tentava comer o jantar.

— Obrigada, enfermeiro — disse a sra. Harrison ("Por-Favor-Me-Chame-de-Julie") enquanto ele fazia o curativo no local de sua biópsia, logo abaixo da axila esquerda. — Acha que vai ficar tudo bem? — Ela o fitou com olhos que transmitiam esperança e medo, ambos lutando pelo domínio.

— Tente não se preocupar, Julie — respondeu, contornando a pergunta e procurando em seu arquivo mental a uma resposta genérica. — Nove em cada dez caroços na mama são benignos. E você fez a coisa mais certa de todas, que foi procurar logo a ginecologista para tomar as medidas necessárias.

Isso, claro, era verdade, mas Sanjay tinha visto a expressão no rosto do técnico quando anotava as medidas da massa escura, preocupantemente grande e irregular que via na tela. Nada que Julie pudesse perceber, mas

Sanjay tinha aprendido a reconhecer os olhos ligeiramente apertados e os dedos mais tensos no mouse do computador.

— É, eu sei, mas me preocupo com meus filhos. Eles são pequenos. Seis e quatro anos. Quer ver as fotos? — perguntou Julie, pegando o celular. Sanjay não queria ver as fotos, porque só tornaria tudo mais difícil. Se ao menos pudesse se concentrar só nos números, prognósticos e planos de tratamento dos casos, não em filhos enlutados e listas de desejos que nunca seriam atendidos.

— Claro que quero — respondeu, com um sorriso afetuoso.

Depois de fazer alguns comentários simpáticos olhando as fotos de duas crianças banguelas, felizes e seguras que não tinham a menor ideia de que seu mundo logo poderia desmoronar, ele se despediu de Julie com a instrução impossível de que ela se mantivesse ocupada e tentasse não pensar naquilo até o retorno para receber os resultados da biópsia dali a cinco dias.

Sanjay entrou na sala da família, também conhecida como a sala-das--notícias-muito-ruins, que estava vazia. Não se pedia para um casal "se acomodar na sala da família" com a perspectiva de uma conversa feliz. Ele pegou um copo de água no bebedouro no canto e se sentou em uma das poltronas cercadas pelos fantasmas de palavras como *terminal, metástases, ordem de não reanimar* e *cuidados paliativos*. Será que todo esse choque e dor se infiltravam nos estofamentos macios? Ele os imaginou vazando das almofadas e cortinas, uma lama viscosa e tóxica que ia enchendo a sala e o afogando.

A mão de Sanjay tremeu, derrubando água no chão. Ele baixou o copo e tentou se acalmar com respirações longas e profundas. Seu coração parecia querer sair pelas costelas. Apertou a mão sobre o peito, com pressão suficiente para deixar marca, como se pudesse empurrá-lo de volta à força.

O que diria Julie, ou todas aquelas pessoas no trem de segunda-feira, que achavam que ele era uma espécie de herói, se soubessem de seus constantes e debilitantes ataques de pânico? E se pudessem vê-lo se escondendo na sala da família, em banheiros ou depósitos, curvado, a cabeça nas mãos, esperando até que conseguisse respirar normalmente outra vez?

De que servia um enfermeiro oncológico que tinha medo da morte?

Provavelmente tinha sido melhor ele já ter estragado tudo com a Garota no Trem. Mesmo se ela concordasse em sair com ele, não ia demorar a perceber como ele era uma fraude e seria o fim.

Martha

8h13 De Surbiton para Waterloo

Martha passou pela porta fechada do quarto na ponta dos pés, tentando ignorar os gemidos abafados e as batidas ritmadas da cabeceira da cama contra a parede que vinham lá de dentro. Já era bem desagradável imaginar pessoas velhas *fazendo aquilo*; pior ainda quando uma delas era sua mãe. E ainda pior quando a outra não era o seu pai.

Aquele namorado, Richard, ou Rich ("Mas-de-Rico-Não-Tenho-Nada--Ha-Ha"), parecia estar durando. Ela contou os meses nos dedos. Fazia quase um ano, e Martha encontrava cada vez mais coisas de homem em casa. Creme de barbear no banheiro, cuecas entre as roupas para lavar, e até uma pequena caixa de ferramentas no saguão de entrada, que ele nunca tinha usado, mas desconfiava que tinha deixado lá para parecer másculo e útil.

Martha se perguntava se Richard sabia a idade de sua mãe, ou se Kate tinha jogado o papinho de sempre de que Martha havia nascido quando ela era "ridiculamente nova, mal entrada nos vinte anos". O aniversário da mãe estava chegando, então quem sabe fosse uma boa ideia Martha fazer um bolo com as palavras "FELIZ ANIVERSÁRIO DE QUARENTA E CINCO ANOS" escritas na cobertura em letras multicoloridas. Isso ia ser um deus nos acuda, inclusive porque sua mãe não tocava em açúcar refinado desde o século passado.

Mas talvez afugentar aquele cara não fosse uma boa ideia. O substituto poderia ser pior. E haveria um substituto, já que sua mãe, como a natureza, abominava o vácuo. Mas, por outro lado, a casa ela não tinha muito problema em deixar no vácuo. Tudo era uma bagunça ali.

Martha caminhou para a estação no piloto automático, pensando nas mensagens de texto que tinha trocado com Freddie na noite passada. Gostava muito dele. Óbvio, ele não era popular. Era um pouco desajeitado e meio outsider, mas ela não era a pessoa mais indicada para achar que isso fosse um ponto contra ele. Na verdade, ele era superinteligente e surpreendentemente divertido.

Freddie não a fazia suspirar como as heroínas dos romances de Jane Austen. O coração não acelerava, o peito não arfava subindo e descendo nem era preciso libertar-se dos espartilhos. Não que ela usasse espartilhos, claro, e seus peitos não eram suficientemente grandes para ficar subindo e descendo. Mas ter um garoto de quem falar, ela descobriu, era importante. Quando todas as meninas mais populares se juntassem em um canto sussurrando e dando risadinhas, ela teria alguém por quem sussurrar e rir também. Seria parte da turma. Agarrava-se a esse pensamento como se fosse uma bolsa de água quente.

Martha passava muito tempo se sentindo como David Attenborough narrando um documentário sobre a natureza. Ela era uma observadora estudando uma espécie exótica, tentando entender hábitos e rituais, para poder se mover entre elas sem ser rejeitada ou ridicularizada. Será que as outras adolescentes se comportavam daquela maneira naturalmente? Ou estavam todas lutando para entender as regras? As regras que sempre pareciam mudar toda vez que ela conseguia decifrá-las. Que marcas vestir, que música escutar, que palavras usar, que pessoas seguir nas redes sociais, que atores ter como ídolos. Era um campo minado.

O trem estava quase cheio quando parou na estação Surbiton. Havia só um assento desocupado no vagão e Martha caminhou até ele. Estava quase para se sentar quando um desses típicos machos alfa urbanos, que vinha da outra direção, se atirou para a frente e a empurrou do caminho. Ele se esparramou no banco, tirou um computador da pasta e o abriu na mesa à frente, como um cachorro levantando a pata em um poste para demarcar território.

— Ah, que ótimo — disse Martha, sem perceber que havia falado em voz alta até ele se virar e olhar para ela.

— Sinto muito, minha flor — retrucou ele, com um sorriso que sem dúvida achava que era charmoso. — Há ganhadores e perdedores na vida e, neste caso... você perdeu.

Martha sentiu o rosto corar. Não sabia o que dizer. Queria sumir dali, mas os corredores estavam muito lotados. O celular zumbiu em seu bolso. Uma vez, duas, depois uma sequência insistente de alertas. Ela o pegou e olhou, agradecida pela distração. O grupo de bate-papo do décimo ano estava bombando com alguma fofoca idiota qualquer.

Ela percorreu as mensagens, as palavras se embaralhando e o estômago embrulhando. Não. Não era possível. Não. Não. Não podia ser ela. Estava sendo paranoica. Então chegou à fonte original de toda aquela agitação eletrônica — as risadas, as zombarias, a repugnância, o choque — e sentiu o estômago se contrair ainda mais, fazendo uma onda de bile subir à sua garganta.

— Mas que merda! — gritou o Ladrão de Assento quando ela vomitou sobre o teclado dele. — Você tem alguma ideia de quanto custa este computador?

Martha ouviu um ganido do outro lado e olhou nos olhos de um buldogue francês conhecido que, naquele momento, parecia enxergar dentro de sua alma.

— Que absurdo é esse! — gritou a mulher que segurava o cachorro. Martha estremeceu, achando que era mais uma pessoa gritando com ela, antes de perceber que a mulher olhava diretamente para o Ladrão de Assento. Martha já a tinha visto no trem muitas vezes. Ela era a Mulher da Bolsa Mágica. — Não vê que a menina está passando mal? Ah, Deus, eu devia ter feito um favor ao mundo e deixado você morrer sufocado.

— Eu sou a parte prejudicada dessa história! — exclamou o homem, gesticulando com nojo para o computador.

— Bom, há ganhadores e perdedores na vida e, neste caso, você perdeu — disse a Mulher da Bolsa Mágica, o que, em qualquer dia comum, teria feito Martha sorrir.

Enquanto os dois adultos trocavam insultos, Martha teve um flashback da cena de *Jurassic World* em que o T-rex e o Indominus rex se voltam um contra o outro e dão uma chance para os humanos indefesos escaparem despercebidos e, quando as portas se abriram na estação seguinte, ela se espremeu para fora do vagão e correu.

Martha se enfiou entre a multidão de passageiros, a garganta ainda queimando dos resquícios do ácido estomacal, sentindo o fluxo interminável de notificações espetando seu celular como estilhaços de bomba, e soube que havia algumas situações de que era impossível correr.

Iona

8h05 De Hampton Court para Waterloo

Iona nunca havia sofrido de bloqueio criativo. Muito pelo contrário. Em geral, ela precisava puxar as palavras de volta, colocar um freio nelas. Mas, desde *aquela reunião* uma semana antes, as palavras que sempre fluíam tão naturalmente apenas pipocavam em grupos de duas ou três, e se apagavam assim que atingiam o papel. Toda vez que conseguia completar um parágrafo, ela o olhava pensando: *Isto vibra? Isto é suficientemente millennial?* Bem quando precisava de seu talento e autoconfiança mais do que nunca, eles a tinham abandonado.

Havia pensado em recrutar a ajuda de alguns dos "millennials" do escritório, mas talvez todos eles — como Marina — achassem que ela era uma dinossaura e desejassem secretamente que ela se retirasse para uma vila de aposentados com uma calça bege larga de elástico na cintura e sapatos baixos, liberando espaço na mesa compartilhada. Além disso, pedir ajuda no trabalho seria demonstrar fraqueza e não era hora para aquilo.

Iona tomou um gole de seu chá enquanto observava os passageiros entrando no trem em New Malden. Ali estava Sanjay, o enfermeiro heroico que havia salvado a vida daquele imbecil misógino e ingrato na semana passada. Ele se sentou no banco vazio na frente dela. Eles se cumprimentaram com um aceno de cabeça e sorriram meio sem jeito.

Iona estava confusa quanto à etiqueta da situação. Suas interações recentes com Piers só tinham servido como lembretes saudáveis de que falar com estranhos no trem não era uma boa ideia *mesmo*. Era por isso que havia uma lei implícita contra isso. Mas ela e Sanjay haviam compartilhado *um momento*. Eles tinham se unido, querendo ou não, por uma roçada na morte. Quais eram as regras agora? Caramba, às vezes era difícil ser britânica.

Olhou pela janela, para os jardins dos fundos de casas geminadas: os balanços para crianças, os laguinhos de peixes, os varais de roupas e as estufas. Cada um deles era uma pequena pista sobre a família que as habitavam. Qualquer coisa para evitar um contato visual que tornasse seu dilema ainda mais nítido.

O trem reduziu a velocidade, deu uma sacudida e parou.

Conforme os minutos escoavam sem nenhum sinal de movimento, Iona e seus companheiros de viagem iam ficando cada vez mais impacientes. O silêncio era pontuado por suspiros e gemidos, o som de dedos em telas de celular e o arrastar de pés. Por fim, uma voz metálica e, dadas as circunstâncias, irritantemente animada, veio do sistema de som.

— Pedimos desculpa pelo atraso em nosso serviço esta manhã, que é causado por uma falha de sinalização em Vauxhall. Esperamos seguir viagem em breve.

— Ah, não, o pessoal do escritório vai ficar tão preocupado com a gente, né? — sussurrou Iona para Lulu, desejando que fosse verdade. Se ficassem presas ali a manhã inteira, será que alguém ia ao menos reparar? Lulu olhou para ela com seus olhos como dois botões de chocolate se derretendo ao sol e lambeu seu nariz.

Ela se virou para Sanjay, que estava tamborilando ritmadamente na mesa à frente deles, com a boca tão apertada que ela viu um músculo se contrair perto de sua orelha e a respiração ficando superficial e rápida. Aquilo não era um bom sinal. Tinha que dizer alguma coisa.

— Está tudo bem, Sanjay? — perguntou, no mesmo tom de voz que usava para acalmar Lulu quando outro cachorro, menos educado, latia para ela no parque. Ele levantou os olhos, surpreso, como se tivesse se esquecido de onde estava.

— Ah, sim. Obrigado. É só que eu vou chegar muito atrasado para o meu turno — disse ele.

— Não deve demorar muito para o trem andar de novo — supôs Iona. — E, de qualquer modo, não é uma questão de vida ou morte, é? — Ela parou, percebendo seu erro. — Ah, meu Deus, para você talvez seja?

Sanjay riu, um pouco constrangido.

— Ah, eu não sou tão indispensável assim! — disse ele. — Trabalho na oncologia. Então meus pacientes costumam levar mais tempo para morrer. Mais da metade nem morre, felizmente.

— Bom, então não há necessidade de se preocupar, não é? — falou Iona. — Sabe, o seu conhecimento de enfermagem podia ter sido útil no trem ontem. Eu estava sentada bem aqui e uma menina adolescente vomitou em cima do computador do Surbiton Chique-Mas-Sexista!

— Quem? — perguntou Sanjay.

— Ah, o Homem da Uva. Piers. Aquele de quem você salvou a vida. A propósito, por onde você tem andado? Eu não vi mais você desde aquele dia. Já estava começando a achar que tinha sido alguma aparição celestial. Se bem que, se fosse, não sei por que se daria o trabalho de salvar *aquele* lá. O que aconteceu ontem podia ter cara de vômito comum, mas na verdade era karma líquido.

— Ãhn... eu tenho me sentado do outro lado do trem. De propósito, para ser sincero — respondeu Sanjay.

— Para me evitar? — perguntou Iona, percebendo assim que as palavras já haviam saído e que sua reunião com Ed e RH a tinha deixado incomumente paranoica e carente. *Pare com isso, Iona. O coitado do rapaz pode se sentar onde tiver vontade. Você vai assustá-lo assim.*

— Não. Não você, não, de jeito nenhum — disse ele, tropeçando em suas múltiplas negações, o pobre. — *Ela*. A Garota no Trem.

— Que garota no trem? — indagou Iona, confusa. — Isso não é o nome de um filme? Ela matou alguém, não foi? Ou talvez não. Eu não lembro muito bem. É muito *embaralhado*.

— Estou falando da moça que estava sentada na sua frente quando aquele homem... Piers... engasgou — disse ele.

Iona franziu a testa, repassando a cena quadro por quadro na cabeça.

— Ah! — exclamou ela, localizando a imagem desejada com uma sensação de triunfo. — Você está falando da Inacreditavelmente Bonita de Thames Ditton!

— É assim que você chama ela? — disse Sanjay, abrindo um sorriso.
— Acho que cai bem. Você dá apelidos para todo mundo? Tem algum nome para mim também?

— Claro! — exclamou, antes de se lembrar que o havia apelidado de Suspeitamente Bonzinho de New Malden, pelo jeito como ele parecia quase bom demais para ser verdade. Sempre cedia seu lugar para senhoras idosas e mulheres grávidas, pedia desculpa quando outras pessoas pisavam no seu pé e tinha um daqueles sorrisos gloriosamente simpáticos e solidários. Se alguém estivesse selecionando atores para um thriller psicológico com um assassino, em que o personagem menos provável acabaria se revelando o serial killer, o escolhido para o papel seria Sanjay. — Te apelidei de Provavelmente Cuida de Pessoas de New Malden, porque você é sempre muito atencioso com todos — disse ela, utilizando depressa suas habilidades afiadas durante anos de editar, reorganizar e substituir palavras.

Bela manobra, garota. Ainda manda muito bem.

— Uau, você tem uma boa percepção — elogiou Sanjay.

— Pois é, esse é um talento que eu tenho — respondeu. — Quase nunca me engano. Mas por que você estava evitando a bela jovem ruiva de Thames Ditton?

— Ah, isso não importa — disse Sanjay, corando de um jeito completamente fofo que só aguçou a curiosidade de Iona.

— Vá em frente, pode contar para mim — falou, em um sussurro, estendendo o braço sobre a mesa e dando uma palmadinha na mão dele.
— Eu sou a discrição em pessoa. — Isso não era totalmente verdade, claro, mas ele não precisava saber que discrição, no mundo de Iona, era mais uma meta distante do que uma *actualité*.

Iona sabia que a melhor maneira de convencer alguém a falar era ficar quieta. As pessoas, quando confrontadas com o silêncio, sentem a necessidade esmagadora de preenchê-lo com alguma coisa. Então tomou um gole de chá e esperou. Observou Sanjay debater internamente se contava ou não, assumir pouco a pouco o ar resignado de alguém que está prestes a soltar a língua, e soube que havia vencido.

— É que, sabe, eu ia convidar ela para sair no dia em que o Piers engasgou, mas agora ela acha que eu sou um completo idiota. Eu só falei com ela naquele dia, e me enrolei todo.

— Não é por que ela é inacreditavelmente bonita que também tem que ser uma pessoa legal, certo? De repente, se você a conhecesse melhor, talvez descobrisse que não é a pessoa certa. Vai ver que ela maltrata cachorrinhos e segue Katie Hopkins no Twitter.

— Não é só por ela ser linda. Eu não sou tão superficial assim — disse Sanjay. — Ela lê livros físicos. Todas as manhãs. E livros interessantes. E completa as palavras cruzadas inteiras do *Times* antes de chegarmos a Waterloo. E, quando ouve música com os fones de ouvido, ela fecha os olhos e mexe os dedos no ar como se estivesse tocando um teclado imaginário. E ela sorri para completos estranhos com um jeito sincero. E tem aquelas pequenas sardas como uma constelação no nariz. E...

Iona levantou a mão.

— Chega, pode parar! Pare, pelo amor de Deus, antes que eu vomite também. E acredite, você não quer que isso aconteça. O vagão ficou fedendo com aquele cheiro azedo até Waterloo. Eu até desisti do meu chá. Você me convenceu. Apesar de que eu ainda desconfio de que ela "tocar um teclado imaginário de olhos fechados" não teria ganhado você se ela fosse feia. Então você quer conhecê-la melhor, certo?

— Sim! Não sei nem o nome dela! — exclamou Sanjay. — E não posso chegar para ela e a chamar de Inacreditavelmente Bonita de Thames Ditton, não é?

— Pois muito bem, Sanjay. Hoje é seu dia de sorte, sabia? Porque um: eu gosto de você. Dois: eu lhe devo uma, já que, graças a você, eu não tenho a morte de outro passageiro na minha consciência. E três: eu sou uma profissional! — disse Iona, ilustrando cada ponto levantando um dedo até estar com três deles erguidos.

— Você é casamenteira? — perguntou Sanjay.

— Não! Eu sou a terapeuta de uma revista!

— Ah, conselheira sentimental? — disse Sanjay.

Ela suspirou, gostando dele só um pouquinhozinho menos. Sorte a dele que tinha começado em um patamar bem alto.

— Tudo que você precisa fazer, Sanjay, é se sentar comigo no Vagão Três sempre que puder, e eu vou cuidar de tudo para você, pode esperar.

Iona recostou no banco, afagando Lulu e sorrindo consigo mesma. Sentia uma troca bastante poética vindo daquilo. Ia ser *divertido*. E Sanjay e a Inacreditavelmente Bonita de Thames Ditton eram ambos millennials, não eram? Conhecê-los melhor, quem sabe até observar um pequeno caso de amor desabrochar, seria a pesquisa perfeita para sua coluna. No mínimo, lhe daria algo mais em que pensar. Mal podia esperar para contar a Bea. A amiga era louca por um bom romance.

O trem sacudiu e começou a se mover, acompanhado de um suspiro de alívio coletivo dos passageiros.

Piers

18h17 De Waterloo para Surbiton

Quanto mais Piers tentava consertar a situação, pior ficava. Relembrou de alguns anos atrás, no tempo em que tinha o apelido de Midas, quando toda ação que tocava virava ouro. Ele se sentia invulnerável. Um Mestre do Universo. Agora, bastava olhar para alguma coisa que ela virava barro. Sabia que o problema era que ele se *preocupava* demais. Era preciso se aproximar dos mercados com uma certa indiferença, ir chegando furtivo, como se estivesse tentando puxar conversa com uma atendente de bar bonita. Quanto mais fosse importante, quanto mais desesperado eles achassem que você estivesse, mais era provável que os números jogassem uma bebida na sua cara e o expulsassem do bar. E, naquele momento, era *muito* importante. Mais do que nunca havia sido antes.

Encarou os sapatos Gucci reluzentes enquanto caminhava para a Plataforma 5 no piloto automático. Seus sapatos, assim como seu relógio Rolex e suas gravatas Hermès, sempre lhe davam alguma dose de autoconfiança. Nada terrivelmente mal poderia acontecer a um homem de sapatos Gucci, correto?

Ele embarcou quando o trem estava prestes a partir, portanto já estava lotado. Viu só um lugar disponível e era, como sempre, na frente da

Mulher Louca do Cachorro. O equivalente no trem ao assento com visão limitada de um teatro. O assento menos desejado da casa. Bem quando ele achou que seu dia não poderia ficar pior.

Como se a vida de Piers já não estivesse ferrada o suficiente, essa mulher estava perturbando seriamente sua viagem habitual. Para começar, ela o fazia se sentir irritantemente *em dívida*. Ele e ela estavam conectados para sempre por sua experiência de quase morte. Piers detestava se sentir em dívida. Gostava da simplicidade satisfatória de saber que tudo que ele era, tudo que tinha, dizia respeito apenas a ele e a mais ninguém.

A outra razão de sua relutância em se sentar perto daquela mulher era que ela obviamente o odiava. Ser odiado era outra coisa de que Piers não gostava. Uma de suas grandes habilidades era fazer as pessoas simpatizarem com ele. Era como um camaleão: podia fazer o papel do encantador, do intelectual, do confidente, do piadista, o que a situação específica exigisse. No entanto, aquela mulher tinha gritado com ele. Em público, *duas vezes*. Ela o acusara de "masculinidade tóxica". Em ocasiões normais, ele teria recebido suas palavras como um elogio enviesado, mas era evidente que não tinha sido essa a intenção dela. E agora ela estava outra vez olhando para ele com ar de desaprovação.

Por mais que Piers detestasse ser o primeiro a capitular em uma briga, nesse caso seria de seu interesse fazer isso. Ele queria que sua viagem voltasse a ser o momento confortável que era antes. A transição suave sobre trilhos de sua vida profissional para sua vida familiar.

Pelo menos aquela mulher era *interessante*. Em seu mundo rarefeito das altas finanças, clubes exclusivos e jantares elegantes, nunca encontrava pessoas como ela. E seria um desafio. Se conseguisse fazer com que ela gostasse dele, isso provaria que ainda "mandava bem". Uma coisa de que sempre gostara — até recentemente, pelo menos — era de um desafio.

Piers se sentou com cautela na frente da Mulher Louca do Cachorro. Convocou todos os sentimentos mais apropriados e se preparou para ativar todo o poder de seu charme. Mas, embora tivesse disposto as palavras necessárias em formação, elas simplesmente não saíram de sua boca, agindo como empregados beligerantes em greve que se recusassem a cruzar uma linha de piquete. Ele esperou até o silêncio se tornar insuportável, então pigarreou e tentou de novo.

— Acho que começamos da maneira errada — disse, e as palavras, uma vez liberadas, saíram em uma torrente. — E suponho que deveria mesmo lhe agradecer por ter me ajudado naquele dia.

Ela ergueu uma sobrancelha — um efeito facial que ele sempre teve vontade de saber fazer, mas nunca conseguira, apesar das horas praticando na frente do espelho. Acrescentou uma inveja ressentida à lista de emoções negativas que sentia em relação à sua companheira de viagem.

— Você *supõe que deveria*, ou está realmente agradecido? — perguntou ela, fazendo-o se contorcer por dentro, o que ninguém havia feito desde que seu chefe lhe pedira para justificar uma solicitação de reembolso de despesas particularmente elevada que envolvia champanhe a preços escandalosos em um clube de striptease.

— Ãhn, não, eu estou realmente agradecido, juro — retrucou, descobrindo enquanto as palavras saíam que, para sua surpresa, eram verdadeiras. — Eu achei que fosse morrer.

Ela lhe lançou outro olhar severo e não disse nada.

— Sou Piers Sanders — se apresentou com seu sorriso mais cativante, estendendo a mão sobre a mesa como uma oferta de paz.

Ela não disse nada e cruzou os braços sobre os seios volumosos, um pouquinho enrugados, deixando a mão dele constrangedoramente suspensa no ar.

— Ah, não faça isso — disse ele. — Eu estou tentando! Pelo menos me diga o seu nome. Não podemos começar de novo?

— Iona Iverson — respondeu ela por fim, estendendo a mão com relutância. Ele a apertou. Era toda anéis e unhas, se enfiando em sua pele. Será que ela estava apertando forte demais de propósito, para fazê-lo se contrair? Não, claro que não.

— Me diz uma coisa, Iona — falou. — Por que você, e seu lindo cachorrinho, me descreveram como *tóxico*? Estou magoado. Sério! — Ele apertou o peito com as duas mãos e fez sua cara sentida de filhote de Labrador, a que costumava usar quando queria que a estagiária mais recente pegasse sua roupa na lavanderia ou fosse buscar uma caixa de donuts, na época em que esse tipo de pedido totalmente razoável não o fazia ser chamado no RH.

— Eu conheço o seu tipo — disse ela, sem nenhum sinal de derreter o gelo.

— Ah, é? E qual é o meu "tipo"? — Ele fez sinal de aspas ligeiramente agressivas em torno de "tipo" antes que pudesse se controlar.

— O *tipo* que faz esses sinais de aspas irritantes. Que fala alto demais. Que senta de perna aberta e acha que precisa desenhar para uma mulher entender. Que acredita que é melhor que as outras pessoas. O tipo que julga tudo pelo preço e acha que acumular dinheiro é a coisa mais importante da vida. O tipo que acha que jogar um charme nitidamente falso pode resolver qualquer situação...

— Chega! — exclamou ele. Não achou que seria uma lista tão longa. Para piorar, tinha gente ouvindo, embora ele tivesse esperança de que não concordassem com ela. — Escute, você não me conhece e acho que está presa a alguns estereótipos horríveis. Eu não sou de jeito nenhum o que você imagina.

— Então vá em frente — disse ela. — Me surpreenda.

Ah, Deus. Ele havia entrado direto naquela cilada. Havia mais fatos surpreendentes na vida de Piers do que ele gostaria de admitir, mas passara décadas sem falar neles, e não ia começar naquele momento.

Iona tirou um grande frasco de metal prateado e um copo de sua bolsa extraordinariamente espaçosa. Aquela coisa era como uma Tardis, contendo, ao que parecia, bebidas para todas as ocasiões, e sabe lá Deus o que mais. Ele não ficaria surpreso se ela puxasse um sabre de luz em seguida. Ou uma varinha mágica.

Enquanto Piers explorava as possíveis respostas para o desafio de Iona, procurando algum ponto ideal e evasivo entre o muito óbvio e o muito pessoal, perguntou-se se a sua companheira de viagem seria na verdade uma Cavaleira Jedi ou uma Grande Bruxa, porque sentia uma vontade irresistível de *se confessar*. Talvez ele realmente pudesse contar a aquela completa estranha o que vinha fazendo. Talvez isso lhe desse um certo alívio, fizesse a mistura tóxica de segredos parar de se revolver em seu estômago, envenenando tudo. Ou talvez derrubasse o primeiro de toda uma maldita fila de dominós, causando um efeito em cadeia que sabe-se lá onde ia acabar. Por fim, decidiu-se por uma verdade. Não, nem de longe, a verdade inteira, mas a original. A que dera início a tudo.

— Eu odeio o meu trabalho — disse ele. — E não é só um pouco. Eu odeio muito, muito mesmo.

Observou o rosto dela amolecer só um pouquinho em um fragmento de um sorriso.

— Ora, ora. Você ganhou — retrucou a mulher. — Eu não estava esperando isso de jeito nenhum. Qual é o seu trabalho?

— Sou corretor de futuros, no centro financeiro da cidade. Você sabe o que significa isso?

— Sim. Significa babaca arrogante e metido a sabido. Não! Que tonta eu sou. Significa babaca rico, arrogante e metido a sabido — disse Iona.

Piers achou melhor deixar passar. Além do mais, não era algo que ele nunca tivesse ouvido.

— Bom, teve um tempo que eu adorava, mas... não mais — falou.

Piers se acostumara tanto nos últimos tempos a disfarces e evasões que a sinceridade dessa declaração pareceu estranha em seus lábios. Ele tinha falado demais. Tirou depressa o foco de si mesmo, desviando o assunto para ela.

— Você gosta do que faz, Iona?

— Ah, sim, gosto muito. Mais do que de qualquer outra coisa. Exceto Bea, claro — disse ela, levando as mãos ao peito e girando o mais medíocre de seus anéis, o que tinha deixado uma marca na palma de sua mão, de modo que o grande rubi refletiu a luz, tornou-a vermelha e a espalhou pelo vidro da janela ao lado dela, que ficou parecendo os perturbadores resquícios do local de um crime.

— Bea? — perguntou Piers.

— Minha esposa — respondeu. — Estamos juntas há trinta e cinco anos e nos casamos assim que foi legalizado. O amor da minha vida. Você é casado?

— Sou. Ela se chama Candida — disse ele.

— Jura? Tipo o fungo da infecção?

— Bom, a sua esposa tem o nome de um *inseto*. Candida na verdade é o nome de uma santa antiga — explicou, como tinha ouvido Candida fazer tantas vezes. — É do latim e quer dizer "branco puro".

— Então é uma infecção racista. Por que branco é sinônimo de puro, inocente, virginal, e preto significa malevolência e depressão? — Ela o fitou, irritada, como se ele tivesse inventado o idioma.

Piers achou que nunca tinha ficado tão feliz de ver a placa SURBITON aparecer.

Enquanto caminhava na direção de seu Porsche Carrera no estacionamento da estação, Piers pressionou o chaveiro, fazendo todas as luzes piscarem de uma maneira que sinalizava *homem bem-sucedido se aproximando* para qualquer um que estivesse olhando.

Pensou em sua verdade acidentalmente revelada. Quando ele havia começado a odiar seu trabalho? Não tinha muita certeza. A consciência fora tomando conta dele aos poucos. O problema era que aquilo era mais do que um emprego — era todo um estilo de vida, uma personalidade, um sistema de crenças. Enrolava-se em torno de seus órgãos como um parasita gigante que não podia ser removido sem matar o hospedeiro. Se ele não fosse mais corretor de valores, seria o quê?

Além disso, havia os aspectos práticos. Sem o salário estupendamente alto e os bônus que ele se acostumara a receber, nunca poderia pagar as parcelas do Porsche. Com certeza também não pagaria os juros do financiamento da casa. Haviam se mudado de Wimbledon para o menos salubre, mas mais barato, Surbiton havia dois anos, porque Candida queria uma piscina, uma quadra de tênis e um apartamento separado para a babá

E havia outra coisa que ele não teria condições de manter se mudasse de carreira: a esposa. Candida, assim como o carro, o terno e o relógio, era um símbolo de status. Uma esposa-troféu. Ela era a prova de que ele havia vencido, a cobertura do bolo de sua nova e grandiosa vida.

Aquela cobertura tinha solidificado como cimento, mantendo-o aprisionado na vida que ele não tinha mais tanta certeza de que queria.

Iona

Iona soprou o disco com força, depois limpou-o com a manga da blusa e o colocou na vitrola.

— Lembra deste, amor? — perguntou para Bea.

— Dolly Parton. Sempre me faz lembrar do dia que você conseguiu o emprego na revista. Em que peça eu estava na época? — indagou Bea.

— *Les Misérables* — disse Iona, segurando a mão de Bea e girando-a ao ritmo da música. — Terceira prostituta e convidada aleatória no casamento. Eu invadi o camarim no intervalo e nós comemoramos meu novo emprego na sala de figurinos. Você lembra?

— Claro que eu me lembro! Aqueles beijos todos atrás de um cabideiro de uniformes militares franceses. Eu perdi a deixa para a cena do casamento, o que atrapalhou toda a coreografia! — exclamou Bea, inclinando a cabeça para trás e rindo, parecendo, só por um momento, exatamente a mulher que era na época, quase trinta anos antes.

A compra da casa as deixara falidas, e Iona mal pôde acreditar em sua sorte quando alguém oferecera *um salário* para ela ir a festas e depois contar as fofocas, sendo que ela já passava todo o seu tempo fazendo isso.

— Lembra que nós fomos jantar com parte do elenco e eu subi no balcão do bar e dancei em cima dos meus saltos quinze enquanto o coro de Les Mis cantava "Nine to Five" da Dolly Parton? — disse ela, enquanto

Bea a girava com habilidade. Elas nunca chegavam a um acordo de quem conduzia os passos quando estavam dançando.

A música de Dolly, claro, falava de uma jornada de trabalho das nove da manhã às cinco da tarde, enquanto Iona geralmente trabalhava das nove da noite às cinco da manhã. Que energia elas tinham naquele tempo! Embora sempre dormissem até o meio da tarde.

— Você nunca vai adivinhar o que eu achei quando estava limpando as gavetas da minha mesa outro dia — disse Iona, soltando Bea quando a voz de Dolly deu lugar aos instrumentos no fim da música. Ela foi até sua bolsa e tirou dela uma objeto retangular e prateado. — Olha!

— É o Ditador! — exclamou Bea.

A revista tinha oferecido a Iona um de seus motoristas para transportar ela e Bea entre as festas e as levar de volta a East Molesey no fim da noite. Havia um gravador de voz portátil no banco de trás do carro e, quando saíam de cada festa, elas gravavam descrições dos convidados, do ambiente e as fofocas em vozes cada vez mais arrastadas nas pequeninas fitas cassete. Iona o chamava de "o Ditador", porque sempre insistia em saber todos os detalhes, por mais que elas só quisessem chegar em casa e dormir.

— Você ainda tem alguma das fitas?

— Acho que quase todas foram arquivadas, mas eu encontrei esta, de 1993. Quer ouvir? — perguntou Iona.

Bea fez que sim, sentou-se na poltrona e tirou os sapatos. Iona apertou os olhos para os botõezinhos e apertou o que dizia *play*.

— *Então, acabamos de sair da festa de reabertura do Quaglino* — ela se ouviu falar em uma voz que parecia vir de um mundo diferente, o que supunha que era mesmo. — *Estão dizendo que Terence Conran gastou uma fortuna na reforma. Quanto ele gastou, amor?*

— *Não sei. Mas foram milhões. Zilhões até* — veio a resposta.

— Sou eu! — exclamou Bea.

— Claro que é, amor — disse Iona. — Shh. Vamos ouvir.

— *Quem estava lá?* — perguntou uma voz masculina.

— É o seu motorista! Como é o nome dele?

— Darren — respondeu.

— TODO MUNDO estava lá, obviamente — disse a jovem Iona —, mas o falatório mesmo era sobre quem NÃO estava. Todos nós estávamos esperando a princesa Diana aparecer, mas ela não apareceu. Dizem as más línguas que ficou furiosa com aquelas fotos dela se exercitando na academia que saíram no Daily Mirror.

— E ninguém pode dizer que ela está errada! — disse a jovem Bea. — Estava numa daquelas máquinas para os músculos internos das coxas. Dava para ver a virilha dela! Não é uma coisa muito de princesa!

— Até princesas têm virilhas, minha querida. E ela estava de collant e shorts de lycra; nem perto de uma Sharon Stone em *Instinto selvagem*. Não vejo por que isso impediria que ela aparecesse no maior evento da cidade — disse a jovem Iona, demonstrando uma notável falta de empatia, na opinião da Iona atual.

— O que vocês comeram? — perguntou Darren, sempre responsável e irritantemente sóbrio. Iona desconfiava que ele era instruído pela revista a garantir que elas nunca se esquecessem de registrar todos os detalhes relevantes no Ditador.

— Pratos enormes de fruits de mer! — respondeu a jovem Iona. — Camarões, lagostas, caranguejo, ostras: tudo envolto em gelo moído. Eu amei. A Bea não, não é, amor?

— Pernas demais, tirando as ostras, que não tinham pernas suficientes — disse a jovem Bea, fazendo a Bea atual roncar de rir.

Iona pressionou o botão que dizia stop e fez Bea se levantar quando Dolly começou a cantar "Jolene". Ela abraçou Bea com força e apoiou o queixo no ombro dela.

— Acho que vão me demitir, amor — disse ela, deixando as palavras caírem no ar vazio atrás das costas de Bea.

— A troco de que eles fariam isso? — perguntou Bea, e Iona sentiu os músculos das costas dela se contraírem de revolta. — Você é a estrela daquele lugar!

— Eu era, querida, mas não sou mais — disse Iona.

— Pois você vai sempre ser a minha estrela — respondeu Bea. — Sempre. A estrela mais brilhante no céu. Como chama a estrela mais brilhante?

— Chama Sirius — disse Iona.

— Então você é a minha Sirius — falou Bea.

— Sério? — disse Iona, apertando Bea ainda mais forte e tentando dar uma pequena risada para abafar o som de seu choro.

Sanjay

8h19 De New Malden para Waterloo

Quando Sanjay embarcou no trem, ouviu um assobio agudo. Não do fiscal, mas de dentro do vagão. O tipo de assobio que envolve pôr os dois dedos dentro da boca, como um fazendeiro chamando seu cão pastor. Ele olhou, assim como todo mundo no vagão, para a fonte do som. Era Iona, acenando loucamente para ele.

O estômago de Sanjay deu um pulo quando ele viu que, como no dia da uva, cerca de duas semanas antes, ela estava sentada ao lado da Garota no Trem. Era isso. Sua oportunidade. Dessa vez, ele não iria estragar tudo.

Sanjay caminhou em direção a elas, tentando com tanto empenho parecer natural que estava consciente dos movimentos de cada músculo em seu corpo.

A Garota no Trem tinha um livro na sua frente, como sempre, com um marcador de páginas de couro enfiado no lugar que parara a leitura. Obviamente ela não era o tipo de pessoa que dobrava os cantos das páginas ou, pior ainda, que quebrava a lombada.

— Bom dia, Iona! — exclamou, encarnando um James Bond despretensioso cumprimentando Miss Moneypenny.

— Sanjay, querido! — respondeu ela, pegando Lulu no banco à sua frente e colocando-a no colo. — Tem um lugar aqui. A Lulu não se incomoda de ceder o lugar para um legítimo herói da enfermagem, não é, meu docinho? Vai ser bom para ela aprender a dividir. O nome disso é *mesa compartilhada*, sabia? Está super na moda — ela falou com a cadelinha, que não parecia muito entusiasmada com a mudança de lugar.

Sanjay se sentou no banco recém-desocupado enquanto tentava organizar seus pensamentos, que corriam desembestados como ovelhas assustadas, em alguma aparência de ordem.

— Sanjay, esta é a Emmie. Com IE no fim, não Y — apresentou Iona, apontando para a Garota no Trem, que agora tinha um nome real. — Quase um palíndromo, mas não exatamente.

Que diabos era um palíndromo? Parecia alguma coisa médica, mas não algo que ele já tivesse visto.

— Eu me lembro de você! — disse Emmie, com um sorriso que revelou uma covinha só de um lado. Seu cabelo estava preso em uma espécie de nó, do qual algumas mechas tinham escapado. — Você é o enfermeiro incrível que apareceu para o resgate quando aquele homem estava morrendo bem do meu lado!

Sanjay sentiu o rosto enrubescer. Tentou passar vibes de herói de filme de ação, mas desconfiava de que estava parecendo mais uma Moneypenny afobada do que um Bond autoconfiante.

— Ele não foi fantástico? — disse Iona, como uma mãe orgulhosa depois de assistir à uma apresentação de Natal. — Sanjay, a Emmie trabalha com publicidade digital. Ela faz um monte de coisas espertas com sites e redes sociais para grandes marcas que querem estar sintonizadas com os jovens. — Iona lhe lançou um olhar incisivo que se traduzia claramente como: *Agora é a sua vez de dizer algo interessante*.

— Uau — disse ele.

— Bom — falou Emmie —, não chega nem perto de ser tão importante como o que você faz. O que eu quero dizer é que você salva vidas. Eu vi você fazer isso! Tão calmo e no controle da situação. Eu só faço as pessoas comprarem mais sabão em pó e papel higiênico. Deve ser muito gratificante ajudar as pessoas dessa maneira.

— É — respondeu Sanjay. Ele procurou na cabeça uma história perfeita sobre seu trabalho, alguma que o mostrasse como um cara acolhedor, mas forte. Heroico, mas humilde. Quando ele estava para começar, os olhos de Iona se arregalaram e ela começou a balançar a cabeça para o lado. Será que estava tendo uma convulsão? Não, estava tentando comunicar algo a ele. Sanjay olhou para ela, perdido, tentando decifrar o código. Tinha certeza de que ela queria ajudar, mas só estava conseguindo deixá-lo mais agitado.

Sanjay sentiu um pontapé enérgico no tornozelo, soltou um gemido e olhou espantado para Iona, que arregalou os olhos mais ainda e balançou a cabeça de novo, na direção da janela. Ele não tinha reparado até então no homem sentado ao seu lado. Em parte porque estava ocupado olhando para Emmie, mas também porque o homem era muito comum.

Sanjay havia notado que a brigada do terno no trem — os advogados, banqueiros, contadores etc. — tendiam a usar uma espécie de uniforme. Todos eles escolhiam ternos cinzentos ou azul-marinho, camisas lisas ou listradas em cores neutras e sapatos sociais de couro. Alguns procuravam se diferenciar, mostrar uma faísca de originalidade e individualidade na tentativa de passar algo como "eu sou mais interessante do que você imagina" usando gravatas de estampas divertidas, ou meias de listras coloridas, ou abotoaduras curiosas. Não era o caso daquele homem. Definitivamente, ele não era do time das gravatas extravagantes. Tudo que usava parecia sob medida para fazê-lo desaparecer no cenário. A maioria dos homens, quando envelhecia, desenvolvia características distintivas: nariz bulboso, papada ou pelos nos ouvidos. Ele não tinha nada disso. Nada de memorável ou específico.

Sanjay reparou que o homem estava sentado diante de uma lancheira aberta contendo um sanduíche, uma banana e um Kit-Kat. As pessoas ainda usavam lancheiras? Mesmo com a conveniência de tantas lojinhas do Pret a Manger espalhadas pela cidade? Em sua mão, ligeiramente trêmula, havia um pedaço de papel para o qual ele estava olhando, boquiaberto.

Iona o chutou de novo e fez com a boca, menos silenciosamente do que havia pretendido:

— O que está escrito *ali*? — E balançou a cabeça na direção do papel.

— Posso te ajudar em alguma coisa? — disse o homem para Iona, para horror de Sanjay. Iona, no entanto, não pareceu nem um pouco constrangida ou intimidada.

— Na verdade, estava pensando se *eu* poderia ajudá-lo — disse ela. — Esse papel parece estar te incomodando.

Iona estendeu a mão e, para surpresa de Sanjay, o homem passou o papel para ela.

— *Eu não aguento mais* — leu Iona. — Meu Deus, isto é um pedido de ajuda do seu *sanduíche*. Não me surpreendo de você parecer um pouco atordoado.

— Na verdade, acho que é mais provável que seja da minha esposa — disse o homem.

— Ela deve detestar preparar o lanche para você — comentou Emmie, inclinando-se para a frente, seu braço sobre a mesa, tão perto do de Sanjay que ele sentia o calor emanando da pele dela.

— Desconfio que seja um pouco mais profundo do que isso, minha querida — disse Iona. — Eu sou Iona Iverson, e estes são Emmie e Sanjay. Como é o seu nome?

— David Harman — respondeu o homem.

— Você deve ser novo neste trem! — exclamou Iona. — Nunca te vi.

— Não, na verdade eu o pego todos os dias úteis há décadas — disse David. — Vi você muitas vezes.

— Ah, caramba. Que besta que eu sou.

Era a primeira vez que Sanjay a via atrapalhada, mas ela se recompôs em um instante.

— Você sabia que sua esposa não estava feliz, David Harman? — perguntou ela.

Depois de ter transgredido todas as regras do transporte público, não havia mais o que parasse Iona, que agora achava que estava tudo bem se envolver na vida de todo mundo. Onde isso ia parar? Sanjay também tinha a sensação de que todos ao redor só estavam fingindo ler seu jornal ou ouvir sua música. Na verdade, estavam acompanhando cada palavra. Será que eles haviam se tornado o entretenimento do trem?

— Não! Só sei que estamos um pouco... presos na rotina — respondeu David. — Mas somos casados há quase quarenta anos! É difícil manter todo o fogo e romance na nossa idade, não é? — Ele parou e pareceu ficar pensativo. — Acho que eu devia ter adivinhado que tinha algo errado, por causa da granola.

— A granola? — ecoou Iona.

— É. Nós comemos o mesmo café da manhã todo dia há mais ou menos uma década. Eu como torrada integral com aquela pasta que dizem que reduz o colesterol e um ovo poché, e Olivia come cereal Weetabix. Se for fim de semana, eu acrescento uma fatia fina de salmão defumado e ela acrescenta uma banana fatiada e um pouco de mel.

Onde isso ia acabar?, perguntou-se Sanjay. Eles iam receber uma descrição em tempo real de toda a rotina semanal de David?

— Enfim — continuou ele, em um tom monótono. Não era um bom contador de histórias. — Umas duas semanas atrás, ela passou a comer *granola*. Sem nenhuma razão aparente. Parece que existe só um pequeno passo da granola para um divórcio iminente, não é? Aposto que não escrevem isso nas letras pequenas da embalagem. — Ele soltou o ar com força e se recostou no banco, como se tivesse acabado de levar um soco no estômago. O que, de certa forma, ele tinha.

— Bom, antes de começar a processar o fabricante da granola ou de pressupor o pior, tente conversar com ela. Aposto que você não a ouve realmente há anos, confere? — Iona olhou com ar de crítica para David, o que era a última coisa de que o pobre homem precisava naquele momento. — Nós, "mulheres de uma certa idade", só queremos ser vistas, ouvidas, sentir que somos importantes. Precisamos saber que não somos irrelevantes ou desnecessárias — disse Iona, que parecia estar tomando isso muito pessoalmente.

— Você é conselheira matrimonial? — perguntou David.

— Ela é terapeuta em uma coluna de revista — explicou Sanjay. E, antes que David pudesse dizer qualquer outra coisa, acrescentou: — Não conselheira sentimental.

— É, tipo isso — disse Iona. Ela parecia estar prestes a continuar, mas foi interrompida pela voz do fiscal do trem anunciado a chegada iminente a Waterloo.

Todos começaram a se posicionar para sair do trem. De alguma maneira, Emmie já estava na porta do vagão. Ela se virou, como se pudesse sentir que Sanjay a olhava, e acenou para ele.

— Tenha um bom dia — disse ela apenas movendo os lábios, ou algo nesse sentido.

— Sanjay — disse Iona, em um tom que sugeria *Eu não estou brava, só desapontada.* — Você vai ter que se esforçar um pouco mais. Eu não posso fazer tudo sozinha.

Durante o dia todo, sempre que tinha alguns minutos livres entre lidar com pacientes e pôr em dia tarefas administrativas, Sanjay repassava na cabeça os acontecimentos daquela manhã, se contraindo de vergonha cada vez que se lembrava de suas falas: "Uau" e "É". Iona tinha razão. Ele poderia ter feito melhor do que isso, não? Talvez tivesse feito, se não houvesse sido totalmente atropelado por aquele homem, cujo nome já havia esquecido, e seu sanduíche falante.

Avistou Julie Harrison na sala de espera: alguém com problemas muito maiores que o dele.

— Como está se sentindo, Julie? — perguntou.

— Ah, você se lembrou de mim — disse ela, sorrindo. — Estou com muito medo, Sanjay.

Julie estava sentada na sala de espera ao lado do marido, que parecia ainda mais assustado do que ela. Ele segurava um jornal aberto, mas

Sanjay desconfiava que não estava de fato lendo, já que parecia estar fixando com ar inexpressivo um ponto na parede vazia à sua frente.

— Eu sei — respondeu ele, segurando a mão dela nas suas. — A espera é a pior parte. Depois que você souber com o que está lidando, podemos fazer um plano e tudo vai parecer mais administrável.

— E pode acabar se revelando um alarme falso, não é? Um cisto ou algo assim, como minha amiga Sally teve — disse Julie, olhando para ele com ar de súplica, como se ele tivesse o poder de fazer com que fosse assim. Ele bem que gostaria.

— Sim, claro, pode ser — disse ele. Embora não fosse. Ele tinha dado uma olhada no laudo de Julie, que estava esperando no escaninho do orientador. Era um grande carcinoma ductal invasivo triplo-negativo. Na faculdade de enfermagem, eles aprendiam que os cânceres tinham uma ampla variedade de tipos. Como infecções virais que podem variar de um resfriado comum ao Ebola, os cânceres abrangem um amplo espectro do tipo curável com relativa facilidade até o tipo que provavelmente matará em questão de semanas. O câncer de Julie estava mais próximo da extremidade Ebola.

— Eu volto depois que você tiver conversado com o orientador — disse ele.

A sala da família estava ocupada por um punhado de parentes chorando, então Sanjay se enfiou no almoxarifado. Ele apoiou as costas na parede e deslizou até o chão, onde ficou sentado no meio das partículas de poeira, a cabeça sobre os joelhos, ao lado de um par abandonado de muletas, sentindo o suor se formar na testa e inspirando profundamente várias vezes seguidas.

Como fazia com frequência, porque achava que as palavras o acalmavam e distraíam de uma maneira hipnótica, recitou na cabeça os elementos da tabela periódica, na ordem dos números atômicos: *hidrogênio, hélio, lítio, berílio, boro, carbono, nitrogênio...* Quando chegou ao número trinta e sete pela terceira vez — o quase sempre negligenciado, mas de fato muito interessante, rubídio —, seus pensamentos tinham sossegado, a respiração se acalmado e o coração parado de martelar no peito.

Emmie

— Sente-se, Emmie — disse Joey, seu chefe.

Emmie puxou uma cadeira entre Jen, sua redatora preferida e boa amiga, e Tim, o mais novo estagiário, de cabelos esvoaçantes e meio burrinho. Viu Tim escrever EMMY em seu bloquinho com o logo da empresa, embaixo de JOEY e JEN. Resistiu ao desejo de estender o braço e corrigir a ortografia dele com uma caneta vermelha.

Tinham fechado os olhos para a incapacidade bem-intencionada de Tim, já que o pai dele era o chefão da empresa de papel higiênico. O garoto havia deixado passar um anúncio na semana anterior com o título AGENTE OFERECE O MELHOR, e Joey, com um sorrisinho forçado, apenas lhe disse que era só falta de experiência. Qualquer outro da empresa que cometesse um erro daqueles teria ficado encarregado de buscar café para todos por pelo menos uma semana.

— A Hartford Pharmaceuticals vai vir aqui na próxima semana conversar sobre o lançamento de sua nova marca e eles enviaram um briefing antecipado para podermos entrar logo na velocidade da luz e arrancar na frente com alguns primeiros conceitos criativos daqueles que redefinem categorias e revolucionam expectativas — disse Joey.

Emmie se perguntou se ele falava desse mesmo jeito em casa: *Atirem-se pra valer nessas vasilhas de Rice Krispies, crianças. Vamos triturar essas diretrizes nutricionais e redefinir o paradigma do café da manhã.*

Joey se abaixou e pegou uma sacola plástica, que esvaziou no meio da mesa. Ele olhou em volta para a equipe, como se estivesse desapontado por não ter sido aplaudido de pé.

— Comprimidos para emagrecer — disse ele. — Ainda não têm nome, isso é parte da nossa tarefa. A maneira mais fácil de derreter os quilos e alcançar o corpo que você sempre quis ter.

Tim escreveu COMPRIMIDOS PARA EMAGRECER em seu bloquinho e sublinhou as palavras.

— Aleluia! É o Cálice Sagrado — disse Jen, pegando uma das cartelas de comprimidos, soltando dois na mão e engolindo-os com um gole de seu Frappuccino cheio de açúcar. — Talvez eles deem um jeito na minha bunda.

— Sua bunda é maravilhosa — disse Emmie, pela centésima quinta vez. — Você só cisma com ela por causa do patriarcado.

— Nada a ver. Eu cismo com ela por causa da celulite — respondeu Jen.

Tim escreveu PATRIARCADO e SELULITI no bloquinho.

— Seja como for — disse Emmie. — Eu aposto com você que isso não funciona. Olha o que diz aqui: *Produz perda de peso como parte de uma dieta com controle de calorias*. Não acha que *qualquer coisa* "produz" perda de peso como parte de uma dieta com controle de calorias?

— Sosseguem, crianças — disse Joey, que era só cinco anos mais velho que Emmie. Ninguém na agência tinha mais que quarenta anos. Onde tinham ido parar todos os publicitários de meia-idade? — Então, o que precisamos é de uma presença virtual de alto impacto, propaganda digital em todas as redes sociais de costume, voltada para garotas jovens e preocupadas com o corpo. E vamos fazer uma campanha com alguma influencer fodona, claro. Tem que ser algo na linha de: *Eu me sentia tão gorda e me odiava por isso, mas aí encontrei a resposta para minhas orações nesta caixinha. Agora eu tenho o corpo, e o homem, que realmente mereço*. Simples.

— Você só pode estar de brincadeira, Joey — disse Emmie. — Quer que a gente crie uma campanha baseada em fazer mulheres que já se sentem horríveis consigo mesmas sem razão nenhuma se sentirem piores ainda?

— Sinto muito se isso te ofende — falou Joey, parecendo ofendido —, mas não é o que sempre fazemos? Destacamos um problema e damos uma solução. É para isso que somos pagos: para vender o sonho.

— Só que isso não é vender um sonho, né? É vender vergonha e insatisfação. Sinceramente, não vou me sentir bem trabalhando nessa campanha, Joey — disse Emmie.

Joey suspirou.

— Emmie, por que cargas d'água você decidiu trabalhar com publicidade se tem uma consciência tão inflexível? Mas tudo bem. A última coisa que quero é você dando lições de moral na frente de nosso cliente mais rentável. Pode trocar com a Sophie e pegar o briefing da pasta de dente. Espero que ela seja menos...

Emmie se preparou para a chegada de suas palavras menos favoritas.

— ... floquinho de neve — concluiu Joey, como previsto.

Tim pegou seu lápis e traçou uma linha grossa sobre EMMY.

Emmie se levantou e saiu da sala, sabendo que havia acabado de consumir a maior parte dos créditos que levara meses de trabalho duro para acumular. Sabia que era uma das melhores publicitárias de Joey, mas, mesmo assim, havia um limite para até que ponto podia forçar a barra. Ia ter que fazer algo espetacular com a pasta de dente ou se veria na lista de excluídos na próxima "reestruturação da agência". Ou "reformulação de processos", como Joey renomeara a prática.

Lembrou-se de sua viagem de trem naquela manhã, e de Sanjay, o enfermeiro que impedira o homem de se sufocar duas semanas antes. O que ele iria pensar se soubesse que ela passava os dias procurando maneiras de fazer as pessoas se sentirem insatisfeitas para depois apresentar soluções que elas nem queriam e nem precisavam? Não que ele fosse perder tempo pensando nela — com certeza tinha pensamentos muito mais importantes do tipo vida-ou-morte na cabeça.

Emmie tinha escolhido aquela carreira porque achou que seria criativa, jovem, divertida e vibrante. E era todas essas coisas, e na maior parte do tempo ela adorava sua profissão. Só não havia imaginado que a faria se sentir tão *suja*. Mas tinha um plano. Iria procurar clientes que estivessem fazendo algo *bom*, que a ajudassem a recuperar o respeito próprio. Ambientalistas, bancos de alimentos, abrigos para animais. Com certeza devia existir muitas organizações beneficentes precisando da ajuda de uma agência de primeira linha como aquela, não?

Tinha sido desviada temporariamente do curso por aquele e-mail idiota que abalara por completo sua autoconfiança. Pelo menos, tinha sido só aquela vez. Vinha abrindo seus e-mails com um pé atrás nos últimos tempos, receando que houvesse outra mensagem tóxica à espreita, mas até aquele momento não aparecera mais nada.

O celular de Emmie soou e ela o olhou, esperando ver uma mensagem de apoio de Jen, enviada disfarçadamente da reunião que ela havia acabado de deixar, mas era um texto de um número desconhecido. Mesmo antes de abrir, soube de quem era.

VOCÊ SE ACHA TÃO INTELIGENTE, MAS TODOS NÓS SABEMOS QUE VOCÊ É UMA FRAUDE.

Os dedos de Emmie se atrapalharam e ela derrubou o celular. Abaixou-se para pegá-lo, passando outra vez os olhos pelo escritório em planta aberta, em busca de pistas. Quem estaria fazendo aquilo? Quem a odiava tanto assim? Quem poderia estar sendo tão desleal e covarde?

Quem é?, ela digitou, com dedos escorregadios, ignorando o próprio conselho para clientes que se viam diante de trolls: NUNCA RESPONDA. Mas era mais fácil falar do que fazer. Viu os três pontinhos aparecerem na tela. A pessoa estava respondendo. Só duas palavras apareceram:

UM AMIGO.

Aquele não era nenhum amigo. Mas também não era um estranho aleatório. Era alguém que sabia seu endereço de e-mail e seu número de telefone, e que estava vendo as roupas que ela usava.

E o pior era que, embora soubesse que devia simplesmente apagar e esquecer, aquelas palavras já estavam se embrenhando em seu subconsciente e o infestando.

Emmie sempre se surpreendera com seu sucesso, sempre tivera a desconfiança secreta de ser uma impostora, e se preocupava que um dia sua sorte extraordinária chegasse ao fim.

Tinha a sensação de que talvez esse dia tivesse chegado.

Iona

8h05 De Hampton Court para Waterloo

Iona estava tão ocupada lendo as cartas mais recentes enviadas para "Pergunte a Iona" que nem reparou em Emmie até ela se sentar à sua frente.

— Ah, uau! Cartas de verdade — disse ela. — Eu não achava que as pessoas ainda escrevessem isso.

— Geralmente não escrevem mesmo — respondeu Iona. — O que é uma pena. Mas, por mais estranho que pareça, quando escrevem para a coluna de terapeuta de revista, muitas vezes é assim. Acho que parece mais confidencial, mais pessoal que um e-mail. Eu aprendo muito só de olhar a caligrafia, sabia? Transmite não apenas o caráter, mas a emoção e o estado mental.

— O que essa diz? — perguntou Emmie, indicando com a cabeça o papel na mão de Iona. — Você pode me falar?

Iona tinha descoberto que todo mundo era fascinado pelos problemas dos outros. Era por isso que motoristas reduziam a velocidade na estrada quando passavam por um acidente, e era por isso que ela fazia tanto sucesso. *Tinha feito* tanto sucesso, corrigiu-se.

— Claro. Elas são todas anônimas mesmo. Esta é de uma mãe que está preocupada com o filho adolescente. Ela o pegou vendo pornografia no iPad. Essa é fácil. — Ela sorriu para Emmie de uma maneira que dizia *acolhedora, profissional e sábia*. Sempre lembrava a seus leitores que noventa por cento da comunicação é não verbal. O trem, que tinha parado por alguns minutos, voltou a andar de repente quando saíram da estação New Malden, fazendo o chá de Iona derramar pela borda da xícara. Ainda bem que existiam pires. Nenhum sinal da Sanjay. Droga. Ele havia perdido sua oportunidade. De novo. Garoto tonto.

— O que você vai dizer a ela? — perguntou Emmie, parecendo sinceramente interessada. Uma menina tão adorável; ela entendia por que Sanjay tinha se encantado.

— Bom, eu vou aconselhá-la a usar todos os controles parentais disponíveis no serviço de internet, e tenho um texto muito útil sobre segurança online que vou mandar para ela — disse Iona, que tinha muito orgulho de seu conhecimento técnico. Quantos *dinossauros* sabiam como lidar com questões de segurança na internet, hein?

— Controles parentais? — indagou Emmie, olhando para ela como se fosse um pouco ingênua. — Todo menino aprende a contornar isso desde os dez anos. E *todos* eles veem pornografia. Imagino que ele só está fazendo o que todos os outros adolescentes perfeitamente normais fazem.

Iona se sentiu incomodada. Talvez ela não fosse a garota ideal para Sanjay. Era um pouquinho *sabe-tudo* demais. Ninguém gosta de sabichões.

— O que você sugeriria então, querida? — perguntou, tentando soar fascinada e não sarcástica.

— Bom — disse Emmie —, ela poderia ver isso como uma *oportunidade*. — Ela olhou para Iona, um pouco nervosa.

— Continue — pediu Iona. — Estou mesmo interessada. — Percebeu que de fato estava. Talvez Emmie pudesse lançar uma perspectiva de "vibração millennial" naquilo tudo.

— Ela poderia conversar com ele e explicar que pornografia não é real. Quer dizer, meninas reais não são como aquelas garotas, certo? E sexo de verdade certamente não é para ser como aquele sexo. Ela estaria prestando um grande serviço a todas as futuras namoradas dele, não é? — disse Emmie.

Para ser justa, o que ela estava dizendo fazia sentido. Iona não sabia se isso a deixava satisfeita ou irritada, então se decidiu por ambos.

— Uma conversa meio incômoda, não acha? — disse Iona.

— Sim, mas isso não é ruim, é? — respondeu Emmie. — Ele vai ficar tão constrangido de ter que falar de sexo com a mãe que talvez deixe a pornografia de lado por um tempo!

— É, de fato — concordou ela. — Você é boa nisso, sabia? Para falar a verdade, é exatamente o que eu ia dizer. Tantos meninos hoje em dia não fazem ideia de que *existem* pelos pubianos, porque as atrizes pornô raspam tudo, então no dia que dão de cara com eles, torcem o nariz. Por que as mulheres devem se sentir obrigadas a parecer uma criança pré-pubescente? Eu mesma sempre defendi o estilo mulher "natural" anos 70. Um matagal exuberante, com uma podada ocasional para as coisas não saírem completamente de controle. Selvagem e orgulhosa, é o que eu digo!

Emmie estava com uma cara um pouco espantada, ligeiramente nauseada até. Ah, não. Será que ela tinha ido um pouco além da conta? Os jovens de hoje em dia eram tão sensíveis.

— Iona — sussurrou ela, inclinando-se sobre a mesa entre elas. — Você sabe que todos estão ouvindo, não é?

— Ah, não seja boba, querida. Estão todos ocupados demais com seus jornais e iPhones e coisa e tal para ouvirem a nossa pequena conversa.

— Então você mora perto do Palácio de Hampton Court? — perguntou Emmie, em uma mudança de assunto tão abrupta que Iona levou alguns instantes para fazer a transição mental necessária.

— Moro — respondeu. — A Bea e eu compramos uma casa perto do rio em East Molesey quase trinta anos atrás. Tínhamos acabado de nos mudar de volta de Paris para o Reino Unido e ficamos horrorizadas com os preços no centro de Londres. East Molesey pareceu o meio-termo perfeito. Só uma viagem curta até a cidade e bem ao lado do Tâmisa, do Palácio e do Bushy Park. — Ela ia remeter de volta à conversa anterior com uma piadinha espirituosa com "bushy", peludo, mas Emmie a interrompeu antes que ela tivesse a chance.

— Eu sempre tive vontade de conhecer o Palácio — disse Emmie. — Era fascinada pelos Tudors na escola. Acha que o fantasma sem cabeça de Ana Bolena ainda assombra o lugar?

— Ah, mas você tem que ir! — exclamou Iona. — Tem um labirinto espetacular nos jardins. Eu passei anos aprendendo a me orientar dentro dele. É muito divertido.

E então ela teve uma ideia. Uma ideia brilhante.

— Quer saber? Eu posso mostrar o lugar para você! — disse ela. — Que tal irmos este domingo, às dez da manhã? Você está livre? — Ela conteve a respiração, à espera da resposta.

— Domingo. Hum, não sei... — gaguejou Emmie. Iona percebeu que ela estava procurando uma desculpa, mas não podia deixar aquela oportunidade escapar.

— Por favor — insistiu, permitindo-se, só dessa vez, parecer um pouco carente. Às vezes os fins justificavam os meios.

— Ah, tudo bem. Por que não? Obrigada. Vejo você lá, se não nos virmos antes aqui no trem — disse Emmie. Iona fez um "high-five" mental consigo mesma. — Ah, eu trouxe isto para te mostrar. — Emmie enfiou a mão no bolso, pegou o celular e procurou uma foto. Era uma garota com um cabelo esquisito, o rosto coberto por uma máscara facial verde brilhante, deitada em uma banheira cheia de bolhas, lendo uma *Modern Woman*. — Não é a sua revista que a Fizz está lendo?

— É, é essa — disse Iona. — Mas quem vem a ser Fizz? Que raio de nome é esse? É um bom nome para um refrigerante em lata, ou para esferas efervescentes de banho, mas para um ser humano?!?

— Ela é um sucesso no TikTok — respondeu Emmie. — Eu a conheci por causa do trabalho, mas depois ficamos amigas. Ela poderia fazer uma coluna na sua revista. Aposto que ia adorar. Eu pergunto a ela, se você quiser.

— É muita gentileza, Emmie — disse Iona. — Vou ver o que meu editor acha. — Ela não tinha a menor intenção de falar com Ed, obviamente. Já estava se equilibrando na corda bamba sem perturbá-lo com subcelebridades de um aplicativo infantil de compartilhamento de vídeos. Mas era simpático da parte de Emmie, de qualquer modo.

O trem entrou na estação Waterloo. Emmie vestiu o casaco e guardou o celular de volta no bolso.

— Vejo você domingo! — falou, enquanto se apressava até a porta.

Iona sorriu consigo mesma. Juntou suas coisas, pegou Lulu e avançou no meio da multidão para a porta do trem. Sentiu uma mão em seu braço, se virou e viu um homem mais ou menos da sua idade olhando para ela com ar muito sério.

— Eu também adoro um mato cerrado — disse ele. — Tão difícil de encontrar hoje em dia. — E lhe deu uma piscada exagerada.

Ah, pelo amor de Deus. Seria de esperar que um dos benefícios de envelhecer fosse não ter mais que lidar com esse tipo de coisa. Iona virou-se para ele com o sorriso de um tubarão sentindo cheiro de sangue na água.

— Você gosta de mulheres, não é? — disse ela.

— Com certeza — respondeu. — Está interessada?

— De jeito nenhum — disse Iona. — Sabe, eu também gosto muito de mulheres, o que espero, na verdade *desejo muito*, que seja a única coisa em comum entre nós.

Martha

Martha havia começado a chegar à escola vinte minutos mais cedo que de costume. Assim, podia percorrer os corredores antes que ficassem muito movimentados. Desde que sua foto muito pessoal fora compartilhada no grupo de conversa do segundo ano, ela havia ficado constantemente sintonizada no modo luta-ou-fuga.

Nenhum lugar parecia seguro. Mesmo a antiga paz abençoada da biblioteca tinha sido estragada. No dia anterior, Martha tinha deixado sua pasta em uma das mesas da biblioteca enquanto procurava um livro e, quando a abriu mais tarde, uma imagem ampliada *daquela foto* caiu de dentro. Alguém tinha desenhado uma seta com caneta marca-texto vermelha, apontando para o ponto mais constrangedor, e tinha escrito UM BOM LUGAR PARA ENFIAR MAIS LIVROS?

Ela pensou em não ir mais à escola, arruinando seu registro de presença perfeito para sempre, mas o que faria com todos aqueles hectares de tempo livre a não ser se xingar o tempo todo por ter sido tão completamente burra?

Martha não culpava Freddie, mesmo tudo tendo sido ideia dele.

Ele havia implorado que ela lhe enviasse uma foto nua, com as pernas abertas. Disse que já tinha visto *centenas* de vaginas e que aquilo não era nenhuma grande coisa. Que todo mundo fazia isso quando gostava de alguém. E Martha estava se esforçando muito mesmo para ser como todo mundo.

Só que a verdade foi que Freddie era tão inexperiente e ingênuo naquelas coisas quanto ela, e ficou tão entusiasmado de receber a foto de Martha que a enviou, triunfante, para seu melhor amigo. O amigo de Freddie achou tão divertido o quieto e estudioso Freddie, que geralmente se excitava mais com uma linha perfeita de código de computador do que com meninas, ter conseguido uma nude que compartilhou a foto com mais um garoto. Esse garoto a colocou no WhatsApp. Ficou lá só por dez minutos até ele se arrepender e tirar, mas, naquela altura, já tinha sido copiada inúmeras vezes e compartilhada por toda parte. Tudo que havia entre o anonimato e a fama, ao que parecia, eram nove horas e quatro decisões impensadas.

Freddie ficou arrasado, mas já era muito tarde para voltar atrás. Ele também, ironicamente, não quis mais ser namorado dela e desapareceu, voltando para a segurança do departamento de informática.

Martha não contou a seus pais. Eles ficariam tão decepcionados com ela e, pior ainda, culpariam um ao outro. Levara anos depois do divórcio para eles pararem com as brigas constantes na frente dela, e a última coisa que Martha queria era jogar lenha na fogueira.

Seu pequeno grupo de amigas ficara horrorizado por ela, e lhe havia dito todas as coisas certas e solidárias. Mas, depois, foram se distanciando aos poucos, como se sua estupidez fosse contagiosa. "Esqueciam-se" de guardar um lugar para ela no almoço ou de lhe contar onde iam se encontrar depois da aula. Também, aparentemente, haviam ficado com surdez coletiva, já que não ouviam mais quando ela as chamava no corredor.

Martha pensara, claro, em contar para as autoridades da escola, mas isso só ia deixar o coitado do Freddie em um apuro terrível — ele poderia até ser expulso —, mas não serviria para mudar o que já tinha acontecido. Provavelmente fariam alguma reunião daquelas horrorosas na escola para discutir privacidade de dados e segurança na internet, usando-a como exemplo do que não fazer, a garota-modelo da ingenuidade, o que só colocaria o incidente em evidência por ainda mais tempo. Eles proibiriam a foto, claro — ordenariam que todos a apagassem de imediato. Mas todo mundo sabia que nada podia ser permanentemente apagado na era da internet e a única coisa que atraía mais curiosidade do que uma nude era uma nude proibida.

Martha chegou aos armários do décimo ano e ficou paralisada. Na frente deles havia uma faixa improvisada, feita, ao que parecia, com um lençol, com as palavras: CHEGA DE REPRESSÃO AO SEXO!

Ela sentiu as faces esquentarem. Sabia quem tinha feito aquilo. Havia se tornado uma causa famosa no grupo de meninas que estavam sempre protestando contra o sexismo e a misoginia do cotidiano. Elas só estavam tentando apoiá-la, mas não percebiam que até mesmo aquela faixa bem-intencionada a marcava como alguém com vida sexual? Irônico, já que ela talvez fosse a única pessoa virgem do segundo ano, junto com Freddie. A verdade era que não queriam ser amigas dela, só suas protetoras, e aquela preocupação sufocante só a fazia se sentir mais fraca e mais patética. Mais como um alvo.

Martha viu algumas das meninas populares se aproximando. David Attenborough soou em sua cabeça outra vez. *Vejam o grupo, ou melhor, alcateia, de hienas. Elas sentiram o cheiro do filhote de gnu ferido, separado do rebanho em migração, e estão fechando o cerco para o ataque.*

Ela estendeu o braço, arrancou a faixa, enrolou-a em uma grande bola e a enfiou em seu armário, deixando-a ali como um tumor maligno a ser extirpado em alguma outra ocasião, e se refugiou na segurança relativa da sala de geografia vazia. Havia tirado aquela foto imbecil só porque queria desesperadamente fazer parte, e agora estava mais isolada do que nunca.

Foi até o globo sobre a mesa do professor e girou-o com o dedo. Aquele mundo era apenas um grão de poeira no universo. Parou o dedo sobre a Grã-Bretanha, cobrindo tudo exceto Cornwall, North Norfolk e as Hébridas Exteriores. Uma ilha tão pequenina. E ela era somente uma das milhões de pessoas minúsculas que a povoavam. Então por que sentia que todos estavam concentrando a atenção *nela*? Desejava poder voltar ao confortável anonimato que nunca valorizara. Não se importava mais em ser popular, ou mesmo aceita. Era tarde demais. Bastaria para ela ser invisível.

Martha se sentou em uma das carteiras, desfrutando os últimos poucos minutos de solidão antes que o sinal tocasse para o início das aulas.

Deu um pulo quando ouviu uma batida na janela, bem ao seu lado. Depois outra batida, e uma terceira. Três celulares estavam encostados no vidro, do playground do lado de fora. Três telas dançando ao longo do parapeito da janela, exibindo três fotos idênticas. Seis pernas abertas. Múltiplos lembretes da humilhação de Martha.

Quando aquilo tudo ia acabar?

Piers

18h17 De Waterloo para Surbiton

Piers avançou depressa pela Plataforma 5, com os olhos fixos à frente enquanto passava pelo terceiro vagão. Aquela mulher tinha feito um buraquinho em uma enorme caixa de marimbondos na última vez que ele se sentara perto dela e Piers sabia que, se ela cutucasse um pouco mais, todo um enxame de coisas sairia descontrolado e ele jamais conseguiria fechar o buraco de novo.

Caminhou direto até o último vagão, que estava relativamente vazio, e se sentou diante de uma mesa para quatro. Enfiou a mão no bolso de dentro do paletó e tirou um desgastado bloco de notas com capa de couro. Um de seus rituais básicos era escrever seus números todos os dias no bloco com um lápis. À moda antiga. Os rituais eram importantes, já que eram sinais para os deuses do mercado de que o negócio era sério, e ele não queria complicações. Por exemplo, sempre estalava as juntas, depois flexionava os dedos, antes de fazer uma transação de vulto, uma ação que costumava produzir exclamações e vivas, e até mesmo gritos de "Midas! Midas! Midas!" dos outros operadores. Não mais, obviamente.

Piers sentiu um baque no peito quando comparou o número do dia no fim da página com o da página anterior. Era quinze por cento mais baixo. Como isso podia ser possível? Seu coração deu um novo mergulho no abismo quando ele percebeu o lampejo de cor vibrante com o canto do olho. Será que ela o estava seguindo?

— Piers! — exclamou ela, desfazendo qualquer esperança de que pudesse ter entrado em seu vagão por alguma razão totalmente diferente. — Achei mesmo que tinha visto você passar! Já que agora estamos nos falando, tem uma coisa que eu estou louca para perguntar.

Ah, essa não. Ele ficou mudo, já que não tinha a menor intenção de incentivá-la. Ela se sentou na frente dele e pôs o cachorro ao lado mesmo assim.

— Eu preciso saber tudo sobre a Uva da Ira — disse ela. — Como foi isso de quase morrer? Você teve uma experiência de sair do corpo e olhar para si mesmo do teto? Você viu a vida passar diante dos olhos?

Piers se agitou no banco. Aquilo tinha jeito de um interrogatório militar e ele ficou com a incômoda sensação de que todos os passageiros em volta estavam ouvindo.

— Ãhn, não, na verdade não — respondeu. — Isso não acontece só quando a gente está se afogando? O que eu pensei foi mais em meus filhos crescendo sem pai. — Era mais uma mentira, na realidade. Era o que ele achava que *deveria* ter pensado, mas não ia confessar a verdade para um vagão cheio de curiosos.

— Você decidiu fazer alguma coisa boa por causa disso? Por exemplo, dar todo o seu dinheiro para uma instituição de caridade? — perguntou Iona.

Piers balançou a cabeça, mas se sentiu enrubescer ao lembrar o voto apressado que fizera ao Universo. Mas isso não contava, não é? Tinha sido extraído em condições de tortura e, portanto, ele estava isento pela Convenção de Genebra.

Como aquela mulher conseguia enxergar dentro de sua cabeça? Mas pelo menos ela parecia ter esquecido da conversa da semana anterior.

— Foi olhar na cara da morte que fez você perceber quanto odiava seu trabalho? Assim, um momento do tipo *Para que serve tudo isso? Por que eu desperdicei a minha vida?*

Ah, então ela não tinha esquecido. Ele suspirou e olhou o relógio, calculando quanto tempo teria que aguentar até chegar à sua estação. Dezoito minutos.

— Não, não — respondeu. — A verdade foi meio que entrando em mim ao longo dos últimos anos.

— Mas você disse que antes gostava. Do *que* você gostava em seu trabalho no começo? — indagou ela, seus olhos sondando-o tão intensamente que ele se viu remexendo no arquivo trancado de seu passado, à procura de respostas.

— Números — falou, por fim. — Era disso que eu gostava. Sempre gostei de brincar com números. — Ele parou, imaginando se poderia interromper por aí, e esperou que Iona avançasse a conversa, mas ela não o fez. Só continuou olhando para ele, em silêncio, até que ele se pegou falando outra vez. — A minha infância, sabe, foi meio... caótica.

— Caótica como? — perguntou Iona, inclinando-se para a frente.

— Ah, as coisas de sempre, acho. Um pai desempregado e quase sempre ausente, que gastava o seguro-desemprego apostando em cavalos. Mãe alcoólatra. Você deve conhecer esse tipo de história. Então eu descobri a matemática, e ela era tão... organizada, inevitável, controlada e precisa. O oposto do que era a minha vida. E eu era muito bom nisso.

— E foi a matemática que ajudou você a escapar de sua infância? — indagou Iona.

— É, foi. Bom, foi o sr. Lunnon, meu professor de matemática, para ser justo. Ele viu que eu levava jeito e me encaminhou para o programa de jovens talentos da escola, e isso abriu muitas portas para mim. Aulas extras e competições no país inteiro. Depois, quando eu estava me candidatando a universidades, ele me ajudou a preencher os formulários e me instruiu para as entrevistas. Eu fui o primeiro da minha família a ir para a universidade e o primeiro da minha escola a estudar matemática em Oxford. Eu devo tudo a ele.

Que droga, ele se sentia meio choroso. E culpado. Quando tinha entrado em contato com o sr. Lunnon pela última vez? Será que ele ainda estava vivo? Será que alguma vez agradecera a ele? Imaginava que sim, ou será que não?

Talvez tenha sido a onda de emoção inesperada que o fez proferir mais uma confissão, algo que não contava a ninguém, o pensamento que ele pegava nas primeiras horas insones da manhã e virava nas mãos como uma bola de cristal.

— Isso era o que eu realmente queria ser, em um mundo ideal — disse ele. — Professor. Gostaria de mudar a vida das pessoas, como ele mudou a minha. Sabe? Dar algo de volta, em vez de só ficar fazendo o dinheiro circular. Seria como a vida cumprindo um ciclo.

Iona recostou no banco e sorriu para ele, com sinceridade. Como se ela pudesse de fato gostar dele só um pouquinho. Ou desgostar um pouco menos. A ideia o alegrou, o que era estranho, já que pouco devia se importar com o que ela pensava dele.

— Ora, ora, é a segunda vez que você me surpreende — disse ela. — E hoje é seu dia de sorte, porque talvez eu possa ajudar.

— Por que você ia querer me ajudar, Iona? — indagou. Não de uma maneira agressiva, mas porque estava genuinamente interessado na resposta. Tentou se lembrar de quando tinha sido a última vez que ele quis ajudar alguém que não fosse de suas relações próximas, ou que não tivesse um impacto direto sobre sua carreira ou bem-estar.

— Bom, de que ia servir ter salvado a sua vida se eu não tentasse garantir que você fizesse bom uso dela? — respondeu Iona. — E, de qualquer modo, ajudar as pessoas é minha razão de vida. Ou, no seu caso, graças àquela uva errante, eu poderia dizer razão de *uvida*! Você viu o que eu falei?!

Iona riu tanto da própria piada que tornou totalmente desnecessário que alguém mais a acompanhasse nisso, graças aos céus.

— É muita gentileza sua, mas não há o que fazer. Este não é um mundo ideal, certo? Tirando todo o resto, a minha esposa detestaria a ideia de eu ser professor — disse, levantando-se quando o trem por fim chegou à estação Surbiton.

— Pelo menos fale com ela — sugeriu Iona, elevando a voz enquanto ele se encaminhava para a porta sem se virar. — Com certeza ela só quer ver você feliz.

— Está dormindo, Minty? — sussurrou Piers. Na meia-luz da lâmpada noturna, ele viu o edredom de Minty se mover e um bracinho rechonchudo se estendeu para ele, a mão se abrindo como uma estrela-do-mar pega de surpresa.

— Papai! Você chegou! — exclamou a garotinha.

— Como foi a escola hoje, minha linda? — perguntou ele, se inclinando para beijar a face morna e inalar o perfume do xampu Johnson's para bebês e da pasta de dente sabor morango.

— Legal. O pai da Ava foi lá falar sobre o trabalho dele — disse Minty.

— O que o pai da Ava faz? — perguntou Piers.

— Ele é veterinário, que é um médico para animais doentes. Ele trabalha no zoológico de Londres. Ele levou um suricato de verdade! Tããão fofinho — disse Minty.

Um *suricato*?!? Aí já era covardia. Como qualquer outro pai poderia competir com isso?

— Você pode ir lá falar também, papai? — indagou Minty.

— Claro que sim, minha flor — disse Piers, arrumando o edredom novamente em volta da filha. — Eu posso contar tudo a seus amigos sobre bancos de investimentos e como ganhamos muito dinheiro adivinhando quais ações vão subir e quais vão cair.

Minty franziu a testa, parecendo nem um pouco impressionada. E quem poderia culpá-la?

— Encontrei uma nova babá fabulosa — contou Candida, entre as garfadas de um risoto primavera da Marks & Spencer. Candida, que havia frequentado a escola de etiqueta, nunca falava de boca cheia ou apoiava os cotovelos na mesa, e sempre usava um guardanapo de linho bem passado.

— Ah, é? — disse Piers.

— Ah, sim. Eu me cansei dessas meninas que mal terminaram a escola, com todas as suas angústias e *dificuldades* de adolescente. Lembra aquela dinamarquesa que comia tudo que tinha na geladeira no meio da noite? E a menina que tinha pesadelos e ficava gritando em romeno, acordando as crianças? Isso para não falar de Magda e seu aparente problema com drogas e moral duvidosa. — Ela estremeceu.

Pelo menos, não havia comentado sobre a babá holandesa. Talvez esse pequeno episódio tivesse finalmente sido varrido para baixo do tapete.

— Desta vez, vamos ter uma babá adequadamente treinada e experiente — continuou Candida. — Com uma profusão de referências excelentes. Ela se chama Fiona, tem uma aparência reconfortante de sra. Doubtfire e trabalhou para uma prima em segundo grau de Sophie de Wessex. — Ele deve ter feito uma cara de nada, porque ela acrescentou: — A esposa do príncipe Edward. Aquela que é simpática, mas sem graça. É o que sempre digo: *quando estiver em dúvida, jogue dinheiro no problema*. Foi você que me ensinou. — Ela sorriu para ele.

Ele dizia mesmo isso? Era provável que sim. Quanta arrogância e estupidez. E quanto dinheiro, exatamente, ela teria "jogado no problema"?

— Meu bem — disse ele, pisando no terreno com cuidado. — Já pensou em talvez cuidar você mesma das crianças? Não são mais bebês. Minty já está na escola e Theo vai no ano que vem.

Candida fez uma expressão horrorizada.

— Mas, Piers, e o meu *trabalho*? Eu não sou uma dona de casa dos anos 50 que se contenta de passar o dia de avental assando bolos e aprontando os chinelos e gim-tônica para quando o marido chega em casa.

Piers, que via a si mesmo como uma pessoa de ideias progressistas, aceitaria totalmente esse argumento se Candida de fato estivesse ganhando alguma coisa. Mas o "trabalho" dela estava lhe custando uma fortuna. Ela tinha aberto uma butique de grife na avenida principal, onde os aluguéis eram astronômicos, e só de vez em quando empurrava um vestido para uma de suas amigas por um preço camarada. Uma quantidade enorme do estoque, ainda com as etiquetas de preço, aparecia como por magia no guarda-roupa dela, e ela insistiu em contratar uma assistente, já que não teria cabimento ela ficar presa à máquina registradora o dia inteiro. Ainda assim, essa obviamente era uma batalha que ele não ia vencer naquele dia.

Piers estava de olho na taça de vinho de Candida. Tinha aprendido, depois de anos de experiência, que o momento ideal para tocar em um assunto difícil era depois das duas primeiras taças, quando ela se sentia relaxada, mas antes da terceira, que a tornava agressiva e briguenta.

— Candida? — disse ele, apoiando a ponta de um dedo do pé sobre a camada de gelo extremamente fina. — O que você acharia se eu lhe dissesse que estava pensando em retomar minha formação como professor de matemática?

Candida riu. Aquela fabulosa risada espontânea que o fez se virar para olhar para ela no outro lado na pista de dança, na noite em que se conheceram, no Hurlingham Club, dez anos antes.

— Eu lhe diria que, se quisesse ser esposa de um professor, teria me casado com um professor! Imagine só! Eu! A garota na lista das mais cobiçadas da *Tatler*! — disse ela. Então fez uma pausa, examinando o rosto dele. — Ah, meu Deus. Está falando sério, não está? Você tem só trinta e oito anos. Não é cedo demais para uma crise da meia-idade? Por que não compra um carro esporte vistoso ou algo assim? Não, espera, você já fez isso!

Ela sorriu, com aqueles pequenos e perfeitos dentes laminados faiscantes que haviam lhe custado o mesmo que um carro pequeno. Ele sabia que, por baixo de toda aquela imitação de porcelana, os dentes verdadeiros dela haviam sido lixados como pequeninas adagas. Havia algum tipo de metáfora naquilo.

— Que tal uma Harley-Davidson? Eu poderia até fechar os olhos para um affair rápido com a recepcionista, desde que ela não seja muito mais nova do que eu e que você prometa não se apaixonar por ela.

Ele não respondeu.

— Estou brincando — disse ela. — Claro.

— Mas eu não estou — retrucou ele. — Tenho me sentido muito infeliz no trabalho. Já faz anos. E deixei de ser bom no que faço. Depois que parou de ser um jogo, depois que começou a ser *importante*, perdi o entusiasmo.

— Não seja bobo, querido. Você é um *gênio*! É por isso que chamam você de Midas, não é?

— Mas você não quer me ver feliz? — perguntou, lembrando-se das palavras de despedida de Iona.

— Claro que sim! Você sabe como eu sou amorosa. É por isso que sou tão boa mãe! Mas quero ver você feliz *e* rico. Olhe, pense nas *crianças*. Um salário de professor não pagaria nem um bom ensino médio, quanto mais Eton e Benenden. E não pagaria por isto.

Ela fez um gesto amplo como se mostrasse a casa, cheia de todas as coisas escolhidas por seu caríssimo designer de interiores. Todas as luminárias, vasos, tapetes e almofadas que tinham que ser trocados cada vez que saíam de moda.

— E você teria coragem de dizer a Minty que ela terá que devolver seu pônei? — continuou Candida. — Ela já ficou tão chateada por Magda ter ido embora. Imagine como se sentiria se tivesse que perder o pônei.

— Mas, sinceramente, nós precisamos mesmo de tudo isso? — disse ele. — Seria mesmo tão terrível se as crianças fossem para uma escola pública, por exemplo, e se Minty tivesse um hamster? Ou um peixinho dourado? Eu teria dado tudo por um hamster na idade dela.

— Ah, meu Deus, lá vamos nós outra vez! *A vida era tão difícil para mim que só pude ter uma cochonilha em uma caixa de fósforo como mascote* — disse Candida, imitando a voz dele.

— Era uma tesourinha — corrigiu Piers. — Eric.

Candida sorriu do mesmo jeito que sorria para Theo quando o filho pedia mais uma história antes de dormir. Um sorriso que dizia *Eu amo você, mas não. Você não tem pontos suficientes em seu cartão de recompensas para ganhar privilégios especiais.*

— Quer saber? — disse ela. — Por que você não vai levando do jeito que está até as crianças terminarem a escola? Depois você pode fazer o que quiser. Pode lecionar, se essa for realmente sua ambição máxima. Ou nós podemos vender tudo, comprar um barco e navegar pelo mundo, nus a não ser pelas bandanas amarradas de algum jeito estiloso. Ou podemos ir redescobrir a nós mesmos em um retiro budista na Tailândia. Por que não focar em "rico" por enquanto e deixar o "feliz" para mais tarde? O que acha disso?

Depois que as crianças terminarem a escola? Daqui a *quinze anos*. Alguns assassinos recebiam penas menores do que essa.

— Tudo bem — disse Piers, quando Candida terminou sua terceira taça de vinho. E ela sorriu para ele, tentando disfarçar a expressão que era um misto de alívio e vitória.

O que ele ia fazer? Como contar que a decisão já estava, em grande parte, fora das mãos dele?

Sanjay

8h35 De New Malden para Waterloo

Quando Sanjay chegou à estação, seu trem já tinha ido embora. Ele estava realmente lento naquele dia. Tudo parecia se arrastar, mesmo depois do café espresso duplo que havia tomado no caminho.

A noite de sono tinha sido terrível. Ficara acordado até tarde, porque, em uma rara combinação de turnos, ele, James e Ethan estavam todos em casa ao mesmo tempo. Passaram horas jogando e terminaram a noite com um desafio estilo *Star Wars* que envolvia manobrar espaçonaves em meio a uma chuva de meteoros e atirar em obstáculos e alienígenas pelo caminho. Isso se transformara em um pesadelo vívido em cores no qual vários pacientes, amigos e parentes de Sanjay desenvolviam tumores de crescimento rápido, que proliferavam de inúmeras partes do corpo, os quais ele precisava eliminar com uma arma de laser similar a uma seringa gigante, enquanto sua mãe, que era advogada, aparecia aqui e ali gritando: "Pare com isso ou vai acabar em um tribunal!"

— Por que você demorou tanto, meu lindo? — disse uma voz atrás dele, fazendo-o dar um pulo. Ele se virou e ali, sentada em um banco, escondida atrás das páginas do *The Times* e parecendo uma espiã de um filme da Guerra Fria à espera de trocar valises, estava Iona.

Aquilo era incrivelmente perturbador, porque, na última vez que Sanjay a vira, havia um grande tumor aparecendo de sua orelha esquerda e se expandindo como um balão cheio de hélio. Ele tinha atirado e, por acidente, estourado a cabeça dela. Era um alívio vê-la ali ainda inteira.

— O que *você* está fazendo aqui, Iona? Esta não é a sua estação.

— Não vamos ser possessivos com as estações, meu querido. Esta não é a minha estação, mas também não é a *sua* estação. É uma estação para o povo. Ou para quem tiver uma passagem, pelo menos — respondeu.

— Pare de se fazer de boba, Iona! Você sabe o que eu quis dizer. Esta não é a estação que você costuma usar.

— Na verdade eu vim aqui para te encontrar — disse Iona. — Não te vi no trem esta manhã, e nem ontem. E eu precisava ver você antes do fim de semana.

— Por quê? — perguntou ele, se sentindo cada vez menos à vontade. Devia ter pensado melhor antes de se envolver com uma estranha em um trem. A menos que fosse Emmie, claro. O que também não estava dando muito certo.

— Olha, o trem chegou. Vamos entrar e eu explico tudo!

Sanjay e Iona embarcaram no Vagão 3, obviamente. Iona examinou o trem, franzindo a testa. Abriu caminho entre as pessoas que estavam de pé no corredor, ignorando os resmungos e protestos, Sanjay atrás dela de rosto vermelho, dizendo "Desculpe, com licença, desculpe", até ela chegar à sua mesa habitual para quatro.

— Bom dia — disse ela para o homem de negócios sentado no banco do corredor voltado para a frente. — Acredito que o senhor esteja no meu lugar. — Lulu emitiu um rosnado baixo, para enfatizar. Quem dos dois estava sendo possessivo? Sanjay ia gostar de assistir ao desenrolar daquela história. Ninguém *jamais* cedia o assento no trem sem briga. Ele sempre se levantava para uma mulher grávida ou alguém que parecesse mais frágil, mas ele era diferente.

— Ah, desculpe — disse o homem, levantando-se e vagando o lugar. *Como ela fez isso?*

— Tão gentil — disse Iona, sentando-se com Lulu no colo e começando a arrumar suas coisas na mesa à frente.

Sanjay, claro, ficou de pé. Iona se inclinou para ele e sussurrou:

— Ainda bem que aquele cara não conhece a Quarta Regra do Transporte Público.

— Que regra é essa? — perguntou Sanjay, imaginando se haveria algum folheto que ele deveria ter lido.

— Nunca ceda um assento depois que o tiver ocupado! — exclamou Iona. — Então, a razão para eu ter que encontrar você com tanta urgência é que preciso que você vá a um lugar comigo no domingo, às dez horas da manhã. Você está livre, não está?

— Estou — respondeu ele, depois xingou a si mesmo por não ter primeiro tentando descobrir o que Iona tinha em mente antes de oferecer sua disponibilidade em uma bandeja.

— Graças aos céus! — disse Iona. — Nós vamos ao labirinto de Hampton Court!

— Ãhn, legal. Mas por quê? — quis saber Sanjay.

— Porque eu não vou lá há séculos e adoro aquele lugar — disse Iona.

— Por que você não leva a Bea?

— Ela não gosta do labirinto — respondeu Iona. — Vive se perdendo.

— Não é essa a ideia de um labirinto? — indagou Sanjay.

— E eu achei que você ia gostar — continuou Iona, ignorando-o. — Achei que você poderia achar uma boa ideia passar a manhã comigo. Mas claro que não. Você tem coisas muito mais interessantes para fazer com seu tempo do que passá-lo com uma mulher chata de meia-idade, tenho certeza. — Iona fungou e deu a impressão assustadora de que talvez estivesse prestes a chorar.

Sanjay se sentiu péssimo. Iona obviamente não tinha muitos amigos e era lisonjeiro que ela o tivesse escolhido para o passeio, e ele a tinha feito se sentir mal. Sua mãe teria ficado tao decepcionada. Ela havia dito a ele que era extremamente rude recusar o convite de uma garota que tinha tomado coragem para chamá-lo para dançar ou para sair. Sanjay não achava que ela estava se referindo a uma pessoa como Iona quando lhe dissera isso, mas mesmo assim.

— Não, não! — disse ele. — Eu adoraria. Vai ser muito divertido!

— Ótimo. Então está combinado — respondeu Iona, recompondo-se com notável rapidez.

O trem parou na estação Wimbledon e a mulher sentada na frente de Iona se levantou para sair. Sanjay aproveitou a chance para se sentar no banco desocupado.

— Sanjay! — sibilou Iona no ouvido dele. — Levante-se! Depressa!

— Por quê? Eu acabei de sentar! E a Quarta Regra do Transporte Público?

— Esta é uma das bem conhecidas exceções.

— Que exceção? — indagou Sanjay.

— Nunca ceda um assento depois que o tiver ocupado *a menos que Iona lhe diga para fazer isso*. Olhe! É o homem do sanduíche falante. Você se lembra dele, não é? Preciso saber no que deu a história dele. Ei, ei! — gritou Iona, gesticulando para o assento que o traseiro de Sanjay não estava muito disposto a deixar. — Tem um banco livre aqui!

O homem, de quem Sanjay não lembrava o nome, pareceu um pouco aterrorizado. Ele se sentou no lugar que Sanjay tinha acabado de desocupar, sem dúvida ainda quente de suas nádegas.

— Oi, Iona. Oi, Sanjay — disse ele.

— Oi, Daniel! — disse Sanjay com alívio, quando o nome finalmente lhe voltou.

— David — corrigiu David, parecendo resignado, como se as pessoas com frequência errassem seu nome.

— E aí, como foi naquela noite? — perguntou Iona. — Você conversou com sua esposa sobre o bilhete? Mais importante, você *escutou* o que ela queria lhe dizer?

— Sim, claro. Mas acho que cheguei tarde demais — disse David, abatido. — Foi mais ou menos como pôr um curativo em uma artéria rompida.

— Precisa de um torniquete para isso — disse Sanjay, que estava se sentindo um pouco deixado de lado.

— É — disse Iona. Depois acrescentou, virando-se para David: — Ele é enfermeiro. — Sanjay não pôde vê-la revirando os olhos, mas soube que ela estava fazendo isso pelo tom de sua voz. — E então, o que ela disse?

— Não podemos falar sobre isso aqui — disse David. — É um assunto muito particular.

Ele tinha razão, pensou Sanjay, mas Iona claramente não deu bola.

— Não seja bobo. Esta é a vantagem do anonimato do trem. Ninguém presta a menor atenção nos outros. Agora, me conte o que aconteceu. Como é mesmo o nome da sua esposa? — indagou Iona.

— Olivia. Ela quer vender a casa e comprar um lugar só para ela. Talvez no exterior. Diz que quer mudança. Aventura. Paixão — contou David.

— E não é isso que todos queremos? — respondeu Iona. Então, percebendo que David parecia um tanto perplexo, acrescentou: — Ou talvez não. Quando foi a última vez que você fez uma surpresa para sua esposa? Que a levou a algum lugar novo e empolgante?

— Não sei dizer — respondeu David. — Para ser sincero, desde que nossa filha Bella saiu de casa, caímos numa espécie de rotina. Nem conversamos muito mais. Todas as nossas conversas costumavam ser sobre ela, entende? Acho que a Bella era o coração de nossa família e, quando ela saiu, nos deixou vagando sem rumo em uma casca inútil.

— Ah, sim, o ninho vazio. Vocês não estão sozinhos nesse sentimento — disse Iona, dando uma palmadinha no joelho de David que o fez parecer mais alarmado do que reconfortado. — É muito, muito comum. Eu tenho até um folheto sobre isso. Quando ela saiu de casa?

— Faz dez anos. Alguns anos depois, ela se mudou para a Austrália.

— Dez anos é um longo tempo para deixar um casamento sem um coração ativo, David — disse Iona. — Você não pode culpar Olivia por querer algo mais.

— Vocês precisam de um desfibrilador — disse Sanjay. Ambos o ignoraram.

— Agora eu sei, claro — David falou para Iona, parecendo um tanto exasperado. — Mas é tarde demais. Foi o que ela disse.

— Não necessariamente — retrucou Iona. — Só precisa convencê-la de que ela pode ter mudança, aventura e paixão *com você*.

Sanjay desconfiava de que *aquilo* seria uma árdua batalha. David parecia um homem mais chegado a um cardigã e chinelos confortáveis do que a paixão e aventura.

— É muito fácil deixar um casamento se tornar cansado e banal — prosseguiu Iona. — Em um minuto você está dizendo que os olhos dela são uma galáxia de estrelas e no momento seguinte está perguntando: "Essa calcinha está suja? Porque eu vou pôr as roupas escuras para lavar".

David parecia não estar bem certo do que era mais chocante: a ideia das calcinhas metaforicamente sujas de sua esposa ou o pensamento de ele colocar alguma roupa para lavar, escuras ou não.

— Você precisa fazer ela lembrar por que se apaixonou por você! — exclamou Iona. — Droga, já estamos em Waterloo. Vamos conversar mais da próxima vez! Tenho que correr. *Brainstorming* da equipe. — A maneira como ela disse "brainstorming" deixou óbvio o que ela pensava dessa ideia.

Iona pegou sua enorme bolsa, enfiou Lulu embaixo do braço e foi embora apressada, deixando David um pouco atordoado.

— Vejo você domingo, Sanjay! — gritou. — Não se atrase!

— Devia agradecer a sua sorte, colega — disse uma voz do outro lado do corredor para David. — Eu estou tentando me livrar da minha mulher há anos.

O velho mito do "anonimato do trem".

Sanjay sentiu o celular vibrar no bolso. Havia um alerta de texto na tela.

Mãe: A ANITA VEM ALMOÇAR DOMINGO.

Meera sempre mandava as mensagens em maiúsculas. Sanjay suspirou. Ele sabia aonde isso ia levar.

Que bom, respondeu.

Mãe: QUE TAL EU PEDIR PRA ELA TRAZER A FILHA? ELA TEM A SUA IDADE.

O dedo de Sanjay pairou sobre a tela, pensando em como responder. Ele sabia, por experiência, que a melhor estratégia era mudar de assunto.

Em que você está trabalhando no momento?, perguntou. O trabalho de Meera era a única coisa que podia competir com os detalhes da vida de seus filhos por sua atenção.

Mãe: UM CASO DE CASAMENTO FORÇADO. FASCINANTE, MAS TRÁGICO.

Percebe a ironia?, digitou Sanjay, antes de conseguir se conter.

Mãe: NÃO ESTOU SUGERINDO QUE VOCÊ SE CASE COM NINGUÉM! ☹ SÓ NÃO QUERO TE VER SOLITÁRIO ☹.

Obrigado, mas eu não estou solitário, escreveu Sanjay, mas depois se perguntou se isso era verdade. Ele quase nunca estava sozinho, mas isso não era exatamente o mesmo que não ser solitário, era?

Esses clientes estão pagando?, perguntou, como sempre fazia.

ESTOU COBRANDO O QUE ELES PODEM PAGAR, respondeu Meera, o que, claro, significava que não estavam pagando nada. Felizmente, a prática de advocacia de Meera sempre era resgatada pela empresa de táxis do pai de Sanjay. Eles até compartilhavam o escritório: aconselhamento jurídico (com frequência gratuito) no andar superior e serviço de táxi no inferior. Meera tinha o hábito de persuadir os motoristas a oferecerem transporte gratuito para seus clientes irem e voltarem do tribunal, para irritação de seu pai.

A FILHA DA ANITA É HIGIENISTA DENTAL, escreveu Meera, que também era boa em mudar de assunto. ENTÃO NÃO SE ESQUEÇA DE

ESCOVAR OS DENTES MUITO BEM ESCOVADOS ANTES DE VIR PARA O ALMOÇO!

Obrigado, mãe, mas eu já tenho um compromisso no domingo, Sanjay escreveu de volta.

Pelo jeito Iona tinha lhe feito um favor. Não havia nada mais incômodo e constrangedor do que uma mulher de meia-idade tentando arrumar um encontro para ele.

Iona

A sessão de "brainstorming" seria na sala Clark Kent. Quando Ed chegou à empresa, uma de suas ideias mais revolucionárias havia sido renomear toda as salas do escritório com o nome de jornalistas famosos. Devem ter esgotado os nomes de jornalistas reais. Iona vinha fazendo campanha havia meses para trocar Clark Kent por Nora Ephron, sem sucesso. Era uma triste marca da política de contratação de Ed que mais de seus funcionários tinham ouvido falar de Clark Kent do que da incomparável Nora.

Iona tinha sido dispensada das reuniões de brainstorming semanais no passado, devido, ela imaginava, a seu longo tempo na empresa, mas um dos resultados da "avaliação 360" foi sua presença ter sido considerada obrigatória. A participação ativa e entusiástica nas sessões em equipe era, de acordo com Ed, um dos KPIs dela. Iona não quis confessar que não fazia a menor ideia do que era um KPI e pesquisou no Google assim que voltou à sua mesa. Era, aparentemente, um "Key Performance Indicator", ou "indicador-chave de desempenho". Não refrescou muito. Tinha cara de uma ferramenta de diagnóstico que um chaveiro poderia usar.

— Bem-vindos, sejam todos bem-vindos! — exclamou Ed, que estava de pé ao lado de um flip chart segurando um conjunto de canetas nas cores primárias. — E lembrem-se: não existem ideias ruins!

Isso claramente não era verdade. E o Sinclair C5? E batata frita com sabor de coquetel de camarão? Ou aquela vela que vendiam na Goop chamada *Cheiro da minha vagina*? Mas talvez Ed acreditasse de fato nisso, já que havia executado várias ideias muito ruins desde que assumira a posição. Aquela sala de reuniões, por exemplo. Nos bons velhos tempos, havia uma grande mesa oval no centro, cercada por cadeiras funcionais. Agora, a sala era cheia de pufes de cores berrantes que, Ed insistia, estimulavam o fluxo de criatividade.

Os pufes não ajudavam em nada a criatividade de Iona. Para começar, ela estava sempre com medo de que alguém visse sua calcinha. Além disso, aquelas coisas eram como areia movediça. Depois que *estava*, ela achava uma missão quase impossível *sair* daquilo. Suas únicas opções eram pedir para alguém lhe dar uma ajuda, o que era totalmente humilhante, ou virar primeiro sobre as mãos e joelhos para depois se erguer. Todos pareciam conseguir lidar bem com aquele troço. Talvez por serem mais jovens e mais flexíveis, ou talvez apenas tivessem mais prática, tendo crescido na era dos pufes. Iona resolveu comprar um pufe para poder fazer umas sessões de treinamento em casa. Enquanto isso, tinha que encontrar desculpas para permanecer na Clark Kent até todo mundo ter saído, para que ninguém a visse se arrastando pelo chão como um peixe fora d'água. O que provavelmente ela era.

Iona estreitou os dentes e desceu sobre um pufe amarelo ovo. Tinha deixado Lulu com a assistente de Ed, já que Lulu não iria gostar *nada* daquilo. Ela era tradicionalista.

— Iona! — disse o homem no pufe verde-esmeralda à esquerda dela. Ela se virou e viu Olly, o diretor-geral de sociais, cargo que, ela só foi descobrir depois de alguns mal-entendidos bastante humilhantes, significava lidar com coisas como Twitter e Instagram, não festas.

— Sim? — respondeu ela, torcendo para que ele não fosse pedir que ela o "amigasse" no Facebook.

— Você pôs fogo no feed do Twitter da revista esta semana. Bravo!

— Foi mesmo? — perguntou. Como poderia ter feito aquilo? Ela nem sequer estava no Twitter, que sempre parecera muito *irritado* para o seu gosto. Um monte de pessoas disparando insultos umas contra as outras, depois postando fotos de gatinhos. *Racismo! Misoginia! Homofobia! Olha que lindo meu gatinho fofo!*

— E como! Aquele lance que você escreveu sobre pornografia e pelos pubianos foi compartilhado *milhares* de vezes. Eu fiquei hipersurpreso, para ser sincero, porque achava que você viria com a conversa padrão sobre controles parentais — disse Olly.

— Ah, por favor, não — disse Iona. — Todo menino que se preza já sabe contornar os controles parentais desde os dez anos. — Percebeu Ed olhando para eles com ar de interrogação e levantou um pouquinho a voz. — Mas fico muito feliz por ter ajudado você com algum conteúdo *millennial vibrante*.

Toma essa, Ed, e enfia nos seus KPIs.

— Muito bem, time! — disse Ed. — Atenção aqui agora! Quero dar o pontapé inicial nesta manhã pedindo que o Olly conte para todos vocês algumas novidades superempolgantes. Olly, o palco é seu.

Olly se levantou do pufe sem nem sequer usar as mãos, de uma maneira desnecessariamente exibicionista, ligou seu iPad em um cabo na frente da sala e um gráfico de barras surgiu na grande tela na parede. A tecnologia moderna era miraculosa, mas Iona sentiu uma onda de nostalgia dos tempos dos retroprojetores e acetatos, e de poder dizer *o próximo slide, por favor,* em um tom educado, mas imperativo, para o subalterno que operava o projetor.

— Como vocês todos sabem — começou ele —, nosso público leitor está ficando cada vez mais velho. A idade média de nossos leitores é de quase cinquenta anos. — Ele disse *cinquenta* como se fosse um número de anos incompreensivelmente enorme. Um dia ele ia aprender que cinquenta anos podiam de fato desaparecer em um piscar de olhos. — Portanto, é *vital* para nós atrair leitores mais jovens antes que nossos consumidores atuais literalmente morram.

Ed estava concordando tão vigorosamente que Iona podia imaginar a cabeça dele se soltando dos ombros e rolando entre os pufes, como em um pinball macabro. Era uma imagem menos aflitiva do que se poderia esperar.

— Então, precisamos de *influencers* que possam abrir o caminho e trazer suas legiões de seguidores. Influencers como esta... — E ele indicou uma nova imagem na tela. Uma foto que Iona tinha certeza de já ter visto. Ela franziu a testa, tentando lembrar onde. Então se lembrou que não deveria franzir a testa, ou isso poderia encorajar a editora de beleza a lhe passar mais um cartão de um especialista em botox.

No trem! Foi lá que tinha visto! Emmie lhe havia mostrado exatamente a mesma foto.

— Nós não montamos a imagem, nem pagamos por ela, mas a Fizz, a *própria* Fizz *com a marca de verificação azul,* postou esta foto alguns dias atrás com a legenda "Toda garota precisa de um tempo para si mesma" e, como podem ver, a revista que ela escolheu para levar para a banheira é a *nossa revista.* Esse é exatamente o tipo de divulgação de que precisamos. A Fizz é a *Mulher Moderna* arquetípica. Tentei entrar em contato com ela por suas redes sociais e sua agente, mas ainda não recebi resposta. Provavelmente ela nunca olha as DMs.

Iona se perguntou quando as pessoas tinham começado a *mandar uma* DM em vez de simplesmente telefonar. Fora os americanos, claro, que sem dúvida faziam isso havia anos, assim como *performar* e *pensar fora da caixa.*

— Então eu queria saber se algum de vocês por acaso têm algum modo de chegar nela. Alguém? — Ele olhou em volta, focando os olhos em cada pessoa, uma por uma, exceto ela.

— Espere um instante — disse Ed, levantando a mão aberta na direção de Olly, como um guarda de trânsito. — Vamos retomar um pouco caso alguém aqui não saiba quem é Fizz. — Ele olhou tão diretamente para Iona que todos os olhos se voltaram para ela também. — A Iona provavelmente acha que é um refrigerante em lata! — exclamou ele, com uma gargalhada.

— Você é tão engraçado, Ed — disse ela, em sua voz mais imperturbável. — Na verdade, ela é uma sensação do TikTok e, por acaso, é uma amiga muito próxima de uma amiga muito próxima minha. Se você quiser, posso tentar marcar para almoçarmos com ela e conversarmos sobre uma possível parceria. Parece que ela gosta do Savoy Grill. — Iona, claro, não sabia nada sobre isso, mas como alguém poderia *não gostar* do Savoy Grill?

Todos a encararam com imensa incredulidade e, se ela não estava enganada, uma pitada de admiração. Foi aí que ela percebeu que na verdade estava se divertindo. Queria poder sair flanando da sala, triunfante, deixando-os com suas "sessões de geração de ideias" bobas, mas, infelizmente, flanar para qualquer parte não era uma opção; ela ficaria entalada naquele maldito pufe até a hora do almoço.

Piers

18h17 De Waterloo para Surbiton

Uma prova de como o dia de Piers estava ruim era que sua conversa com Iona no trem de volta para casa vinha despontando como o seu melhor momento. Ele até fez hora na Plataforma 5 de propósito para garantir que estivessem no mesmo trem.

A opinião de Piers sobre Iona tinha mudado completamente desde a noite anterior, quando passara uma hora ou mais pesquisando sobre ela na internet. Descobriu que ela e Bea tinham sido "It Girls" nas décadas de 80 e 90. Eram constantemente fotografadas em festas e pré-estreias, em aviões particulares e férias exuberantes. Iona era alta, esguia, loira, com ar distante. Bea era uma garota negra escultural ainda mais alta, que usava o cabelo em tranças que desciam pelas costas até a cintura ou presos no alto da cabeça em penteados cada dia mais elaborados e tinha olhos que pareciam saltar da página ao longo das décadas para desafiá-lo.

— Procurei você no Google — admitiu ele. — Você era incrível. Adorei seu codinome: Iona Yacht.* — Piers tentou fazer aquilo soar trivial, porque, em um raro momento de insegurança, percebeu como seu novo interesse por Iona o fazia parecer superficial.

---

* Soa como "I own a Yacht", isto é, "Eu tenho um iate". (N. da T.)

— Ah, os bons e velhos tempos — disse ela. — Eu nunca tive um iate na verdade. Só frequentava muito os iates de outras pessoas. Escrevia colunas sociais antes de passar para as páginas de problemas. A Bea e eu éramos convidadas para *tudo*. Éramos até pagas para comparecer. Naquele tempo, acredite ou não, era quase excêntrico ser abertamente gay. As "lésbicas do batom", a imprensa nos chamava. Os paparazzi nos seguiam por toda parte.

— Imagino como devia ser — respondeu Piers, observando, pela primeira vez, a estrutura óssea vistosa de Iona e seus notáveis olhos azul--cobalto. Por que ainda não reparara naquilo? Será que ele era mesmo tão superficial a ponto de não conseguir ver além da pele ligeiramente flácida e das rugas? Desconfiava que sim.

— Você percebe que está falando sobre mim no passado, né? — comentou Iona. — De "garota da moda" para "garota fora de moda" em três curtas décadas.

Ela parecia entristecida. Ah, Deus, ele torceu para que ela não começasse a chorar. Não ali, no trem, certo? Provavelmente havia alguma regra proibindo esse tipo de comportamento no transporte público. Se não houvesse, deveria haver.

Pelo canto do olho, Piers viu que vários de seus colegas passageiros estavam digitando disfarçadamente *Iona Yacht* no Google. Notou que, enquanto antes as pessoas costumavam evitar se sentar perto de Iona, agora os assentos à sua volta quase nunca estavam vagos. Ela parecia ter se tornado a novela diária do vagão. Isso fazia dele um ator coadjuvante da Primeira Temporada?

— Desculpe — disse ele.

— Não se preocupe — respondeu ela, balançando a mão na frente do rosto como se pudesse empurrar de volta as lágrimas que estavam avançando. — Todo mundo faz isso. A tragédia é que eu sou a mesma mulher que era naquela época. Ainda me sinto com vinte e sete anos.

— Ah, mas aposto que é muito mais sábia agora — retrucou Piers.

— Sim. Mas não é desse jeito que a sociedade atual obcecada pela juventude me vê, percebe? Qualquer pessoa com mais de cinquenta anos é considerada irrelevante, ao que parece. Dinossauros.

— Claro que não é assim — retrucou Piers, ignorando o fato de que ele acreditava exatamente naquilo até a noite anterior. — Seja como for, eu adoro dinossauros. Você não tem ideia de quanto tempo eu passava no Museu de História Natural quando era criança. — Ele não acrescentou que boa parte da atração do museu era ser gratuito, quente e seguro e que, por algumas horas, ele podia se perder no meio das famílias felizes, acreditando ser parte delas.

— Naquela época, o trânsito parava mesmo que eu saísse vestida em um saco de lixo — disse Iona, fungando um pouco. — Hoje em dia eu poderia sair nua que ninguém me daria a menor atenção.

Piers achou isso altamente improvável. Na verdade, não queria sequer pensar em Iona nua. Era o tipo de imagem que poderia arruinar o dia de uma pessoa.

— Sabe, no Japão os idosos são venerados, olhados com admiração. Talvez eu e a Bea devêssemos nos mudar para lá. É pena que eu não gosto de peixe cru. Nem de karaokê. Mesmo assim — continuou —, é melhor do que ser um inuit. Eles deixam seus velhos sobre blocos de gelo para morrer.

— Acho que eles não fazem mais isso, Iona. Há séculos, na verdade — disse Piers.

— Mas vamos falar de coisas mais interessantes. Você. Como vai com a sua mudança de carreira? — perguntou Iona, examinando-o com os olhos semicerrados, dando-lhe a impressão de estar sendo escaneado por uma máquina de checkout de um supermercado antes de ser declarado um item não esperado naquela área.

— Não fui muito longe, para ser sincero — disse Piers. — Não tenho ideia de como voltar à minha formação anterior. Talvez eu esteja velho demais. — Ele não quis confessar a verdadeira razão de ter abandonado a ideia de lecionar tão rapidamente: a total falta de apoio de Candida. Sentia que, de alguma forma, seria desleal.

— Bobagem. Você é só um bebê. Aposto que nem tem quarenta anos ainda. O que você precisa fazer é conversar sobre isso com um professor atuante que possa lhe dar uma visão de como entrar na área. Conhece algum?

Piers pensou em todos os amigos que tinham ido ao último coquetel oferecido por Candida: advogados, banqueiros, gerentes de fundos de hedge, investidores de capital de risco, CEOs e um punhado de gente da mídia para dar variedade. Nenhum professor. Eles tinham sido comidos vivos. Servidos pelos garçons uniformizados contratados, junto dos blinis de salmão e tempurás de camarão, e engolidos com champanhe Pol Ranger vintage gelada.

— Não, acho que não — respondeu ele. Tirando a professora de primeiro ano de Minty. Não poderia conversar com ela sem o risco de Candida ficar sabendo. Além disso, se fosse mesmo lecionar, gostaria de ser uma inspiração para adolescentes com problemas, não para crianças privilegiadas de cinco anos.

— Humm. Bom, tenho certeza de que algo vai aparecer — disse Iona. — Em minha experiência, isso geralmente acontece.

— Claro — disse Piers, imaginando em que universo estranho e simplista Iona vivia.

O trem parou na estação Surbiton e ele desceu para retornar em seu carro de banqueiro à sua casa de banqueiro e sua esposa de banqueiro.

Aquilo tudo não passava de um desperdício do tempo de Iona, e do dele. Tinha problemas muito mais urgentes com que se preocupar.

Sanjay

Caminhando pelos jardins do Palácio de Hampton Court e seus gramados perfeitamente aparados, fontes majestosas e canteiros formais, Sanjay sentiu os músculos contraídos de seu pescoço e ombros começarem a se soltar um pouco. Era tão fácil, para quem passava a maior parte do tempo nos interiores brutalmente higienizados de um hospital de Londres, sob a dura luz artificial, esquecer como a vida ao ar livre podia ser restauradora. Toda aquela beleza ficava a poucos quilômetros da casa de Sanjay, no entanto era a primeira vez que visitava o local.

Fazia uma daquelas manhãs perfeitas, em que o inverno mostra os primeiros sinais de ceder para a primavera. O céu estava azul e sem nuvens, com um ligeiro frescor no ar e uma neblina baixa pairando sobre os lagos. As primeiras flores desbravadoras — campânulas brancas e flores de açafrão — estavam abrindo caminho pelo solo frio.

Sanjay se sentia como uma das criaturas mágicas de Nárnia vendo as evidências de que os poderes da Feiticeira Branca estavam decaindo. Um castor, talvez. Ou um fauno. Ele preferia ser um fauno.

O Labirinto do Palácio de Hampton Court é o mais antigo labirinto de cerca viva ainda existente, encomendado por volta de 1700, recitou Sanjay em sua cabeça. Ele havia passado horas na noite anterior lendo sobre a história do palácio e do labirinto, para ter o que conversar com Iona. Era engraçado, nunca tinha saído com uma quase estranha trinta anos mais velha do que ele e estava bem apreensivo quanto a isso. Vai saber por que ela o tinha convidado, ou por que ele tinha concordado. As coisas simplesmente aconteciam quando Sanjay estava perto de Iona, sem que tivesse nenhum controle sobre elas.

— Sanjay! — chamou Iona, tão alto que a garça, que esperava as fotos de um grupo de turistas japoneses com tanta paciência que Sanjay até achou que fosse feita de plástico, saiu voando. — Aqui!

Iona estava esperando na entrada do labirinto. Usava um casaco de veludo verde-esmeralda longo e acinturado, com uma vistosa gola de pele artificial, grandes botões e galões dourados, que era muito de acordo com o cenário de realeza em que se encontravam. E pesadas botas pretas Doc Martens que não eram nem um pouco.

— Olhe — disse ela, apontando a distância. — Não é a Emmie ali?

O coração de Sanjay parou de bater quando ele seguiu a direção do dedo indicador de Iona. Não podia ser. No entanto, lá estava ela. Inconfundivelmente, inacreditavelmente, Emmie.

Embora fosse impossível discernir os traços àquela distância, ela se movia entre os grupos de turistas e bandos de gansos canadenses da mesma exata maneira como avançava pelo Vagão 3 todas as manhãs. Inteira energia e otimismo, como se mal pudesse esperar para chegar aonde quer que estivesse indo, como se o dia fosse um pêssego maduro apenas esperando para ser colhido. Ah, Deus. Por que ele havia escolhido aquela imagem?

Mas o que ela estava fazendo ali? A resposta, claro, o encarava naquele momento. Na verdade, quando se virou com ar furioso para Iona, percebeu que ela estava inabalável, determinada a *não olhar* para ele.

— Emmie! Iu-huu! Estamos aqui! — chamou.

— Iona! — exclamou Emmie, ligeiramente ofegante, as faces rosadas do frio. — Que lugar fabuloso. Oi, Sanjay! Eu não sabia que você vinha!

— É, eu também não sabia que você vinha — disse Sanjay. Os dois se voltaram para Iona, mas ela estava abaixada, amarrando o cadarço de uma de suas Doc Martens.

— Você já esteve aqui? — perguntou Emmie, sorrindo para ele.

— Ãhn, não — gaguejou.

Era irônico que Sanjay, conhecido no hospital por conseguir conversar com *qualquer pessoa*, por transformar estranhos em amigos em menos tempo do que demorava para pegar um copo de café na máquina, ficasse tão mudo sempre que estava com Emmie. Ela olhava para ele com expectativa, e era como se a língua dele se expandisse até encher sua boca, transformando-se em uma lesma bêbada totalmente incapaz de se mover de alguma maneira útil. Ao mesmo tempo, sua mente se esvaziava de todo pensamento coerente. Ela devia achar que ele era um completo imbecil. Xingou Iona por dentro pelo seu modo desajeitado de arrumar encontros. Ela podia pelo menos tê-lo avisado.

— Adoro suas botas, Iona — disse Emmie, que, obviamente, havia desistido dele. — São as veganas?

— Veganas? — Iona franziu a testa. — Elas são sapatos, minha querida. Não são nem veganas nem carnívoras, já que são objetos inanimados e não precisam comer.

Emmie claramente não soube bem o que responder, porque mudou de assunto.

— Este labirinto é *enorme*. Será que Henrique VIII vinha aqui para escapar da esposa da vez e flertar com a que ele estava pondo na fila para tomar o lugar dela?

— Não ia dar — respondeu Sanjay, aproveitando com alívio a oportunidade de usar um dos fatos que havia aprendido na noite anterior. — Tinha já mais de cem anos que ele estava morto quando o labirinto foi plantado. A ideia foi de Guilherme III. — Ah, não, agora ele ficou parecendo um nerd metido. — Eu acho — acrescentou, tentando amenizar.

Emmie viu um pavão passando junto da fonte, olhando com desdém para os turistas como se os incriminasse por estarem invadindo seu jardim. Ela se afastou para tirar uma foto, dando a Sanjay uma chance de confrontar Iona.

— Iona — disse Sanjay —, eu sei que você achou que esta seria uma boa ideia, mas...

— Meu querido, *é* uma boa ideia — interrompeu ela. — Uma ideia maravilhosa, na verdade. Só espere para ver. Vou te lembrar de sua ingratidão no dia do casamento.

Ele suspirou.

— Bom, já que você nos jogou nesta situação constrangedora, poderia pelo menos me fazer um favor e se perder de nós?

— Me perder de vocês? — perguntou Iona, com ar magoado. — Você quer que eu vá embora?

— Não! Eu quis dizer se perder dentro do labirinto. Para Emmie e eu podermos ter algum tempo sozinhos — esclareceu ele.

— Isso não é muito realista, não é, querido? Eu sou uma verdadeira *mestra* deste labirinto. Por que *vocês dois* não se perdem, o que não seria muito difícil, e eu espero por vocês no centro? — sugeriu Iona, enquanto Emmie voltava até eles.

— Vamos para a fila dos ingressos? — disse ela.

— Eu já comprei — respondeu Iona, pegando três ingressos na bolsa. — Não, não, eu faço questão. Estes são por minha conta. Vejo isto como minha maneira de compensar o sistema de saúde gratuito. Entrem juntos, eu vou sozinha. Não quero arruinar toda a experiência do labirinto para vocês mostrando o caminho! Acabaria com a graça! Espero vocês no meio.

— O tempo médio que as pessoas levam para chegar ao centro é vinte minutos — disse Sanjay, regurgitando um pouco mais de informações do site de Hampton Court.

— Bom, aí está o desafio — disse Iona. — Vejam se conseguem fazer em menos tempo!

Não podia ser tão difícil encontrar o centro. Havia um número limitado de caminhos para seguir, então uma hora eles acabariam chegando lá. Sanjay e Emmie ouviam os gritos de triunfo das pessoas que chegavam; todas elas pareciam tão perto, e mesmo assim era tão complicado encontrá-lo.

— É logo ali na próxima curva! — exclamou Sanjay. — Tenho certeza!

Ele fez a curva e deu de cara com mais um caminho sem saída. Que parecia muito familiar. Mas essa era parte do problema: uma sebe era muito parecida com todas as outras. Iona devia estar ficando terrivelmente entediada esperando por eles.

— Estamos andando em círculos — disse ele. — Precisamos de um rolo de barbante, como Teseu no Labirinto! — Ele ficou bem satisfeito com essa. Emmie parecia o tipo de garota que apreciaria algum conhecimento dos mitos gregos.

— Com certeza! — respondeu Emmie. — Você trouxe provisões? Pode ser que a gente ainda fique aqui por um bom tempo. Talvez eles nos encontrem daqui a algumas semanas. Duas carcaças desidratadas.

— Acho que precisamos de um sistema — disse Sanjay, tentando soar decidido e seguro de si. O tipo de pessoa a quem você confiaria sua vida.

— Vamos tentar seguir sempre o caminho da direita.

Não funcionou. Também não deu certo alternar esquerda e direita.

— Eu acho que estamos preocupados demais em usar lógica — disse Emmie. — Você viu como todas essas crianças conseguem encontrar o caminho para entrar e sair? Vamos fazer como elas fazem e só seguir o fluxo, correr aleatoriamente e ver onde isso leva a gente?

Emmie segurou a mão dele e eles correram, rindo nas curvas, contornando grupos lentos de turistas, até saírem triunfantes no centro. Um grande espaço aberto com um banco no meio. Um banco vazio.

— Cadê a Iona? — indagou Sanjay, sentando-se ao lado de Emmie. Ele agarrou a borda do banco para controlar a vontade de pôr o braço sobre os ombros dela.

— Nem imagino — disse Emmie, ainda sem fôlego. — Acha que ela ficou entediada e foi embora? Ou talvez tenha sido comida pelo Minotauro.

— Acho que nem o Minotauro teria a ousadia de pegar a Iona — disse Sanjay. — Antes que ele se desse conta do que estava acontecendo, ela ia lançar *aquele* olhar para ele e dizer: "O que está deixando você assim tão irritado? Eu sou terapeuta em uma revista, sabia?"

Emmie riu, dando a Sanjay a sensação de ter ganhado na loteria.

— Iona! — gritou Emmie. — Iona! Você está aí?

— Quase chegando, queridos! — gritou ela de volta. — Quis dar uma vantagem para vocês. — Ela parecia perto e ele viu algo verde-esmeralda atrás de uma das sebes.

— Foi divertido, não foi? — disse Emmie.

Sanjay sorriu e concordou com a cabeça.

Assim que eles pararam de se preocupar com onde estavam indo, ele também parou de pensar em para onde ele e Emmie se encaminhavam. Pela primeira vez, estava se sentindo totalmente tranquilo na companhia dela, como se ela fosse apenas mais uma de suas pacientes: uma paciente deslumbrante, e sem câncer.

— Iona! — ela gritou.

— Chego aí em um segundo! — Veio uma voz que parecia mais distante do que na primeira vez.

Sanjay estava pensando se deveria dizer a Emmie o quanto gostava dela quando Iona apareceu pela abertura na sebe, mais descomposta do que ele jamais a tinha visto. Seu penteado elaborado estava caído de um lado e havia um pequeno galho grudado nele, como um pedaço de azevinho em um bolo de Natal.

— Muito bem! — exclamou ela, ligeiramente ofegante, apoiando-se no encosto do banco e apertando com tanta força que os nós de seus dedos perderam a cor, acentuando o vermelho forte das unhas. — Vocês conseguiram! E foram bem rápidos, na verdade. É evidente que formam uma equipe perfeita. Fabuloso, não é?

— Demais! — concordou Emmie. — Eu tenho que trazer o Toby aqui. Ele vai adorar.

Houve um silêncio. Então Sanjay se viu fazendo a pergunta para a qual não queria, não mesmo, saber a resposta.

— Quem é Toby?

— Meu namorado — disse Emmie. — Ele adora quebra-cabeças. É fantástico com eles. Acho que é por isso que é tão bom em codificação. Ele tem uma empresa de tecnologia.

Ah, que bom para ele, pensou Sanjay, imaginando como seria possível desgostar tão intensamente de alguém que não conhecia.

Iona

Como o triunfo pode se transformar em desastre tão depressa?

Iona havia *finalmente* encontrado o centro do labirinto — com certeza tinham mudado as coisas de lugar desde a última vez que ela estivera ali — e visto seus dois jovens pombinhos aconchegados no banco, só para ouvir Emmie anunciar que já tinha um namorado.

Sanjay estava com um sorriso pouco convincente grudado no rosto, como uma máscara de Carnaval. Era evidente que o único palco a que ele estava destinado era o palco cirúrgico. Mas ainda não estava tudo perdido. Talvez o tal "namorado" fosse algum relacionamento novo e casual, facilmente desalojável.

— Você e o Toby estão juntos há muito tempo? — perguntou ela, sentando-se ao lado de Emmie e forçando-a a se mover para mais perto de Sanjay.

— Quase dois anos — respondeu Emmie.

Dois anos para Iona era apenas um piscar de olhos, mas imaginava que para Sanjay e Emmie parecesse uma eternidade. Talvez fosse um relacionamento à distância, perdendo a graça e o gás. Pelo menos, ela não usava aliança. Iona tinha conferido isso no trem antes de sugerir o passeio. Sempre era importante fazer a lição de casa.

— Mas vocês não são casados? — indagou Iona.

— Não, ainda não — falou Emmie. — Mas moramos juntos há um tempão, então é quase como se fôssemos.

Droga.

— Você devia ter trazido a Bea, Iona. Eu adoraria conhecê-la — disse Emmie.

— É, eu devia. Contei a ela sobre vocês dois. Ela morre de vontade de conhecer vocês. Mas que tal agora irmos tomar um café? Precisamos ter uma conversinha sobre a sua adorável amiga Fizz. Espero que ela possa almoçar um dia desses comigo e com o meu editor. Depois vocês podem entrar e conhecer o palácio! Eu preciso voltar para casa por causa da minha Lulu. Ela detesta que eu fique fora muito tempo.

— Pode nos mostrar o caminho mais rápido para a saída? — perguntou Emmie.

— Não, não. Isso seria trapaça. Vocês vão na frente e eu só acompanho atrás.

Já que estava tomando um café com dois millennials que, com toda sinceridade, lhe deviam uma, mesmo as coisas não tendo saído exatamente como planejado, Iona aproveitou a oportunidade para tirar sua caderneta da bolsa e conferir disfarçadamente sua lista mais recente de problemas de leitores.

— Meus queridos — disse ela. — Hipoteticamente, se uma garota da idade de vocês estivesse a fim do ex-namorado da melhor amiga, ela devia investir nisso ou não? — Emmie e Sanjay olharam para ela de um jeito meio estranho, então ela acrescentou: — Eu só estava pensando. — O que não ajudou muito.

— Bom, ela precisa levar em conta o Código das Amigas, claro — disse Emmie.

Código? Que código? Os dedos de Iona coçaram para pegar a caderneta, mas ela os segurou no colo e disse:

— Ah, claro. Só por curiosidade, como você descreveria o Código das Amigas, Emmie?

— O Código diz que nunca se deve sair com o ex de uma amiga sem que ela dê o sinal verde primeiro. Além disso, é bom não esquecer que provavelmente houve uma boa razão para o relacionamento terminar. Ela precisa ter todas as informações relevantes antes entrar nisso — explicou Emmie.

O celular na frente deles na mesa do café começou a zumbir e deslizar sobre a superfície lisa. O nome na tela era TOBY, acompanhado pela foto de um homem com olhos de um azul-claro de lago congelado e uma daquelas irritantes barbinhas de hipster que todos os jovens no escritório de Iona estavam usando.

— Vocês se importam se eu atender? — perguntou Emmie, pegando o celular e seu café sem esperar resposta e afastando-se da mesa.

— Não fique com essa cara de desânimo, Sanjay — disse Iona, pegando sua caderneta e escrevendo avidamente.

— Você viu aquela foto? — respondeu Sanjay. — Ele tem jeito de...

— Gostosão — disse Iona, ao mesmo tempo em que Sanjay falou "Imbecil".

— Aquilo onde ele estava sentado era um teleférico de esqui? — perguntou Sanjay.

— Era.

— Eu nunca esquiei.

— Tem mais fama do que merece — disse Iona. — Um monte de metidos com uma noção de moda duvidosa e uns ferros caros amarrados nos pés.

Sanjay suspirou.

— É caso perdido, Iona — lamentou ele.

— Nunca, jamais é caso perdido — respondeu ela. — A Bea estava quase no altar, prestes a se casar com um homem muito influente, mas horrivelmente chato, dez anos mais velho que ela, quando fugiu para Londres comigo.

Iona fez uma pausa, distraída pela imagem de Bea e ela dando gritinhos enquanto tentavam atravessar a Place de la Concorde em um VW Beetle conversível amarelo-ovo.

Elas haviam enchido o carro com o que coube de suas coisas favoritas e deixaram todo o restante de sua vida passada para trás. Tinham tirado o teto do carro para ganhar mais espaço e fizeram todo o possível para manter tudo lá dentro, mas perderam o vaso com Nigel, a yucca, e a chaleira da avó de Iona em algum lugar na estrada para Calais.

O carro não tinha cintos de segurança, então Bea, que era a única destemida o suficiente para dirigir no lado direito da estrada, estendia o braço na frente de Iona para protegê-la sempre que precisava frear de repente. "Minha querida, eu fico tão feliz de você se preocupar comigo!", Iona havia gritado por cima do barulho do trânsito.

A imagem do carro foi substituída, em um corte abrupto, pela lembrança do véu de casamento de Bea, um albatroz gigante com bordas de renda flutuando ao vento, sendo lançado ao mar pela traseira da balsa que fez a travessia do canal.

— Duzentos e cinquenta presentes de casamento tiveram que ser embalados e devolvidos — disse ela.

— Que coragem — comentou Sanjay.

— Eu achei um desperdício, para falar a verdade. Alguns presentes eram incríveis.

— Não, eu quis dizer que coragem a dela, de seguir seu coração desse jeito — disse Sanjay.

— Ela não teve escolha, meu docinho — respondeu Iona. — Nenhuma de nós teve. Às vezes o destino simplesmente mostra o caminho e você não tem opção a não ser seguir. E, se esse for o seu destino, vai acontecer. Espere para ver. A peça só termina no fim do último ato.

Emmie

Passeios de fim de semana com pessoas que ela mal conhecia não eram algo comum para Emmie. Só havia concordado com aquele por causa de sua velha obsessão por Iona.

Emmie vinha seguindo Iona em segredo havia quase um ano, desde que começara a pegar o trem de Thames Ditton para Waterloo. Tinha reparado em Iona de cara — como não reparar? Ela era exatamente o tipo de mulher que Emmie queria ser quando envelhecesse. Tinha um estilo todo próprio, icônico até, e era evidente que pouco se importava com o que os outros pensavam dela.

Iona fazia Emmie se lembrar de um poema que havia aprendido na escola. *Quando eu ficar velha, vou usar roxo...*

Sempre que tinha a oportunidade, Emmie se sentava perto de Iona e a observava disfarçadamente por trás do livro, tentando imaginar qual seria a história dela. Talvez ela tivesse sido uma *prima ballerina*. Isso explicaria aquela postura. Uma criança prodígio que tivera o mundo aos seus pés até que um bailarino russo a levantara com excesso de entusiasmo, danificando sua coluna e obrigando-a a se aposentar aos vinte e três anos. Ou talvez fosse uma violoncelista famosa que não tocava profissionalmente desde que um maestro italiano partira seu coração ao fugir com a segunda clarinetista.

Graças a Piers e sua uva extraviada, Emmie descobrira o verdadeiro nome e profissão de Iona, e descrevera todo o incidente para Fizz em um de seus encontros.

— Iona Yacht! — Fizz tinha exclamado. — Você conheceu a verdadeira Iona Yacht! Ela era uma influenciadora antes mesmo que isso fosse inventado. Minha mãe era *obcecada* por ela. Lia as colunas dela para mim todos os fins de semana quando eu era criança. Quer dizer que ela tem uma coluna de conselhos em uma revista? Que coisa maravilhosamente retrô! Eu não leio revistas há anos. Vou comprar a dela *agora mesmo*. Qual é?

— *Modern Woman* — disse Emmie.

— Aff. Que nome horroroso. Mas eu nem fazia ideia de que ela continuava em atividade, e *pegando o trem*. Quem poderia imaginar? Eu achei que ela talvez tivesse morrido em algum acidente trágico, mas terrivelmente glamoroso, como Isadora Duncan.

Emmie havia pesquisado Isadora Duncan. Uma bailarina que morreu aos cinquenta anos quando sua echarpe se enroscou nas rodas e eixo do carro conversível em que ela estava, no sul da França. Fizz tinha razão. Se Iona tivesse que morrer, seria bem desse jeito. Por outro lado, era bem possível que Iona fosse imortal. Talvez ela fosse apenas se regenerar, como o Doctor Who, e voltar no corpo de Scarlett Johansson.

Fizz tinha implorado para que Emmie a apresentasse e, pelo que Iona tinha dito, parecia que isso ia ser mais fácil do que ela havia imaginado. Sentiu uma irracional pontada de ciúme ao imaginar Fizz e Iona se tornando BFFs.

— Adivinha só, minha linda — disse Toby do outro lado da linha chiada. — Fiz seu prato favorito. Carne assada com todos os acompanhamentos. Até *Yorkshire pudding*.

— Mas Toby — disse ela, tentando não deixar a irritação transparecer na voz —, eu disse para você comer sem mim. Estou em Hampton Court, lembra?

— Ah, caramba, que burrice a minha! — respondeu Toby, e ela podia adivinhar, pelo tom de voz, que ele estava batendo na testa com o pulso, do jeito que sempre fazia quando se esquecia de algo importante.

— Faz só uma hora que cheguei. Já passamos pelo labirinto, mas eu queria ver as cozinhas do palácio com o Sanjay. Você se importa? — perguntou Emmie, dando-se conta naquele momento de quanto estava gostando de ter feito uma nova amizade.

A maioria dos antigos amigos de Emmie havia se afastado quando ela foi morar com Toby. Era o que acontecia quando se estava em um relacionamento sério, ela supunha, e ela morava a quilômetros de distância de todos eles, em Thames Ditton. Foi Toby que quis mudar para fora da cidade, para eles poderem comprar uma casa que comportasse uma família no futuro, mas ela muitas vezes se sentia isolada.

Era irônico que agora tivesse tão mais espaço do que em seu minúsculo apartamento compartilhado em Dalston, mas às vezes achasse o subúrbio sufocante. Claustrofóbico. Sentia falta de suas antigas colegas de apartamento, e de ter um círculo de amigos, todos morando perto do mesmo pub.

— Sanjay? — disse Toby. — Você não tinha me dito que ia se encontrar com uma mulher de sessenta anos?

— Sim, ela está aqui. Iona. Mas ela convidou o Sanjay também. É outra pessoa do trem. Ele é enfermeiro.

— Ah, legal — falou Toby, mas Emmie desconfiou de que ele ficara com um pouco de ciúme. Homens tinham o ego tão frágil. Supunha que devia tomar isso como um elogio, o fato de ele estar convencido de que todo mundo queria dormir com ela.

Deu uma olhada para Sanjay e Iona, inclinados um para o outro, concentrados na conversa. Ainda bem que aquela não era uma chamada de vídeo. Se Toby soubesse como Sanjay era bonito, com certeza ficaria com ciúme. Se um diretor de elenco de *Casualty* estivesse procurando um homem para fazer o papel de um enfermeiro que fosse inteligente e gentil, e por quem todas as pacientes teriam um crush secreto, ele escolheria Sanjay. Ele tinha um cabelo preto lindo, um pouquinho comprido demais, o que o fazia soprá-lo dos olhos toda hora. E aqueles olhos eram de um castanho profundo, feitos de mais tons do que o marrom deveria ter, e emoldurados pelo tipo de cílios que ela gastava uma fortuna em rímel para obter.

Era evidente que Sanjay também era ótimo em seu trabalho. Ele ficava calmo em momentos de crise e transbordava empatia. O tipo de pessoa com quem se discutiria tranquilamente seus sintomas constrangedores. A menos que se estivesse a fim dele. O que ela não estava.

— Sério, Emmie — disse Toby. — Não se preocupe comigo. Divirta-se aí com seus amigos. Eu fui muito burro. Vou jogar sua metade do almoço no lixo. Não vai dar para guardar, acho que nem congelar.

Emmie suspirou, reajustando na cabeça seus planos de como seria o dia.

— Não faça isso, amor — disse ela. — Se eu sair agora, consigo chegar em casa lá pela uma hora. Está bem assim?

— Perfeito! — concordou Toby, outra vez em seu tom natural. — Mal posso esperar. Eu te amo tanto! Já te disse isso?

— Só um milhão de vezes — respondeu Emmie, sorrindo. — Eu te amo também, e não só porque você faz uma batata assada incrível.

Iona e seu círculo sempre crescente não eram as primeiras pessoas que Emmie havia conhecido no transporte público. Quase exatamente dois anos antes, ela estava pegando o metrô em Dalston para ir para o trabalho. Levou a mão à bolsa em busca da carteira quando se aproximou da catraca, e não a encontrou. Ficou totalmente sem ação, sem ter como entrar no metrô, sem dinheiro, sem cartões de banco e, muito pior que isso, havia perdido sua foto favorita da mãe, carregando-a quando bebê, beijando o alto de sua delicada cabeça careca.

— Parece que você está precisando de ajuda — disse uma voz atrás dela. E lá estava ele. Pelo menos trinta centímetros mais alto do que ela. Seu cavaleiro, não em uma armadura reluzente, mas envolto em um casaco macio de cashmere azul-marinho e cheirando a cítricos e sândalo. Ele convenceu o fiscal a deixá-la passar pela catraca e lhe emprestou vinte libras, com a condição de que ela saísse para jantar com ele naquela noite.

Emmie sempre se orgulhara de sua força e independência, mas isso significava que, nos relacionamentos, com frequência era ela que tomava todas as decisões, que definia o ritmo e a direção. Toby não a deixava fazer isso. Ele a adorava, como lhe dizia constantemente, e queria cuidar dela. E, por mais que ela detestasse admitir, ceder um pouco do controle era, na verdade, um grande alívio.

Não tinha contado a Toby sobre as mensagens anônimas horríveis que vinha recebendo no trabalho. Sabia que ele ia ficar furioso, mas não havia nada que ele pudesse fazer, e não queria que aquele assunto desagradável se infiltrasse em sua vida doméstica, seu espaço seguro. Por algum motivo, estar com Toby já fazia com que ela parasse de se preocupar. Tinha certeza de que, se só deixasse passar, quem quer que estivesse fazendo aquilo acabaria enjoando de atormentá-la.

Emmie entrou no imaculado saguão de ladrilhos de sua casa. Sentiu o cheiro da carne assando no forno e ouviu Toby cantando com entusiasmo ao som do rádio, mas errando algumas notas e se atrapalhando com a letra, como sempre.

Tirou os sapatos e os colocou ordeiramente na "área dos sapatos". Toby tinha um lugar certo para tudo. Detestava bagunça e desordem, então a casa deles era como uma residência-modelo. Até Marie Kondo ficaria impressionada. Quando eles se mudaram, passaram a noite bebendo champanhe e selecionando as coisas de Emmie. Ele levantava os objetos, um por um, perguntando, "Isso lhe traz alegria, Emmie?", para decidirem o que guardar, o que jogar fora e o que doar.

Em uma névoa agradável de champanhe, Emmie se inclinara para lhe dar um beijo.

"Isso lhe traz alegria, Toby?", ela lhe perguntara. E eles se deram seu tipo pessoal de alegria durante horas, cercados pelas sacolas abarrotadas para doação.

— Emmie, você chegou! — exclamou Toby, servindo para ela uma taça de vinho tinto. — Venha aqui, especial do chef. — E ele a abraçou e a beijou como se não a visse havia semanas.

Podia ser mais perfeito? Tinha sido uma manhã deliciosa, mas ela estava tão feliz de ter voltado para casa.

Sanjay

8h19 De New Malden para Waterloo

Sanjay não reparou na hora na menina sentada à sua frente no trem; estava muito ocupado pensando na primeira sessão de quimioterapia de Julie naquela manhã. Havia prometido que estaria lá para segurar a mão dela. O trem parou em Raynes Park e um grupo de garotas barulhentas entrou. Foi então que ele a notou. Ela estava usando o mesmo uniforme que as outras, embora o dela fosse uma versão muito mais bem-arrumada, e ela se enrijeceu, como uma corça na mira de uma espingarda, a tensão estalando no ar entre ela e o grupo.

— Ah, não, vamos mudar de vagão — disse uma das novas passageiras, com uma voz tão alta e forçada que tinha o objetivo evidente de chamar a atenção.

— Por quê? — perguntou uma de suas amigas.

— Olha lá quem está sentada ali. É a Martha. — Ela esticou o nome para três vezes sua duração normal, como uma provocação.

O grupo se virou em conjunto para olhar na direção deles e a menina na frente de Sanjay se encolheu no banco, como se pudesse ser sugada por ele como por um buraco negro que a transportasse por um vórtex para um universo mais benigno.

Sanjay se lembrava daquela sensação. Havia passado seus anos de escola alternadamente tentando se destacar — para ser escolhido para o time de futebol ou notado pela menina de quem gostava — e tentando desaparecer — para não ter seu dinheiro do jantar roubado ou ser selecionado para a humilhação ritual no playground pelos meninos populares. Sentiu uma necessidade urgente de dizer à menina que tudo ficaria bem. Que era temporário. Que as pessoas que fazem *bullying* geralmente não estão bem consigo mesmas e é por isso que descontam nos outros.

Mas não era desse jeito que funcionava em trens. Não naquela cidade, pelo menos. A regra era fingir que não tinha visto nada, como todos em volta estavam fazendo. Não era da conta deles. Não era problema deles. Certa vez, Sanjay tinha visto uma mulher entrar em um trem com a saia presa atrás na meia-calça. Ninguém disse uma palavra e a deixaram descer assim em Waterloo e desaparecer no meio da multidão. Sanjay se sentira culpado pelo resto do dia.

Então pensou em Iona, no que ela teria feito se estivesse naquele trem naquela manhã. Ela nunca teria deixado alguém sofrer tamanha humilhação, e de jeito nenhum deixaria aquela passar batido também.

Seja mais Iona, disse para si mesmo.

Ele se virou para a passageira à sua frente. Ela tinha traços em ângulos agudos que pareciam um pouco grandes demais para seu rosto. Era, ele sabia, o tipo de rosto que iria se ajustar ao crescimento dela, que se metamorfosearia de estranho para muito atraente quando ela ficasse mais velha. As adolescentes com uma beleza convencional se tornariam comuns e esquecíveis com o tempo, enquanto ela ia desabrochar. Tinha certeza, porém, de que ela não sabia disso, nem ia acreditar se ele lhe contasse.

— Oi — disse ele, no tom que usava com crianças que estavam voltando de uma anestesia geral. — Eu sou Sanjay. Imagino que você seja Martha, certo?

Martha não respondeu, só se afundou ainda mais no banco.

— Não se preocupe, elas caíram fora. Eu me lembro de garotos iguais a elas. Eles me chamavam de *paki* e me mandavam voltar para onde eu tinha vindo. Eu tentava explicar que tinha nascido em Wembley, e que minha família é de origem indiana, não paquistanesa, mas eles não estavam interessados, claro. E você sabe onde eles estão agora?

— Não — respondeu ela, ainda olhando nervosamente para as portas do vagão.

— Bom, um deles trabalha em uma estação de tratamento de esgoto em Berrylands, e não é no escritório, se você me entende. Um está desempregado há muito tempo e, desconfio, é viciado em jogo. E o outro foi preso por lesão corporal grave com vinte e poucos anos.

Na verdade, era mentira. Sanjay não tinha a menor ideia do que havia acontecido com seus carrascos da infância, mas gostava de inventar vários destinos ruins para eles. Apesar do que as pessoas imaginavam, ser enfermeiro não fazia dele um santo.

— Não me entenda mal. Eu não estou comemorando o que aconteceu com eles. Só estou contando para você por que pessoas que fazem bullying costumam ter mais problemas do que a gente imagina.

— E o que você fez? — perguntou ela, olhando-o nos olhos pela primeira vez.

— Eu virei enfermeiro — respondeu.

— Legal — disse Martha, e ela de fato sorriu, só um pouquinho. Uma das melhores coisas em sua profissão era o jeito como as pessoas sorriam quando ele falava.

— Por que elas estão pegando no seu pé? — indagou Sanjay. — É por que você é superinteligente e elas têm inveja?

— Quem dera — disse ela. — Não, eu fiz uma coisa muito, muito burra. É tudo minha culpa. Minhas amigas estão todas me evitando como se fosse contagioso ou coisa assim. Me deram um gelo total.

Sanjay não queria se arriscar a afastar Martha perguntando exatamente o que ela havia feito. Ele se lembrava bem demais do tempo da escola para ter uma noção do tipo de coisa que poderia ter sido. Não tinha a menor ideia de como ajudar. Mas sabia quem poderia.

— Martha — disse ele —, você já viu a Iona neste trem? É a mulher de cabelo grande, roupas incríveis e uma buldogue francês que muitas vezes fica com um assento só para ela.

Martha confirmou vigorosamente com a cabeça.

— Claro que sim! Eu não sabia o nome dela. Para mim ela é a Mulher da Bolsa Mágica, porque acho que aquela bolsa é um portal para outro universo. Saem tantas coisas lá de dentro que não é possível que caibam. Na verdade, ela me defendeu quando eu vomitei outro dia no caminho para a escola.

— É bem a cara da Iona! — Sanjay sorriu, ligando os pontos, mas achou melhor não contar a Martha que Iona havia mencionado o incidente do vômito. A pobre garota já estava enfrentando fofocas suficientes.

— Ah, e aquele não é o cachorro dela, é o seu daemon — disse Martha.

— Daemon? — repetiu Sanjay, estranhando.

— Sim. Você não leu *Fronteiras do universo*? Um daemon é como a sua alma fora do corpo, em uma forma animal. Os dois nunca podem ser separados. Você já a viu sem o cachorro?

— Ãhn, não — disse Sanjay.

— Tá vendo? — declarou Martha.

Ele não estava vendo nada.

— Bom, na próxima vez que você encontrar Iona e seu daemon no trem, e ela está sempre neste vagão, número três, conte a ela o que me contou. Aposto que ela vai saber o que fazer. Ela é fantástica. — Ele fez uma pausa, depois acrescentou: — Só não a chame de conselheira sentimental. Nem deixe ela arranjar um encontro para você.

Iona

Iona havia se esquecido de como sentia falta do Savoy Grill. Enquanto o mundo em volta tinha mudado imensamente nos vinte anos desde que ela deixara de ser uma frequentadora habitual, o restaurante era uma constante tranquilizadora, um oásis de atemporalidade, aninhado entre a Strand e o rio Tâmisa.

Dava para perceber que havia sido construído por um empresário do meio teatral, já que sempre lhe dava a sensação de estar entrando em um palco, e o estilo art déco lhe acrescentava um toque do antigo glamour de Hollywood. Iona se arrumara de acordo e estava usando um vestido cor de laranja vibrante em seda e veludo inspirado nos anos 20 Lulu ostentava uma pena cor de laranja presa à coleira decorada com pedrinhas brilhantes.

— Iona — disse Ed, em sua melhor voz de *Eu sou seu chefe e não se esqueça disso*, aquela de que ele parecia gostar tanto. — Eles não vão deixar de jeito nenhum você entrar com esse cachorro no restaurante. Em um lugar elegante como aquele. Seria uma violação de todas as normas sanitárias e de segurança. Talvez seja melhor você levá-la para casa, em vez de me envergonhar aqui. Eu posso muito bem cuidar desta reunião sozinho. Provavelmente até melhor.

— Não é lindo, meu anjo? Eu disse que você ia adorar — falou Iona para Lulu, presa embaixo de seu braço, ignorando o editor cada vez mais agitado ao seu lado, que soltou um suspiro teatral.

Eles se aproximaram do maître de aparência majestosa que se postava de guarda à porta do Grill, o som dos saltos agulha de Iona no piso de mármore ecoando pelo saguão.

— Ed Lancaster — disse Ed. — Editor-chefe da *Modern Woman*. — Iona tinha descoberto que, quanto mais ele se sentia intimidado, mais desagradável se tornava. *Chefe*. Para que inventar esse título? — Tenho uma reserva para três. Vou me encontrar com Fizz, a influenciadora digital. Provavelmente já ouviu falar dela. Gostaria de sua melhor mesa, por favor, e de um desconto para profissionais da mídia, claro.

Iona notou que ele não fez nenhuma menção a ela. Uma das muitas coisas que Ed precisava aprender era a jamais cagar na cabeça das pessoas que estão embaixo enquanto sobe no pau de sebo, porque elas vão cagar de volta quando você estiver descendo. Iona, felizmente, tinha vivido seus dias de glória *passando adiante* o bem que recebia e, às vezes, em geral quando ela menos esperava, essas pequenas dívidas eram retribuídas lindamente — como previa que estava prestes a acontecer naquele momento. Iona cruzou os dedos nas costas e esperou.

O maître examinou Ed em silêncio por cima dos óculos, depois virou-se para Iona e abriu um largo sorriso, segurou-a pelos ombros e a beijou espalhafatoso nas duas faces.

— Iona, querida — disse ele. — Por que faz tanto tempo que não vem aqui? Sentimos sua falta! Você não mudou nadinha! Olhe, cachorros são estritamente proibidos no restaurante... — Ed lançou a ela um olhar de triunfo. — Mas é claro que as regras não se aplicam a você! Eu tinha posto vocês ali no canto, já que ninguém me avisou que você vinha. — O maître olhou com ar de censura para Ed, pressupondo, corretamente, que havia sido negligência dele, enquanto apontava para o que, no restaurante, seria o equivalente à Sibéria. — Mas vou transferi-los para a sua antiga mesa, com a vista do rio. O Chanceler do Tesouro pode se sentar em outro lugar. Venham comigo.

— Muito obrigada, querido François — disse Iona, resistindo à tentação de conferir a expressão no rosto de Ed. — E como está a linda Nicole?

— Mais velha, mas ainda bela como sempre. Ela é como um dos nossos deliciosos queijos; fica melhor com a idade — respondeu ele, com uma piscadinha. — Mas, por favor, não diga a ela que eu a comparei com um Stilton.

Iona riu e fez um gesto de fechar os lábios com um zíper. Lembrava-se de François como garçom júnior, quando ele falava com um sotaque do East End e se chamava Frank. Levava puxões de orelha o tempo todo do maître da época pelas menores infrações, como colocar uma faca na mesa com a lâmina voltada para a direita e não para a esquerda, ou não notar a marca de uma impressão digital em um porta-vinho de prata. Iona havia autografado um guardanapo para Nicole, a camareira com quem ele estava namorando, e costumava passar para eles ingressos de cortesia que ela e Bea recebiam para os espetáculos que estreavam em West End.

Sentaram-se na melhor mesa do salão, que gemia sob o peso da porcelana fina e das taças de cristal. Iona fez um enorme esforço para não parecer vitoriosa, mas não tinha certeza de ter conseguido.

— Tem certeza que a Fizz queria vir aqui? — perguntou Ed, tentando recuperar o terreno que havia perdido. — Eu *nunca* imaginaria que esse fosse o estilo dela. Muito antiquado. Não acha que ela preferiria algum lugar hipster em Shoreditch?

— Não, não, este é o favorito dela — disse Iona, que, para falar a verdade, estava se sentindo um pouco apreensiva. Afinal, nunca se encontrara com Fizz e nem sequer tinha ouvido falar dela até duas semanas antes em algum ponto entre Hampton Court e Waterloo. Desde então, havia assistido a alguns de seus videozinhos estranhos e não tinha a menor ideia se elas iam gostar uma da outra.

De onde tinha vindo a obsessão atual dos jovens por compartilharem *cada mínimo detalhe* de sua vida? Onde ficava a mística? O enigma? Quando ela e Bea apareciam o tempo todo na imprensa, o público sabia a quais festas elas haviam comparecido, o que vestiram e com quem conversaram, mas não sabia onde elas moravam, muito menos o que comiam no café da manhã. Que, a propósito, nunca incluía abacate, amassado ou não. A casa delas sempre tinha sido área privativa, um lugar seguro.

Nada, ao que parecia, era privativo para Fizz. Com uns poucos minutos girando pelo perfil dela, Iona soube de que lado da cama ela dormia, tudo sobre seu vício em Nutella e o que tinha tatuado na nádega esquerda. Não pergunte.

Ed olhou sobre o ombro dela e Iona viu todo o modo dele mudar, como uma cobra trocando de pele, se metamorfoseando de entediado e irritado em efusivo e obsequioso.

— Fizz! — exclamou ele. — É um prazer tão grande encontrar você ao vivo! Sou um grande fã! — Ele não deu atenção nenhuma a Iona e nem sequer pensou em apresentá-la para a convidada. Ela poderia muito bem ser uma decoração de mesa excessivamente grande de que eles tinham que se desviar para conversar.

— Ah, que gentileza — respondeu Fizz. — Que lugar extraordinário. Eu nunca teria pensado em vir a um local como este. Não é meu tipo de cenário *de jeito nenhum.*

Ela era, Iona concluiu, tão irritante como havia desconfiado. Iona passou manteiga em um pedaço de pão recém-saído do forno e o deu disfarçadamente para Lulu. Pelo menos elas duas lucrariam um bom almoço de toda aquela farsa pavorosa. Iona decidiu pedir os pratos mais caros do cardápio.

— Achei que você poderia dizer isso — comentou Ed, olhando para Iona de uma maneira que recendia a um "Eu avisei".

— Não, é *fabuloso*. Totalmente autêntico. Estou tão *enjoada* daqueles lugares pretensiosos de Shoreditch que seguem todos o mesmo molde. Aposto que foi ideia sua, Iona — disse ela, virando-se para Iona e sorrindo com todas as suas cores de cabelo, piercings aleatórios e dentes perfeitos. Iona sentiu que começava a derreter. — Ei, eu passei por aquele cara quando estava entrando e tenho certeza que conheço ele de algum lugar. — E fez um gesto na direção do Chanceler do Tesouro.

— Fizz — disse Ed, em uma voz tão oleosa que se poderia escorregar nela e deslocar um quadril. — Estou *tão* feliz por você ser fã da minha pequena revista.

Pequena revista *dele*?

— Na verdade eu não sou — respondeu Fizz, afagando o queixo de Lulu e mandando-lhe beijos. — Mas eu sou uma *megafã* da Iona.

Iona derreteu um pouco mais. Nesse ritmo, só o que restaria dela no fim do almoço seria uma pequena poça no chão. Era bem possível, pensou, que ela e Fizz se tornassem ótimas amigas.

— Imagine só, Iona Yacht! — continuou Fizz.

— Um iate? — perguntou Ed, transbordando entusiasmo. — Que fantástico. Onde fica ancorado?

— Ha ha, você é engraçado, Ted — disse Fizz. — Não, é assim que chamavam a Iona. Mas você deve saber disso! Que sorte a sua estar com ela!

— Não é mesmo? — falou Ed, entre dentes mais apertados que uma trilha alpina no meio do inverno.

Iona sorriu, e sentiu que um peso que carregava sobre os ombros havia vários anos se levantava ligeiramente. Começava a se sentir, só um pouquinho, a mulher que Fizz achava que ela era. A mulher que ela havia sido.

Talvez tudo fosse ficar bem, no fim das contas.

Iona

18h17 De Waterloo para Hampton Court

Iona estava tão entusiasmada depois de seu fabuloso almoço que entrou no Vagão 3 como se estivesse entrando no iate que nunca tivera de fato. Fizz havia concordado em escrever uma coluna semanal para a revista *Fica ligada*, e Ed estava convencido de que isso atrairia leitoras jovens aos milhares.

Iona franziu a testa. Era estranho, ultimamente seu vagão estava quase sempre lotado, mesmo quando o restante do trem estava até que vazio. Talvez ela devesse mudar para outro, mas Lulu detestava mudanças e, além disso, aquele vagão guardava tantas lembranças.

Ela parou e se deixou envolver, só por uns poucos preciosos momentos, por uma delas. O dia que ela e Bea chamaram de "O dia do terninho", uns dez anos atrás.

Reproduziu a cena em sua cabeça, vendo-se sentada no banco de sempre, tirando as coisas da bolsa. Estava tão distraída preparando um drinque — eram negronis na época — que levara um tempo para notar a mulher sentada à sua frente. Ela usava um terninho risca de giz de três peças, com uma exuberante gravata de seda e um lenço de bolinhas espiando alegremente do bolso do colete. Seu rosto estava escondido atrás do *Evening Standard*, mas Iona reconheceu as notas de limão, manjericão e tangerina do perfume Jo Malone e as mãos que seguravam o jornal. Mãos lindas, negras, com unhas perfeitamente polidas e dedos longos e elegantes que poderiam, em outra vida, ter pertencido a uma pianista. As mãos de Bea.

— Você pega sempre este trem? — perguntou Iona para a esposa, em sua voz mais grave e rouca.

Bea baixou o jornal e a fitou com um ar de interrogação, como se a visse pela primeira vez.

— Eu poderia fazer isso todos os dias, se alguém me convencesse — respondeu ela, dobrando o jornal e estendendo a mão para apertar a de Iona enquanto o trem parava em Vauxhall. — Meu nome é Beatrice. É um prazer conhecê-la.

— Alguém já lhe disse como você é incrivelmente atraente? — falou Iona, depois que o trem deixou Wimbledon.

Em Raynes Park, Bea estava com a mão no joelho de Iona e, em Berrylands, elas estavam se beijando apaixonadamente por cima da mesa.

Em Thames Ditton, foram expulsas do trem.

— Não vou permitir esse comportamento imoral no meu turno — gritara o fiscal para elas. — Que pouca vergonha.

A julgar pela expressão no rosto de vários dos outros passageiros, ele não tinha sido o único a desaprovar, mas uma garota de uns vinte e poucos anos se levantou e as aplaudiu quando o trem saiu da estação Thames Ditton, deixando-as na plataforma.

— De onde saiu esse terninho? — perguntou Iona.

— Nosso vizinho, o major, fez uma limpeza geral para desocupar o imóvel — disse Bea. — A moça dos figurinos no teatro o reformou para mim e não pude resistir a dar uma saidinha com ele. Achei que era o traje ideal para pegar uma estranha bonita em um trem.

— Adorei tudo isso, só que agora vamos ter que ir a pé para casa — suspirou Iona. — Eu não encaro entrar em mais um trem esta noite. Não acha que, talvez, nós deveríamos ser um pouco mais *discretas*? Parar de chamar tanta atenção?

Bea olhou para ela com uma expressão de horror.

— Minha querida, para que serve estar *viva* se for para passar pela vida sem ser notada, sem se destacar e causar impacto? E, para cada cabeça-dura preconceituoso, como o fiscal do trem, haverá uma garota como aquela que aplaudiu. Quem sabe ela estava em conflito com sua própria sexualidade e talvez agora vá ter uma vida muito diferente por causa de pessoas como nós, que se recusam a ser discretas e parar de chamar tanta atenção.

— Você está certa, Bea. Claro que está, minha linda — disse Iona, segurando a mão de Bea enquanto elas caminhavam de volta para Hampton Court. Porque Bea sempre estava certa.

Agora, uma década depois, Iona olhava para aquele mesmo banco. Havia uma pasta sobre ele. A pasta de Piers. Ele tinha guardado o lugar para ela. Que delicadeza. E o paletó dele estava reservando o lugar ao lado para Lulu.

Era raro, nos últimos tempos, que Iona não encontrasse um de seus novos amigos sentados à sua mesa no trajeto. Por que ela levara tanto tempo para ver seu vagão no trem como um portal fascinante para as histórias de outras pessoas, e não apenas como um jeito de ir de A para B? Em um momento em que sua vida parecia estar saindo totalmente dos trilhos, sua turma do trem a fizera parar de ficar ruminando. Nunca era uma boa ideia ruminar. A menos, claro, que se fosse uma vaca.

— Piers! — disse ela. — Que gentileza sua guardar um lugar para Lulu e para mim!

— Não foi muito fácil — respondeu Piers. — Tive que ignorar infinitas caras feias e reclamações e ser totalmente rígido e insensível.

— Deve ter sido bem difícil para você — disse Iona. — Mas que jeito excelente de terminar um dia fabuloso. Isso pede gim-tônica. Felizmente, tenho dois copos. E amendoins. E guardanapos.

— Você tem um bar inteiro aí dentro, Iona?

— É a Quinta Regra do Transporte Público — disse ela. — Sempre esteja preparada para qualquer eventualidade. Também posso dar um jeito em meias desfiadas, picadas de mosquito ou se sua menstruação descer de surpresa.

— Isso sem dúvida seria inesperado — disse Piers.

— Para mim também — respondeu Iona. — Tem um absorvente na minha bolsa desde 2014.

Piers ficou um pouco constrangido. Era evidente que ele não se sentia muito à vontade com a biologia feminina.

— Passei do limite? — indagou Iona. — Então conte para mim como foi o seu dia.

— Não muito bom — respondeu Piers, com uma expressão que parecia muito pior do que "Não muito bom". Ela se sentiu como o Ursinho Pooh se encontrando com Ió no Bosque dos Cem Acres. Estava um pouquinho aborrecida com Piers por jogar um balde de água fria em seu bom humor.

— Quer falar sobre isso? — perguntou ela, dominando a irritação. Disse a si mesma com firmeza que ela própria tinha *joie de vivre* suficiente naquele momento para espalhá-la um pouco para os outros.

— Você já teve a sensação de que toda a sua vida é como aquele brinquedo Torremoto e que se mais uma peça for tirada tudo vai desabar?

— Na verdade, sim — disse Iona, afastando da cabeça a imagem indesejada de Brenda-do-RH. E, bem quando ela ia lhe pedir para explicar o que, ou quem, estava removendo as peças do Torremoto de sua vida, eles foram interrompidos.

— Com licença — disse uma voz jovem e um pouco tímida. — Seu nome é Iona?

— Sim, é — respondeu ela. — Por quê?

— Meu nome é Martha. O Sanjay me disse para procurar você — disse a menina de corpo ossudo, maçãs do rosto invejáveis, que não poderia ter muito mais que quinze anos. Embora, para falar a verdade, todo mundo com menos de quarenta parecesse ter quinze anos para Iona.

— Sente-se, sente-se — disse Iona, tirando Lulu do banco e passando a mão no assento para jogar no chão os pelos que ela havia deixado.

Martha lançou um olhar nervoso para Piers, como se a qualquer momento ele pudesse se inclinar para a frente e mordê-la, o que fez Iona se lembrar de que já a tinha visto no trem antes.

— Não se preocupe com o Piers, meu bem — disse ela. — Ele está bem mansinho agora e sente muito por ter gritado quando você passou mal. Não é verdade, Piers? — Iona o encarou muito séria.

— Ah, é você. A vomitadora. É, não causou nenhum dano que não pudesse ser consertado deixando uma enorme quantidade de dinheiro na loja de computadores perto de casa. Desculpe por ter gritado.

Martha não pareceu muito tranquilizada com isso.

— Vamos lá — disse Iona. — Toda amiga do Sanjay é minha amiga. Como eu posso te ajudar? Você não se importa, não é, Piers? — Piers na verdade pareceu um pouco ofendido, mas Iona o ignorou. As viagens de trem eram curtas, e ela precisava dividir o tempo com todos.

Falando baixinho e com alguma hesitação, usando gestos e caretas para transmitir sua história sem recorrer a uma linguagem que fosse muito elaborada ou constrangedora, Martha contou a Iona sobre a foto e o bullying.

— Então, entende, eu não quero contar para os professores, e não posso conversar com os meus pais porque eles não moram juntos e é tudo muito... complicado. Eles vão pôr a culpa em mim e um no outro e isso só vai dar em mais brigas. E, neste momento, eu não tenho nenhuma amiga.

— Parece mais uma daquelas torres oscilantes — disse Piers.

Martha parou e olhou para Piers, sem saber o que responder.

— Ignore-o, meu bem. Ele está tendo uma crise na carreira, com a qual nós vamos lidar em breve — disse Iona, lançando a Piers seu conveniente olhar "Fique quieto no seu canto".

— Mesmo antes disso, nunca me encaixei de verdade, e agora sei que nunca mais vou conseguir. Não sei o que fazer. — Ela começou a chorar, enxugando os olhos nos punhos do casaco da escola, e Lulu, que tinha um senso de empatia bastante desenvolvido para um cachorro, e provavelmente havia sido uma terapeuta renomada em uma vida anterior, pôs-se a ganir.

— Mas, menina, desde quando você quer *se encaixar?* — perguntou Iona. — Não consigo pensar em nada pior. Minha esposa, Bea, diz que o que importa na vida é se destacar, não se encaixar. — Ela arregaçou as mangas metafóricas e pôs as mãos na massa. — Então, se você não quer falar com as autoridades — ela fez uma pausa e Martha balançou a cabeça em uma negativa vigorosa —, esse não é o tipo de problema que a gente pode atacar de frente. Falar sobre a foto só vai chamar mais atenção para ela. Jogar lenha na fogueira, por assim dizer. A gente precisa abordar essa questão *pelos flancos*. Furtivamente, como num jogo de Estátua. — A expressão de Martha era de pura interrogação. Iona suspirou. — Era um dos jogos de que a gente brincava antes da internet — explicou.

— Eu ainda não estou entendendo o que você quer dizer — falou Martha.

— A questão é: se você quer que eles parem de pensar em você como...

— A menina pelada — terminou Martha.

— É, tá bom. Se você quer que eles parem de pensar em você como *isso*, tem que fazer eles começarem a pensar em você como *outra coisa*. É uma técnica de distração. Substituir uma imagem por outra.

— Então eu preciso fazer alguma coisa *pior*? — perguntou Martha.

— Bom, essa é uma estratégia possível — disse Iona —, mas não recomendo. Você precisa fazer algo muito, muito *melhor*! Pense na Kim Kardashian!

Martha pareceu cética.

— As pessoas chamam a Kimmy de "a garota do vídeo pornô"? — perguntou Iona. — Não, claro que não! Porque a Kim deu tantas outras coisas para as pessoas falarem que elas mal se lembram desse vídeo.

— Que vídeo? — quis saber Martha.

— Viu só? — disse Iona. — Então, qual é o seu ponto forte?

— Meu ponto forte? — repetiu Martha, confusa.

— Sim, todo mundo precisa de um. Música? Arte? Esporte?

Martha continuava encarando-a sem entender. Aquilo ia dar trabalho.

— O ponto forte do Piers — ela fez um gesto para Piers, que achava que tinha sido totalmente esquecido — são os números. Eu sei, é engraçado ter isso como ponto forte, mas cada um é cada um.

— Qual é o seu ponto forte? — perguntou Martha.

— Ah, minha flor, por que você acha que o Sanjay lhe disse para me procurar? — Ela fez uma pausa e levantou as sobrancelhas para a cara perplexa de Martha. — Porque *esse* é o meu ponto forte! — Ela lhe deu seu sorriso de "benfeitora misteriosa". — Ajudar as pessoas. Eu sou profissional.

— Você é psicoterapeuta? — perguntou Martha.

— Mais ou menos. Sou terapeuta em uma revista.

— Ah. Como uma mistura de jornalista-barra-psicoterapeuta? Legal — disse Martha, que parecia ser uma garotinha muito inteligente.

— Exato — disse Iona.

— Não sei se eu tenho um ponto forte — prosseguiu Martha. — Eu gosto de teatro. Pelo menos, gostava. Faz um século que não participo de nada disso.

— Bingo! — exclamou Iona, batendo as mãos na mesa e quase derrubando sua gim-tônica. — Eu já estive no palco. Bea também. Foi como nos conhecemos. A magia do teatro é que ele nos tira de nós mesmas. Permite que a gente experimente as roupas de outras pessoas e habite mundos diferentes. É a terapia perfeita quando a vida real está difícil demais. Em vez de pensarem em você como a Menina Pelada, as pessoas vão começar a descrevê-la como Martha-a-Atriz-Fabulosa. Martha-que--Ilumina-o-Palco-e-Faz-o-Público-Aplaudir-de-Pé. Entendeu? Me diz, como vamos começar? Vai ter alguma peça na escola?

— Sim. *Romeu e Julieta*, que é o texto que eu estou estudando na aula de literatura. Acho que os testes de elenco vão ser em breve — respondeu Martha, parecendo aterrorizada e entusiasmada em partes iguais. — Mas a minha mãe nunca vai deixar.

— Por que ela não deixaria? — indagou Iona.

— Porque ela diz que este é um *ano crucial*. — Martha fez uma cara austera e destacou as duas últimas palavras, imitando, Iona imaginou, o jeito da mãe falar. Olha aí, uma atriz nata. — Meus exames finais são no ano que vem e meu professor de matemática disse que, se eu não der um jeito, vai ser um desastre. Minha mãe vai alegar que os ensaios ocupariam muito do meu tempo de estudo. Posso apostar.

— Hummm — disse Iona, pensando em como o universo realmente trabalhava de maneiras misteriosas. — O que você realmente precisa é de um professor particular de matemática. Alguém que lhe dê algumas aulas grátis. Por exemplo, um aspirante a professor que esteja precisando de um pouco de prática...

Ela deixou as palavras suspensas no ar, esperando. Não houve resposta.

— Não seria pedir demais, seria? Não é *salvar a vida de alguém* nem nada assim, é?

Ainda nada.

— Há uma frase budista fabulosa que diz: *Quando o aluno está pronto, o professor aparece...* — disse Iona, pondo uma forte ênfase em *professor*.

Piers pigarreou.

— Posso ajudar, se você quiser — disse ele. — Já que tantas vezes pegamos o mesmo trem, poderíamos aproveitar o tempo de forma útil. Desde que você prometa não vomitar em mim outra vez.

Et voilà!

Emmie

Emmie se sentia como se tivesse entrado por acidente no set de filmagem de um filme de Hollywood.

Estava sentada em seu restaurante italiano favorito, iluminada pelo brilho favorável de velas tremeluzentes, na metade de um prato de espaguete al vôngole, e Toby estava ajoelhado no chão à sua frente, segurando uma caixinha aberta com um faiscante anel solitário de diamante. A qualquer minuto o diretor gritaria "Corta!" e todos os garçons sairiam da cena para tomar chá em copos de plástico e fumar um cigarro eletrônico.

— Você já pensou que, quando nossos filhos perguntarem como você me pediu em casamento, eles não vão acreditar nessa história? Porque é perfeita demais — disse ela. — Eu mesma mal posso acreditar.

— Olha, eu não quero apressar você, mas estou num suspense aqui, e estou ficando com cãibra na panturrilha. Será que mencionar nossos futuros filhos quer dizer sim? —perguntou ele.

— Sim, claro! Eu adoraria ser sua esposa! — respondeu ela. Toby sorriu e se virou para o salão, que aguardava em silenciosa expectativa.

— Ela disse sim! — gritou ele, e todo o restaurante festejou e aplaudiu, provavelmente de alívio por não terem que presenciar uma rejeição pública e traumática que poderia estragar o clima de sua noite.

Toby a abraçou com força, como se temesse que ela fosse mudar de ideia e fugir, e os garçons serviram uma garrafa de champanhe que já devia estar gelando antecipadamente. Embora, ela reparou, tivessem deixado a rolha na garrafa até o momento final, por via das dúvidas.

Ele tinha coreografado tudo aquilo tão bem quanto havia projetado a casa deles. Cada detalhe bem pensado, cada possibilidade prevista. Até o anel serviu com perfeição, ela pensou, girando-o, passando o polegar nas bordas duras do diamante, imaginando se um dia ia se acostumar com aquele peso em seu dedo.

— Como você acertou o tamanho? — perguntou.

— Ãhn, eu medi o seu dedo enquanto você dormia. Foi bem difícil, viu? Fiquei com medo de que você acordasse e achasse que eu tinha algum fetiche esquisito por dedos. Você gostou? Eu verifiquei se a pedra tem procedência de um fornecedor ético, porque sabia que você ia querer ter certeza disso.

— Eu adorei! — exclamou Emmie, talvez com um pouco de entusiasmo excessivo. Se ela fosse muito meticulosa, o que não era, confessaria que sempre havia sonhado com um anel de noivado de esmeralda, mas não podia esperar que Toby adivinhasse. Além disso, se ele tivesse perguntado que tipo de anel ela queria, não poderia ter feito aquela surpresa, certo?

As pessoas sempre tinham dito para Emmie que "quando achar a pessoa certa, você vai saber", e ela achava isso um clichê bastante presunçoso e inútil. Agora, porém, sabia exatamente o que significava. Não podia imaginar a vida sem Toby. Desde que o conhecera, o relacionamento havia se expandido até preencher quase todo o mundo dela. Ninguém jamais a amara com tanta intensidade, e aquele momento provava isso.

Olhou em volta, tentando gravar cada pequeno detalhe — o cheiro de alho e pão recém-saído do forno, a textura da toalha de linho engomado, a sensação das bolhas de champanhe em sua língua e o som de panelas e frigideiras retinindo na cozinha aberta — para poder trazer a cena de volta e revivê-la sempre que precisasse.

Assim que chegaram em casa, Emmie chamou o pai no FaceTime. Ele estava apenas começando o dia que ela terminava, já que morava na Califórnia, para onde tinha se mudado depois que a mãe dela morrera, poucos meses depois que Emmie terminara a faculdade. "Este lugar remete a muitas lembranças ruins", ele tinha dito. Lembranças que não eram compensadas, ao que parecia, pela alegria que estar perto de sua única filha. Aquilo ainda doía, mesmo depois de tanto tempo. Talvez criar a própria família com Toby por fim curasse aquela ferida.

O rosto de seu pai apareceu na tela: olhos do mesmo verde que os dela, mas cercados por linhas de expressão; e cabelo ainda espesso e ondulado, mas quase totalmente grisalho. Ele gostava de se descrever como um "grisalho charmoso".

Aquela face era tão conhecida, no entanto a crescente distância entre eles era aparente no bronzeado da pele de seu pai em comparação com a dela, e na luminosa luz matinal da cozinha dele contrastando com o brilho artificial que iluminava o rosto dela.

Por sorte, não havia nenhum sinal de Delilah, a "inquilina" do pai. Delilah, que era poucos anos mais velha que Emmie, com frequência aparecia ao fundo das chamadas de vídeo carregando uma esteira de ioga ou fazendo um suco, de blusinha cropped e shorts jeans minúsculos que exibiam pernas esguias, bronzeadas e de coxas firmes, como um anúncio de alguma marca californiana de estilo de vida saudável. Mesmo depois de três anos desses aparecimentos regulares, eles continuavam fingindo que não estava acontecendo nada.

O pai de Emmie disse todas as coisas que seriam esperadas e prometeu visitá-los assim que pudesse para conhecer o futuro genro. Eles iam gostar um do outro, ela sabia.

O universo continuou sorrindo para Emmie na manhã seguinte, pois, quando o trem parou, ela viu Iona e Lulu na mesa de sempre, diante de um assento vazio. Encontrar um lugar perto de Iona estava ficando cada vez mais difícil, e elas muitas vezes tinham que recorrer a apenas sorrir e acenar uma para a outra à distância, por cima da cabeça de outros passageiros.

Torcia para que Sanjay se juntasse a elas em New Malden. Não via a hora de contar a novidade a seus novos amigos. Eles iam ficar tão felizes por ela! Emmie escondeu a mão esquerda sob a mesa enquanto passavam por Surbiton e Berrylands, esperando Sanjay completar o público para sua grande revelação. O trem freou quando chegaram à estação dele, e ele estava lá.

Sanjay conseguiu se espremer até a mesa delas e criar espaço suficiente para ficar de pé ao lado. Emmie viu um homem bem pesado pisar no pé dele, e Sanjay fazer uma careta.

— Desculpe — disse Sanjay. Ele levantou o braço para segurar na barra e se estabilizar quando o trem se pôs em movimento com um solavanco e seu suéter subiu e expôs alguns centímetros de barriga morena e firme, bem na altura do nariz de Emmie. Ela se pegou olhando sem querer. *Pare com isso, Emmie! Mulheres noivas e felizes não olham para a barriga de outros homens. Por mais bem definida que seja.*

— Oi, Sanjay! — exclamou Emmie, acenando para ele bem ostensivamente. A luz refletiu em seu diamante e refratou estilhaços de luz sobre a mesa na frente deles como uma bola de espelhos miniatura de uma discoteca dos anos setenta. *Olhem para mim,* ele gritava. *Não sou faiscante?* Ninguém notou.

Emmie não conseguia se concentrar na conversa, já que estava preocupada demais esperando uma reação ao seu anel. O trem parou em Wimbledon e despejou gente suficiente para possibilitar que David chegasse até eles.

— Oi, David! — disse Emmie. — Quer se sentar aqui no meu lugar? Não ligo de ficar de pé. — Ela estendeu a mão esquerda para que David a ajudasse a se levantar.

— Que anel lindo, Emmie — disse ele, ao segurar sua mão.

— Ah, aleluia! — exclamou Emmie. — Eu estava aqui pensando quanto tempo ia demorar até alguém notar! Estou acenando com a mão esquerda como se fosse a rainha em um desfile desde New Malden e a Iona e o Sanjay nem se tocaram, só aí tagarelando sobre quem ficou com quem em *Love Island*!

— Emmie! — gritou Iona. — Você está noiva! Quando isso aconteceu? Como isso aconteceu? Quando é o casamento? Ah, você tem que contar tudo! Imediatamente!

— Isso é incrível! — disse Sanjay. — Estou tão feliz por você! E por ele, claro!

Durante todo o caminho por Earlsfield e Clapham Junction, Emmie lhes contou sobre o pedido de casamento. Eles quiseram saber a história inteira, que ela adorou narrar, e se mostraram tão entusiasmados, em especial Sanjay, que era, obviamente, um grande romântico. Ela resolveu que ia dar um jeito de ele ficar com uma de suas amigas.

— Você fez o pedido de casamento, Iona, ou foi a Bea? — perguntou Emmie, porque não queria deixar morrer o assunto, mesmo depois de terem esgotado cada mínimo detalhe de sua noite de sexta-feira.

— Durante muito tempo, nenhuma de nós podia fazer isso, infelizmente — respondeu Iona. — Casar não era uma opção existente para nós quando começamos a ficar juntas. Fizemos campanha ativa pela legalização da união de pessoas do mesmo sexo e nos pedimos uma à outra em casamento assim que a lei foi aprovada, em julho de 2013. Aí tivemos um casamento maravilhoso assim que pudemos: em 30 de março de 2014. Fomos um dos primeiros casais gays a se casar legalmente no país! David, e como foi para você?

— Ah, eu fiquei andando com o anel por semanas, esperando o momento certo e a coragem para fazer o pedido. Uma noite fomos ver uma peça no West End, *A importância de ser prudente*, em que rimos de doer a barriga, e depois tivemos um jantar maravilhoso no J. Sheekey. Eu sabia que não teria uma ocasião melhor do que aquela. Quando fui deixá-la em casa, e ela me convidou para entrar e tomar um último drinque, tirei o anel do bolso e, como dizem, o resto é história.

— Ah, que lindo! — exclamou Emmie, batendo palmas, antes que David arruinasse o clima acrescentando, melancólico:

— Bom, de qualquer forma agora é história mesmo.

— Eu amo essa peça! — disse Iona. — Oscar Wilde. Ele teve muito mais dificuldade sendo gay do que nós, pobrezinho. É nessa que um bebê é deixado dentro de uma bolsa na estação Victoria. *Em uma bolsa!* — Iona de fato lembrava um pouco Lady Bracknell para Emmie, mas ela achou que não seria conveniente fazer esse comentário.

— Tem certeza que não tem um bebê dentro da sua bolsa, Iona? — brincou Sanjay. — Você tem de tudo aí dentro.

— Menino abusado! — disse Iona, fingindo lhe dar um tapa na orelha. — É óbvio que não. Mas tenho um potinho de creme para assaduras que faz maravilhas para rugas.

— Na verdade, é meu aniversário de casamento daqui a duas semanas — comentou David. — Quase quarenta anos.

— Por que você não leva Olivia de novo ao J. Sheekey? — sugeriu Iona. — Ele ainda funciona. Faça ela se lembrar do tempo em que sentia por você o mesmo que a Emmie sente pelo Toby.

— Sim, faça isso, David. Lembre que a peça só termina no fim do último ato. Não é, Iona? — disse Sanjay, e Emmie se perguntou por que ele parecia tão triste.

Ainda bem que Emmie não tinha nenhuma reunião logo de cara, porque ela passou as duas horas seguintes contando a novidade para todos os seus amigos do escritório, que se encantaram com o anel e pareciam quase tão empolgados quanto ela. Até Joey se saiu bem fingindo que não estava secretamente apreensivo com a possibilidade de mais uma diretora de criação saindo de licença maternidade.

Quando Emmie finalmente terminou de receber a infinidade de cumprimentos e chegou à sua mesa, abriu os e-mails. Não havia reparado no remetente do e-mail com o assunto exuberante SUAS BOAS-NOVAS!, por isso não estava de forma alguma preparada para o que a mensagem continha.

VOCÊ NÃO MERECE UM HOMEM COMO AQUELE.
UM AMIGO.

Sanjay

19h De Waterloo para New Malden

Sanjay ficou pensando se a máquina de snacks também estava contra ele. Havia engolido seu último dinheiro trocado, mas continuava teimosamente se recusando a liberar a barra de chocolate Mars que ele esperava que pudesse preencher o buraco no estômago causado por outra vez ter pulado o almoço para ficar trabalhando.

Fechou a mão e bateu o punho no vidro. A máquina riu dele, que ficou com a mão doendo, e sem fazer a barra de Mars se mexer, e muito menos cair na bandeja.

O estômago de Sanjay roncou, revirando com uma mistura de fome e frustração, não só por causa daquela máquina idiota, mas por sua completa incapacidade de fazer qualquer coisa dar certo. Sem chocolate e sem Emmie. Máquina irritante e idiota. Toby irritante e idiota, com sua empresa de TI idiota, barba idiota, férias esquiando idiotas e anel de noivado convencional idiota. Sanjay teria dado a Emmie uma esmeralda, para combinar com os olhos dela.

Ele investiu contra o debochado monte de metal e o chutou com força.

— Tome isso, seu safado esnobe e irritante! — gritou. A máquina deu uma estremecida e sua luz interna se reduziu, dando a ela uma aparência surpreendentemente empática, e logo em seguida recuperou a potência total.

Sanjay sentiu a presença de alguém atrás de si. Era uma jovem mãe de aparência exausta, segurando a mão de Harry, um de seus pacientes da ala de oncologia pediátrica.

— Você está bem, Sanjay? — perguntou a mãe de Harry, que tinha muito mais razões para não estar bem do que ele. Sanjay acrescentou uma vergonha desprezível a todas as suas outras emoções negativas.

— Sim, estou bem — disse ele, curvando-se para sua cabeça ficar na altura de Harry. — Desculpe o jeito como eu estava falando, Harry. Sabe como é, às vezes, quando a vida parece muito injusta, isso ajuda a pôr a raiva para fora. — Harry fez que sim com a cabeça. — Mas, de qualquer jeito, não é bom falar assim. — Ele se levantou e murmurou um "Desculpe" para a mãe de Harry.

— Não se preocupe. Eu já falei coisas muito piores, acredite — respondeu ela.

Sanjay não voltou a ver Harry até o final de seu turno, quando estava passando com o monitor de pressão pela ala dele. Harry estava na cama, a pele pálida como os lençóis e a cabeça calva fazendo-o parecer vulnerável como um recém-nascido. Na verdade, como a quimioterapia havia nocauteado seu sistema imunológico, ele provavelmente era *mais* vulnerável que um recém-nascido.

Harry pegou o travesseiro, segurou-o à sua frente e, com uma força surpreendente, socou-o com o punho fechado várias vezes.

— Tome isso, seu safado esnobe e irritante! — exclamou. Ainda bem que sua mãe já tinha ido para casa.

— Isso ajudou, Harry? — perguntou Sanjay.

— Ajudou — respondeu Harry, e foi a primeira vez que Sanjay o viu sorrir naquele dia inteiro.

Quando Sanjay se acomodou no banco para a viagem de trem de volta para casa, seu celular soou com um alerta de mensagem.

Mãe: SEU PAI DISSE QUE VOCÊ PARECIA CANSADO QUANDO FALOU COM VOCÊ POR VÍDEO. VOCÊ ESTÁ DORMINDO DIREITO?

Sanjay suspirou.

Mãe: ESTÁ TOMANDO AQUELAS MULTIVITAMINAS QUE EU TE DEI?

Eu estou bem, mãe, escreveu Sanjay. *Só trabalhando muito.*

Mãe: ALIÁS, A FILHA DA ANITA DISSE QUE, SE VOCÊ MARCAR UM HORÁRIO, ELA TE DÁ UM DESCONTO NA LIMPEZA DE DENTES.

Mãe, você está se intrometendo de novo?, digitou Sanjay. E pôs um sorrisinho no fim para amenizar o tom. Sua mãe era mais sensível do que parecia.

Mãe: CLARO QUE NÃO! SÓ ESTOU PREOCUPADA COM AS SUAS GENGIVAS.

Depois de uma pausa breve, ela mandou um emoji que podia ter sido escolhido tanto para indicar ansiedade materna como por causa do número de dentes que exibia. Meera havia recebido com entusiasmo a chegada dos emojis, acreditando que eles compensavam a vergonhosa incapacidade da língua inglesa de transmitir toda a amplitude e profundidade de suas emoções.

— Você parece distraído — disse Emmie, sentando-se à frente dele.

— Ah, oi, Emmie! É a minha mãe — respondeu Sanjay. — Ela não consegue aceitar o fato de que eu não preciso mais que ela cuide de tudo na minha vida. Ainda me manda mensagens todos os dias para saber se estou comendo fibras e se peguei um casaco. Eu já estou velho demais para falar do funcionamento do meu intestino com minha mãe! A sua mãe é assim também?

Ele soube de imediato, pelo jeito que a expressão de Emmie mudou, que tinha dito algo terrivelmente errado.

— Tenho certeza que ela seria — disse Emmie em um tom de animação de quem está se esforçando para não chorar. — Mas ela morreu, anos atrás.

— Ah, eu sinto tanto — falou Sanjay, e não poderia ser mais verdade. Como era possível que ele sempre conseguisse fazer tudo errado? — Eu vejo sempre mães morrendo cedo demais, e é muito trágico. Muito injusto. — Sanjay queria encontrar palavras que não soassem como lugares-comuns vazios. Lidar com a morte quase todos os dias não tornava a conversa mais fácil. A mãe dele tinha razão. Havia algumas situações que as palavras não conseguiam alcançar.

— Mas deve ser gratificante fazer o que você faz — disse Emmie, mudando habilmente de assunto.

— É, mas também é difícil — respondeu Sanjay. — É fisicamente cansativo, horas de pé, mudando pacientes de posição para aliviar escaras, lidando com cateteres, curativos sujos e urinóis. — Ah, que droga, por que ele teve que deixar tão claro para ela que boa parte de seu trabalho envolvia os fluidos corporais de outras pessoas? Devia ter se mantido nos aspectos fotogênicos da função, como ter se vestido de duende do Papai Noel para entregar presentes para as crianças na ala de Harry no último Natal. — Mas é emocionalmente exaustivo também — ele prosseguiu. — Tanta tristeza.

— Eu entendo — disse Emmie, olhando-o como se ele fosse uma espécie de super-herói. — Mas, pelo menos, você está lidando com algo que *importa*. Vida e morte. Eu só estou trabalhando em um projeto para convencer adolescentes a usar uma nova marca de pasta de dente.

— Mas deve ser legal fazer algo assim criativo — comentou Sanjay.
— E higiene bucal também é importante. Eram sobre isso as mensagens da minha mãe, na verdade. Ela quer que eu marque uma consulta com a higienista dental.

Sanjay se sentia uma fraude. Queria contar a Emmie sobre os ataques de pânico e que às vezes ele só conseguia se acalmar recitando a tabela periódica dentro de um armário escuro. Mas, quando sentiu as palavras começando a se agrupar na língua, o trem parou em New Malden.

Ele ainda não havia comido, por causa da interação frustrada com a máquina de snacks, então entrou na cafeteria ao lado da estação. O proprietário às vezes lhe dava um muffin com desconto se houvesse algum sobrando no fim do dia. Sanjay não reconheceu Piers em um primeiro momento, porque vê-lo ali era totalmente fora do contexto. Ficava duas paradas antes de Surbiton, onde Piers morava. Ele estava curvado sobre um notebook, murmurando alguma coisa.

— Fugindo de casa, Piers? — perguntou Sanjay. Sua ideia era fazer uma brincadeira, mas a reação de Piers o fez pensar se sem querer havia acertado em uma verdade. Piers adotou uma expressão evasiva e fechou a tampa do computador, como se tivesse sido pego vendo pornografia pesada. Mas não podia ser, claro. Havia mães e crianças ali.

— Ah, eu só parei para responder a um e-mail urgente de um cliente. Sabe como são essas coisas — disse ele.

Sanjay assentiu, como se de fato soubesse, embora desconfiasse que seu trabalho e o de Piers não tinham nada em comum. Seu dia era todo de cotonetes, pontos, cateteres de quimioterapia e exames de sangue. E-mails urgentes de clientes não eram algo que fizesse parte das tarefas do dia a dia. Além disso, o trabalho de Piers envolvia ganhar quantidades escandalosas de dinheiro. O seu, nem tanto.

Ele se perguntou como seria nunca ter que se preocupar com dinheiro. Piers, sem dúvida, tinha saído das roupinhas de bebê de cashmere e chocalhos de prata maciça para um trabalho com um dos amigos do papai, depois de ter frequentado as escolas mais conceituadas. Tinha certeza de que Piers nunca havia precisado surrupiar uma ou outra caixinha de leite da cantina dos funcionários por não ter dinheiro suficiente no fim do mês para comprar uma garrafa no caminho para casa.

Será que ele tinha alguma ideia de sua sorte? Todo o salário líquido anual de Sanjay não daria para pagar o relógio ridiculamente vistoso no pulso de Piers. Sanjay se conteve. Era o tipo de pensamento que podia fazer uma pessoa enlouquecer de inveja.

Imaginou o que Piers estaria escondendo. Será que ele tinha um caso secreto? Seria típico de Piers, que estava acostumado a ter mais do que a sua cota justa de qualquer coisa, ficar com duas mulheres enquanto Sanjay não conseguia uma sequer.

Piers

8h13 De Surbiton para Waterloo

Piers estava esperando Martha na plataforma da estação Surbiton para eles tentarem encontrar assentos próximos para a aula. Piers havia descoberto que dizer "Sou o professor particular de matemática dela. Será que você se importaria de trocar de lugar comigo?" costumava funcionar, e Martha estava aprendendo a lidar com o constrangimento. Também quase havia parado de olhá-lo como se não confiasse inteiramente nele. Ou mesmo não gostasse dele. Piers tinha certeza de que ela nunca teria concordado com sua ajuda se não fosse pela presença tranquilizadora de centenas de outros passageiros, e a recomendação de Iona, claro.

Era tão satisfatório ver Martha cada vez mais segura com os números. Ela estava ficando mais rápida e mais precisa a cada uma de suas aulas no trem. Ao contrário do desempenho financeiro de Piers, que com certeza receberia um recadinho do tipo "Você tem que se esforçar mais" ou "Fale comigo depois da aula" em caneta vermelha.

Piers estava saindo para o trabalho mais tarde, para poder encaixar os horários de Martha e evitar os trens mais lotados, mas Candida não aparentava ter notado. Ela também não havia mencionado o fato de que ele corria para esvaziar a caixa de correspondências sempre que possível, para retirar os envelopes marcados com URGENTE! e ÚLTIMO AVISO! e escondê-los no fundo da gaveta de meias.

Candida andava mesmo bastante desatenta, considerando que ela era do tipo que conseguia avistar a vinte passos de distância os primeiros estágios de uma teia de aranha que a faxineira não havia notado, ou uma queda de um ponto percentual nas pontuações dos testes de capacidade cognitiva de Minty. Sentia-se quase tentado a deixar algo bem comprometedor à vista de propósito, só para ver se ela começava a prestar alguma atenção no que estava acontecendo na vida dele. Mas não tinha coragem, e sabia que, se deixasse uma coisa passar, todo o resto viria em enxurrada.

— Como vai a minha melhor aluna? — perguntou Piers, enquanto eles esperavam o trem.

— Eu sou sua única aluna — respondeu Martha. — Mas, bem, obrigada.

— Conseguiu fazer a lição de casa de ontem?

— Quase tudo. Fiquei empacada nas equações simultâneas.

— O truque com equações — disse Piers — é parar de pensar nelas como um punhado de números e vê-las como padrões. Arte, até. Elas são bem bonitas, na verdade. Vou te mostrar.

Eles entraram no trem e encontraram Iona em sua mesa de costume, com Lulu guardando um banco livre. Piers conseguiu arrumar um segundo assento, em parte convencendo, em parte intimando, uma mulher de meia-idade a mudar de lugar.

Enquanto Piers explicava a Martha a beleza das equações simultâneas, lembrou-se do tempo em que descobrira a álgebra e começara a ver os números não só como coisas com que podia brincar, rearranjar e resolver, mas como um passaporte para uma vida totalmente diferente. Era irônico que, agora que estava naquela vida, tudo que ele queria era escapar.

— Então, está vendo agora? — perguntou a Martha, que estava mordendo o lábio inferior, como sempre fazia quando se concentrava.

— Olha, eu acho que sim — respondeu ela, sorrindo.

— Você não é ruim em matemática de jeito nenhum, Martha — disse Piers. — Só te faltava confiança, e desconfio de que não lhe ensinaram muito bem. Como é seu professor?

— Na verdade, eu tive um monte. Não tem professores de matemática suficientes na escola, então a gente vive tendo aula com substitutos. Até meu professor de teatro teve que cobrir algumas aulas. Ele era quase tão ruim nisso quanto eu — disse Martha. — Minha mãe reclamou, mas a diretora disse que há uma falta nacional de professores especializados de matemática.

— Como é mesmo o nome da sua escola? — perguntou Piers.

— St. Barnabus Secondary — respondeu Martha. — Por quê?

— Só curiosidade — comentou Piers, tomando nota mentalmente do nome, por via das dúvidas.

Piers estava ignorando Iona, mas ele percebeu a irritação crescente dela por estar de fora da conversa. Ela estava fervendo como uma panela de pressão, acumulando vapor, até que, finalmente, explodiu.

— Escutem aqui, eu sei que toda essa coisa de aulas de matemática foi ideia minha, pela qual, na verdade, eu mereço algum crédito, mas será que vocês poderiam dar um tempo nisso pelo restante da viagem? Porque eu preciso saber em que pé estão as coisas para o teste de elenco da peça da escola.

— O teste vai ser daqui a duas semanas — respondeu Martha, largando a caneta com mais entusiasmo do que Piers gostaria. — Eles deram um pequeno diálogo para a gente aprender e encenar. Provavelmente vou acabar no camarim, cuidando do figurino ou da iluminação, mas tudo bem. Só participar já vai ser legal e isso está tirando a minha cabeça de toda a história da fotografia pelada.

— Camarim, é? Vamos dar um jeito nisso — disse Iona. — Nenhuma mentorada de Iona acaba no camarim. Você tem o trecho aí?

Martha tirou uma folha amassada de papel de dentro da mochila, colocou-a na mesa em cima da muito mais importante lição de matemática e tentou alisá-la com a manga da blusa. Iona apertou os olhos, enfiou a mão na bolsa e tirou os óculos de leitura.

— Estou fazendo isso por você, garota — sussurrou. — Nunca uso isto em público. Ele me deixa com cara de velha.

Piers ia gracejar que era a idade dela que a deixava com cara de velha, em retaliação por Iona ter invadido sua aula de matemática, mas decidiu ficar quieto. Cutucar Iona era divertido, mas ele havia aprendido que, quando se passava do limite, ela mordia.

— Ah, veja só, é a cena do balcão! — exclamou Iona. — Muito bem, você faz a Julieta, claro, e eu vou ser o Romeu. Temos três estações para convencer Piers e este colega — Iona gesticulou para a quarta pessoa na mesa, um homem extremamente musculoso de camiseta e shorts, apesar do frio — de que estamos loucamente apaixonadas uma pela outra. Vai ser bom demais! Eu sou Iona e esta é Martha — disse Iona para o seu público. — Também conhecidas como Romeu e Julieta.

— Jake — ele se apresentou, estendendo a mão. — Também conhecido como Jake.

— Ah, claro, está escrito no seu peito — observou Iona. — Que prático.

Piers esticou o pescoço e viu as palavras JAKE PERSONAL TRAINER impressas em letras grandes na camiseta de Jake.

Martha aparentava estar completamente aterrorizada, mas Piers percebia o método no estardalhaço de Iona. Se ela conseguisse lidar com aquela humilhação, o teste ia ser moleza.

Iona

18h17 De Waterloo para Hampton Court

Quanta diferença dois meses podem fazer, pensou Iona.

Era o final de mais um dia muito bem-sucedido. Tinha avistado Piers e Sanjay na Plataforma 5 em Waterloo e conseguido abrir caminho para eles até posicioná-los em sua mesa de sempre se enfiando na frente de uma jovem mãe com um bebê em um carrinho. Ela se sentira um pouco culpada por isso, até que ouviu a mulher dizendo para o bebê: "Não ligue para essa velha malvada, meu bem".

— Pouco importa ela falar mal de mim para o bebê — disse Iona para Lulu. — Ele não vai entender nada mesmo.

A assistente-executiva de Ed tinha agendado uma reunião para ela às cinco da tarde do dia seguinte. Até pouco tempo antes, isso teria feito a cabeça de Iona entrar em parafuso, mas ela estava tranquilamente autoconfiante. Animada, até.

Desde que começara a comentar os casos de algumas das cartas de seus leitores com Emmie, Sanjay e Martha, e a desenvolver o que havia de melhor nas respostas deles, vinha produzindo bastante agitação nas "redes sociais", sua correspondência tinha aumentado e sua cotação no escritório parecia ter subido bastante. E havia ainda o imenso trunfo de ter conseguido Fizz, que deixara o lugar inteiro em despudorada agitação desde que a influencer se juntara à equipe na semana anterior.

Sim, a reunião ia ser divertida. Talvez um aumento de salário à vista? Fazia anos que não recebia um. Não tinha se atrevido a reclamar disso antes, com receio de que sua remuneração relativamente baixa fosse a principal razão de ainda ter um emprego.

Mas, de repente, teve uma epifania. Naquela semana ela completava trinta anos de trabalho para a *Modern Woman*. Não era possível que fosse uma coincidência. Será que tinham organizado alguma comemoração? Em seu décimo aniversário na revista, fizeram uma festa surpresa, com champanhe e canapés. Nos vinte anos, houve um bolo e vale-compras na Harvey Nichols. O que o trigésimo poderia trazer? Tinha que se lembrar de parecer totalmente surpresa e encantada, para não estragar a grande revelação.

Havia apenas duas coisas perturbando o bom humor de Iona. A primeira era a pessoa sentada atrás dela, que estava comendo um cachorro-quente incrivelmente malcheiroso. Será que não sabia que a Terceira Regra do Transporte Público era nunca comer comida quente no trem? A segunda era Sanjay, que olhava com tristeza para seu café para viagem, como se ele guardasse o segredo de seu futuro. Era o momento de agir com alguma firmeza.

— Sanjay — disse ela. — Acho que está na hora de seguir em frente. Há muito mais peixes no mar, essa coisa toda.

— Mas, Iona — respondeu ele e, pela primeira vez desde que haviam se conhecido, parecia estar olhando *com raiva* para ela —, você disse que a peça só termina...

— Está no fim do último ato, Sanjay — interrompeu Iona. — Você não vê? O cenário do casamento já está no palco. Às vezes a vida não sai do jeito que a gente quer... Eu sei disso melhor do que a maioria das pessoas, pode acreditar.

— E se a Emmie for a mulher da minha vida e estiver com a pessoa errada?

— Não existe isso de "a mulher da minha vida" — disse Iona. — Há muitos parceiros de vida possíveis para todo mundo!

— Ah é? — revidou Sanjay. — Quer dizer que você poderia muito bem estar com alguma outra pessoa que não fosse a Bea?

— Bom, isso não vale para mim, claro — respondeu Iona. — Mas o Toby é claramente o cara perfeito para a Emmie. Ela está radiante de felicidade e, como amigos dela, é nossa tarefa ficar felizes por ela, por mais difícil que seja.

— Eu estou feliz por ela — disse Sanjay. — É sério, eu não me importo. Foi só um crush bobo. Já superei.

— Nós dois sabemos que isso não é verdade, Sanjay. Lembre-se de que eu tenho um sexto sentido profissional. Eu consigo *ler as pessoas*. Você está emburrado como um adolescente de mau humor e isso tem que parar.

O celular de Sanjay soou sobre a mesa à sua frente.

— *Marquei uma consulta para você sábado* — leu Iona em voz alta.

— É a minha mãe — disse Sanjay. — Acho que ela está tentando fazer eu namorar com uma higienista dental, embora ela negue.

— Excelente ideia! Está vendo? Há muitos outros peixes no mar! — exclamou Iona, pegando o celular dele e respondendo com um emoji de polegar levantado. Sanjay arrancou o telefone da mão dela.

— Cai fora, Iona! — disse ele, em um tom de voz que soou muito mais alto do que de fato foi, pelo fato de estarem em um vagão de trem quase silencioso. — Eu não preciso de você se metendo na minha vida, além da minha mãe. Minha vida amorosa não é da sua conta. Você é só uma mulher velha e frustrada que não tem nada melhor para fazer do que se meter na vida dos outros.

Iona sentiu as palavras como um soco. Teriam doído vindo de qualquer pessoa, mas eram particularmente arrasadoras vindo de Sanjay, que sempre havia sido tão gentil e respeitoso.

Sanjay virou a cara para a janela, como se não suportasse mais olhar para ela, quanto mais falar. O que era muito engraçado, já que ela era a vítima inocente. As acusações ainda ressoavam em seus ouvidos. *Frus-*

trada. Velha. Intrometida. Nem saberia dizer qual dos dardos envenenados de Sanjay ardia mais.

Piers também estava estranhamente silencioso, a cara enfiada em seu *Evening Standard,* como uma tartaruga encolhida dentro da carapaça. Não havia saído em defesa dela, o que a fez pensar se teria de fato ultrapassado os limites. Lembrava-se de todas as viagens em silêncio no passado, antes do dia da uva. Mas eram silêncios confortáveis, relaxantes, vazios, nem um pouco incômodos e tensos como aquele que pairava malévolo entre ela, Sanjay e Piers.

Quando Sanjay se levantou para sair em New Malden, Piers murmurou um "tchau" automático de trás de seu jornal, mas nem Iona nem Sanjay disseram uma palavra sequer.

Iona ficou olhando para o céu da noite pelas duas estações seguintes, vendo as cores desfilarem por toda a paleta de vermelhos e laranjas conforme o sol se punha, e a cambiante coreografia hipnótica e espetacular de um bando de estorninhos. Havia se distraído com tanto sucesso, tentando imaginar como cada uma das aves sabia para que lado ir e se alguma vez colidiam umas com as outras, que, quando pararam na estação Surbiton e um rosto de mulher, que seria bonito se não estivesse tão *furioso,* apareceu bem na sua janela, ela quase gritou.

— Deus pai, qual é o problema dessa mulher? — disse Iona, apontando-a para Piers, que estava se levantando para sair. Ela usava uma roupa de ioga de grife com as palavras OM SHANTI impressas sobre os seios firmes. Uma frase que conflitava consideravelmente com a vibe que ela emanava.

Piers olhou na direção do dedo indicador estendido de Iona e a cor sumiu de seu rosto.

— É a Candida — disse ele em voz baixa.

— Acho que seu Torremoto desabou no chão — disse Iona.

— É o que parece. É melhor eu ir e enfrentar — falou Piers, depois murmurou consigo mesmo. — Acho que já era hora mesmo.

Piers abriu caminho até a porta, se virou para olhar para Iona e saiu do trem com uma expressão que lembrava a de um menino indisciplinado sendo levado para a sala do diretor da escola, ciente de que estava prestes a ser expulso.

Iona ficou sentada à mesa, acompanhada pelo *Evening Standard* abandonado de Piers e uma sensação de desconforto. O que Piers tinha feito para merecer um comitê de recepção tão irado? Provavelmente tinha a ver com outra mulher. Geralmente tinha, ela sabia.

E lá se foi seu dia perfeito. Tudo parecia estar dando errado. De repente, não estava mais tão autoconfiante para a reunião do dia seguinte com Ed.

Piers

— Candida — disse Piers, decidindo-se a despistar. — Que surpresa boa você vir me encontrar na estação.

— Vi seu carro no estacionamento — respondeu ela, a voz tremendo, as narinas dilatadas. — Então concluí que você tinha pegado o trem para algum lugar. A pergunta é: *para onde?*

As pessoas em volta na plataforma já tinham desistido de fingir que não estavam vendo aquele drama se desenrolar à sua frente, e as cabeças se viravam alternando-se de um para o outro, como se estivessem assistindo a uma competição particularmente agressiva de tênis profissional.

— O que você quer dizer com isso? — perguntou Piers, sabendo exatamente o que ela queria dizer, mas mandando a bola de volta para ela, ganhando tempo.

— O que eu quero dizer — sibilou — é o que você está fazendo saindo desse trem todo bem-vestido em seu elegante terno de trabalho se, de acordo com uma das senhoras da minha turma de pilates, você perdeu o emprego *três meses atrás?*

Game, set e vitória para Candida. Parece que ele estava eliminado do torneio.

Piers teve dez minutos de trégua enquanto ele e Candida voltavam para casa em carros separados. Candida fazia todas as curvas perigosamente em alta velocidade com seu carro esporte conversível. Era como seguir uma granada com o pino retirado.

Assim que a porta da frente se fechou atrás deles, ela explodiu.

— O que você tem NA CABEÇA para me humilhar desse jeito? — gritou. — Tem ALGUMA IDEIA da cara de trouxa que eu fiz quando Felicia me perguntou como estávamos lidando com a situação e eu NEM IMAGINAVA do que ela estava falando? — Candida estava tão perto que ele sentiu uma gota de saliva aterrissando em seu rosto. Deixou-a ali, com medo de que qualquer movimento súbito pudesse puxar mais um gatilho da raiva.

— Eu estava tentando te proteger — disse ele, sem levantar a voz. — Fui demitido em janeiro, no último corte de funcionários, e achei que não valia a pena nós dois ficarmos remoendo isso. Eu ia contar assim que encontrasse outro emprego, mas está sendo mais difícil do que eu esperava. Todo mundo está demitindo neste momento, não contratando. E, quanto mais eu deixava o tempo passar, mas complicado ficava para explicar.

— O que nós vamos FAZER? — disse ela. — E a escola das crianças? As prestações da casa? A babá? Como vamos pagar tudo isso?

— Está vendo, é exatamente por isso que eu não queria que você soubesse. Já estava sendo difícil demais para mim lidar com o fato de que o banco em que eu trabalhei por quinze anos, que fiz ganhar dinheiro a rodo, dedicando a eles minhas noites, fins de semana e cancelando férias, tinha acabado de me jogar no lixo. Eles me deram uma caixa de papelão e cinco minutos para esvaziar a mesa, observado por dois seguranças. Depois me acompanharam até a porta da frente e confiscaram meu crachá.

Ele se sentia mal só de se lembrar daquele dia — a humilhação enquanto era escoltado pela sala de operações como vira acontecer com tantos outros homens, e algumas mulheres, antes dele. Alguns de seus colegas, os que se achavam invulneráveis, haviam entoado "Midas! Midas!" sarcasticamente enquanto ele passava. Os operadores mais experientes só mantiveram os olhos fixos em suas telas, obviamente pensando *Podia ter sido eu*. Poucos deles, talvez nenhum, conseguiriam chegar até uma idade de aposentadoria decente sem ter que fazer a própria Caminhada da Vergonha.

— O que você fez com a caixa? — perguntou ela, com um ligeiro sorriso, a mais diminuta fresta na armadura.

— Joguei na caçamba de lixo mais próxima — disse ele.

— Até a minha foto que você tinha em sua mesa? — indagou ela.

— Eu não tinha uma foto sua na minha mesa — respondeu, antes de conseguir segurar a língua. Mas, no esquema maior das coisas, a pequena infração não ia importar.

— Então para onde você tem ido todo esse tempo? O que esteve fazendo? — quis saber. E lá estava a pergunta inevitável que levaria a todo um novo nível de revelações. Ele respirou fundo antes de pular no abismo.

— Tenho passado o dia em cafés e bibliotecas, preenchendo candidaturas a empregos. Pedi alguns favores e consegui umas entrevistas. Mas é como se só estivessem seguindo o script e não deu em nada. — Ele fez uma pausa e girou o anel de sinete em seu dedo mínimo antes de acrescentar: — E tenho feito day trade.

— Day trade? Você quer dizer que está especulando na bolsa com o nosso próprio capital?

Ele confirmou com a cabeça.

— Já que passei tantos anos ganhando dinheiro para meus clientes, então por que não fazer o mesmo para mim? Para nós.

Ela semicerrou os olhos.

— Com que capital?

— Minha indenização pela demissão.

— E como está indo? — perguntou ela, em uma voz que sugeria que já sabia a resposta.

— Não muito maravilhoso no momento — respondeu ele. — Descobri que é preciso uma enorme mudança de atitude mental para passar do modo "jogar com o dinheiro de outras pessoas" para o modo "arriscar a própria grana". Leva um tempo para se ajustar, só isso.

— E, enquanto você está se *ajustando* — falou, pronunciando cada sílaba lenta e perfeitamente —, quanto da sua indenização, da *nossa indenização*, você perdeu?

— Uns dois terços — disse ele, embora soubesse que eram exatos setenta e um por cento. Só de pensar já sentia novamente a conhecida onda de náusea. — Mas não se preocupe. Não está perdido. Eu vou recuperar. Só tive um período de muita má sorte. Tudo isso mudou agora, eu sei que sim.

— Você está falando igualzinho a um viciado em jogo, não acha? — disse ela. — Não tem diferença nenhuma entre o que você está fazendo e o homem que gasta o dinheiro das despesas da casa em cavalos ou em máquinas caça-níqueis. É como a diferença entre o mendigo no banco da praça virando no gargalo uma cachaça barata e o *connoisseur* de vinhos que bebe três garrafas de Château Lafite durante o jantar no The Ivy. Não tem diferença nenhuma a não ser a quantidade de dinheiro gasta e as roupas que você usa. Você tem que parar.

— Eu não posso parar agora, Candida. Primeiro preciso recuperar o prejuízo.

— E há quanto tempo você está dizendo isso para si mesmo, Piers? — Ele não precisava responder. Ela sabia. — Não funcionou até agora, não é? Só fez ficar ainda pior.

— É tarde demais para recuar, Candida — argumentou ele.

— É tarde demais para *não* recuar, Piers — retrucou ela.

Piers desabou em uma poltrona e baixou a cabeça entre as mãos. Sentiu que a faixa que o vinha mantendo inteiro, e que estava apertando cada vez mais nos últimos meses, tinha arrebentado. Pela primeira vez desde o dia terrível de janeiro, pela primeira vez desde que havia trocado a pele antiga pela do novo e invencível Piers, ele chorou. E, depois que começou, não conseguia mais parar.

Demorou um tempo para Piers entender onde estava. A luz da manhã incidia em um ângulo diferente do normal e, quando ele estendeu a mão, o lençol ao seu lado estava frio e vazio. Então ele lembrou. Estava no quarto de hóspedes. E os acontecimentos da véspera voltaram em uma enxurrada.

As palavras de Candida pareciam ter germinado e criado raízes enquanto ele dormia, porque de repente conseguia ver sua situação com uma indesejável clareza. Ela estava certa. Ele não passava de um jogador em uma maré de azar, jogando dinheiro bom atrás do ruim e se recusando a sair da mesa da roleta até terem apagado as últimas luzes do cassino.

O jogo, finalmente, tinha acabado.

Piers tomou banho e se barbeou mecanicamente, depois foi para o closet. Por puro hábito, sua mão pairou sobre a fileira de ternos quase idênticos, feitos com um corte perfeito sob medida pelo seu alfaiate da Jermyn Street, antes de pegar um jeans e um suéter de cashmere. Não havia mais, claro, nenhuma razão para vestir um terno.

Mas e agora?

Piers não suportava a ideia do dia vazio se estendendo à sua frente, ou de se esgueirar pela casa tentando evitar a ira de Candida. Ou, pior, a decepção dela. Mesmo nos momentos do casamento em que ela não havia gostado muito dele, como depois de seu curto e imprudente envolvimento com a babá holandesa, ela sempre o respeitara. Mas não o respeitava mais, o que não era surpresa, já que nem ele próprio se respeitava.

Piers entrou no Porsche, inalou o satisfatório aroma de riqueza dos bancos de couro e ouviu o rugido rouco do motor. As duas coisas costumavam lhe dar um pequeno arrepio de prazer, mas ele não sentiu nada. Como se seus sentidos tivessem sido cauterizados.

Dirigiu no piloto automático até a estação. Estacionou o carro, atravessou a passarela e se viu parado na plataforma de sempre, em seu lugar habitual, apesar de nada mais nele ser habitual. Ele era uma fraude. Um avatar bidimensional.

Pensou no dia em que se engasgara com a uva, cerca de dois meses antes. Lembrava-se de como desejara desesperadamente viver, mas naquele momento não conseguia entender por quê.

Não havia sentido em estar ali, naquela plataforma. Não havia sentido em estar ali, ponto. Na verdade, não havia sentido nele.

Piers caminhou até a borda e olhou para os trilhos. Um rato correu nas sombras. Ouviu o zumbido elétrico e distante de um trem, ainda longe na linha, mas se aproximando a cada segundo. E, quanto mais alto o zumbido ficava, mais os trilhos pareciam chamá-lo. Seria tão fácil só pôr um pé na frente do outro e mandar tudo aquilo embora.

O zumbido foi ficando mais insistente, mais envolvente, e ele percebia as pessoas à sua volta, sentia seus olhares nele. Questionadores. Em poucos segundos ele perderia a oportunidade.

Quanto mais olhava para os trilhos, mas perto eles pareciam estar. Tão perto. Não era um pulo, nem mesmo uma queda. Só um passo. O zumbido aumentou de volume e se transformou em um chiado, que soava muito como *siiiiiiiim..*

— Não! — gritou uma voz atrás dele.

Martha

7h59 De Surbiton para Waterloo

Martha achava difícil conciliar o Piers que ela conhecia agora com aquele em quem tinha vomitado só algumas semanas antes. Na verdade, estava até ansiosa para encontrá-lo na estação naquela manhã. Em parte porque havia conseguido terminar toda a sua lição de matemática na noite anterior e esperava secretamente por um elogio de um adulto interessado. Não incluía sua mãe, ou o amante de sua mãe, nessa descrição, óbvio. E também porque estava precisando de alguma distração.

A lista do elenco ia ser divulgada naquele dia. Havia se permitido sentir só um pouquinho esperançosa de talvez conseguir um papel com algumas falas. Afinal, tinha treinado com Iona, uma *atriz de verdade*, na maior parte das manhãs nos últimos quinze dias. Seu teste não tinha sido perfeito — ela havia errado uma das primeiras linhas antes de conseguir relaxar —, mas no geral tinha se saído bem. Talvez mais do que bem. Sentira um arrepio de emoção ao representar Julieta em um palco real e dirigir suas falas para um menino de dezesseis anos, em vez de pronunciá-las em um trem, simulando um flerte com uma lésbica idosa.

E Iona estava certa. Fazer o teste para a peça tinha afastado seus pensamentos, pelo menos por parte do tempo, da *história da vagina*, e ela havia notado que, quando parava de pensar no assunto, recebia menos comentários irônicos ou olhadas de lado. Iona dissera que esses pensamentos eram como catnip para os agressores. Ela não perguntou o que era catnip, mas entendeu a ideia geral. "É uma profecia autorrealizável, basta parecer vítima para você virar alvo", dissera Iona. Tentou imaginar Iona virando alvo e não conseguiu. Aquela mulher era à prova de balas.

Martha caminhou pela plataforma, procurando Piers.

Não o reconheceu de cara. Até então, só o tinha visto de terno. Embora Piers de jeans e suéter fosse muito mais elegante do que a maioria das pessoas comuns em suas melhores roupas de trabalho. Ele meio que *emanava* dinheiro pelos poros. Definitivamente não parecia um professor, isso era certeza.

— Piers! — chamou, mas ele não reagiu. Estava só ali parado na beira da plataforma, de fato sobre a linha de segurança amarela pintada no chão, olhando para os trilhos como se tivesse acabado de jogar uma moeda em um poço dos desejos e decidido que a queria de volta.

— Piers — disse ela de novo —, você está bem?

Era como se ele não a tivesse ouvido, embora ela já estivesse bem do lado dele. Estava olhando para baixo, hipnotizado, e balançando um pouco. Foi como se os sentidos de Martha se aguçassem, porque ela começou a ouvir as pessoas em volta — a respiração, o movimento dos pés, as fungadas — amplificadas. Sentia o cheiro do suor sob suas axilas. E viu exatamente o que ia acontecer, a cena se desenrolando em suas retinas em câmera lenta.

— Não! — gritou, e agarrou Piers pelo braço.

O trem expresso que seguia direto para Waterloo passou pela estação com uma velocidade e potência que fizeram o estômago de Martha revirar com o que poderia ter acontecido. Mas seu alívio se transformou rapidamente em constrangimento. Será que sua reação tinha sido excessiva? E se ela só tivesse se deixado levar pela imaginação? Afinal Piers não tinha ultrapassado a borda da plataforma; ele só... *estava estranho.*

O vácuo deixado pelo trem expresso foi logo preenchido pelo trem normal que parou em seguida, e a multidão de pessoas em volta deles se aglomerou em direção às portas, deixando Martha na plataforma, ainda segurando Piers pela manga, sentindo-se muito mais inadequada do que de hábito.

Piers virou-se e olhou para ela, o rosto sem expressão, como se não fizesse ideia de quem ela era, ou de onde estava.

— Eu não ia pular — murmurou, como se tentasse convencer mais a si mesmo do que a ela.

— Vamos sentar um pouco? — sugeriu ela, conduzindo-o até um banco.

O que Attenborough diria? *O lobo solitário ferido precisa voltar para a segurança da sua matilha.*

— Por que você não chama a sua esposa? — disse ela. Ele só continuou sentado, olhando direto para a frente. Era como um aparelho elétrico em stand-by, ainda ligado, mas sem funcionar, e ela não tinha a menor ideia de onde encontrar o controle remoto.

Martha pôs a mão no bolso de Piers e sentiu a forma conhecida de um iPhone. Pegou o polegar dele, franzindo um pouco a testa ao notar a pele mordida e avermelhada, em nítido contraste com as unhas cuidadas e perfeitas, e pressionou-o na base da tela. Felizmente, isso desbloqueou o celular. Procurou os FAVORITOS na lista de contatos e encontrou CASA.

Candida levou só quinze minutos para chegar à estação. Ela correu até onde eles estavam e se sentou do outro lado de Piers.

— Obrigada... ãhn...

— Martha — disse a menina.

— Muito obrigada, Martha. Pode deixar que eu assumo agora. Não quero que você se atrase para a escola. Tenho certeza que ele ficará bem. Provavelmente é queda de açúcar no sangue. Ele não comeu nada hoje de manhã.

— Claro — disse Martha, que não estava achando nada claro.

Quando entrou no trem, sentindo-se atordoada e trêmula, lembrou-se de que não havia pedido a Candida o número de telefone de Piers. Como ia saber se ele realmente estava bem? E, se adultos — adultos respeitáveis, instruídos, casados e *ricos* como Piers — podiam desmoronar daquele jeito, que esperança ela tinha? Que esperança qualquer um deles tinha?

— Você está bem? — disse uma voz ao lado dela, como se os papéis tivessem sido trocados e agora fosse ela olhando os trilhos enquanto um trem se aproximava. Ela se virou e viu o rosto preocupado de Jake, o personal trainer que havia sido seu público umas duas semanas antes.

— Para ser sincera, eu não sei — respondeu. — A Iona está no trem? Eu gostaria muito de falar com ela.

— Não — disse ele, indicando o assento habitual dela, que estava ocupado por outra pessoa que aparentemente não tinha nenhuma compreensão do significado do sétimo banco à direita, no corredor, voltado para a frente. — Na verdade, faz uns dias que não a vejo. Só descobri o nome dela naquele dia em que conheci vocês, mas já tinha reparado nela há um bom tempo, obviamente.

— Obviamente — disse Martha, e podia jurar ter visto algumas pessoas em volta movendo a cabeça em uma concordância silenciosa.

— Eu chamava ela de Muhammad Ali — contou ele.

— Ué, isso é meio inesperado — disse Martha. — Por quê? Tipo, *você* até parece com Muhammad Ali, mas a Iona?

— Porque ela é elegante, mas durona. Sabe a frase, né? *Voe como uma borboleta, ferroe como uma abelha.*

Martha não sabia, mas concordou assim mesmo, porque não estava realmente interessada em histórias antigas de boxeadores.

— Toma, isto pode ajudar.

Jake passou para ela uma garrafinha de energético, o tipo de coisa que teria deixado sua mãe horrorizada por causa das calorias vazias, mas ele tinha razão. Só um gole e ela já sentiu sua força retornando, seu equilíbrio voltando.

— Eu queria mesmo falar com você — disse Jake. — Sabe, eu não pude deixar de ouvir sua conversa com a Iona um tempo atrás. Sobre as garotas na escola. Espero que você não se incomode.

— Não se preocupe — respondeu Martha. — É praticamente impossível ignorar as conversas da Iona, né?

— Eu trouxe isto para você — ele disse, entregando a ela um cartão laminado. — É um passe VIP para a minha academia. Se você não conseguir vencer essa turma com o lance do *Romeu e Julieta*, pelo menos pode aprender a dar uns socos nelas.

— Obrigada, mas eu não posso aceitar — falou Martha, olhando para o nome de uma academia famosa e super na moda no cartão, seguida pelas palavras ACESSO A TODAS AS ÁREAS. — Deve custar uma fortuna. Além disso, a Iona diz que tem um provérbio chinês assim: *Se você ficar em cima da ponte por tempo suficiente, o corpo do seu inimigo vai passar flutuando embaixo.* Acho que isso quer dizer que uma hora o castigo delas vai chegar.

— Humm. — Jake pareceu cético. — Olha, não se preocupe com o preço. Eu sou o dono. Você pode me pagar fazendo propaganda positiva.

— Uau. Bom, então tudo bem. É muita gentileza sua, Jake. Obrigada — disse Martha, guardando o cartão no bolso do casaco. Não sabia para quem Jake esperava que ela pudesse fazer elogios de sua academia. Ela estava bem longe de ser uma influenciadora. Era bem o contrário, na verdade. Sua recomendação poderia ser um beijo da morte comercial.

— Eu só estou cuidando do meu carma — explicou Jake. — Tenho uma filha, não muito mais nova que você. E quero acreditar que, se ela estivesse sendo tratada do jeito que andam tratando você, haveria alguém que visse e estendesse a mão para ela.

Martha sorriu, pensando em como seu novo amigo era um gigante gentil, espiritual e generoso.

— Ou alguém que fosse atrás dos safados que estivessem fazendo bullying com ela e enchesse a cara deles de porrada. Entende o que eu quero dizer? — continuou. — Que às vezes só ficar esperando em cima da ponte não é suficiente. Às vezes você precisa jogar o corpo no rio e pisar no pescoço dele.

Só um gigante generoso, na verdade.

— Vejo você na academia — disse ele.

Sanjay

Sanjay não estava tendo um dia bom.

Tinha passado outra noite maldormida, vendo os números mudarem no despertador. Por que o tempo corria tão rápido quando estava tentando atender todos os seus pacientes em um turno, mas, no meio da noite, se movimentava de forma quase imperceptível? Tinha sido tragado em um círculo vicioso: quanto mais se preocupava com a possibilidade de ficar cansado demais para enfrentar o trabalho no dia seguinte, mais o sono lhe fugia e mais ele se preocupava.

— Sanjay, você tem um minuto? — perguntou Julie, e ele teve que se forçar a sair da névoa e recuperar o foco. — Eu queria muito que você me fizesse um favor. Detesto pedir, juro, mas...

— Claro que eu faço — disse Sanjay, depois xingou a si próprio. Tinha que parar com esse hábito de concordar com as coisas antes de ficar sabendo do que se tratava.

— Obrigada. — Ela lhe deu um largo sorriso. — Eu sabia que você era a pessoa certa para eu pedir. Então, é que essa touca gelada dói demais e não está adiantando. Meu cabelo continua caindo aos chumaços. Tenho que ficar recolhendo do ralo do chuveiro e hoje de manhã, quando acordei, parecia que tinha deixado metade da cabeça no travesseiro. Não aguento mais, Sanjay. É como ir morrendo aos poucos. Eu quero raspar tudo.

— Eu entendo, Julie — disse Sanjay. — A touca gelada não funciona para todo mundo. Nós temos uma pessoa excelente que faz perucas. Ele trabalhou com aquele cabelereiro, o Vidal Sassoon.

Julie fez uma careta.

— Eu posso me virar bem com chapéus e turbantes. A questão é que eu queria que você fizesse.

— Fizesse o quê? — perguntou Sanjay, com um pouco dificuldade para acompanhar a conversa. Quando Julie chegava ao fim de uma frase, ele já havia esquecido o começo.

— Raspasse a minha cabeça. Eu sei que isso ultrapassa muito as suas funções, mas não posso pedir para a minha cabeleireira. Eu sugeri que ela fizesse um corte curto com mais volume e, quando meu cabelo começou a cair na lavagem, ela gemeu e soltou um: "Ah aquelas pobres crianças, eles são tão pequenos!", como se eu já estivesse morta. Saí de lá aos prantos, com metade da cabeça ainda cheia de xampu.

— E o seu marido? — perguntou Sanjay.

— Eu não queria que ele fizesse isso — disse Julie, com um estremecimento perceptível. — Já é tão difícil manter qualquer romance vivo quando se tem câncer, e isso seria a gota d'água. *Por favor.*

Sanjay tentou encontrar uma maneira de recusar. Poderia dizer que aquilo não era parte de seu trabalho. Que ele estava muito ocupado. Que ele teria problemas, de novo, por ultrapassar os limites necessários. Mas estava cansado demais e não sabia como recusar o pedido de Julie, que já havia perdido tanto.

— Eu não sei a quem mais pedir, Sanjay. E você está acostumado com essas coisas, então isso não vai abalar você.

Ah, se ela soubesse.

— Eu até trouxe uma tesoura e um barbeador elétrico — disse ela, sentindo que ele hesitava.

— Tudo bem — respondeu ele. — Vamos encontrar uma sala vazia.

Sanjay ficou atrás de Julie para que ela não visse seu rosto enquanto ele cortava todo o cabelo o mais rente que podia, os longos cachos castanhos caindo no chão. Lembretes de uma vida diferente, mais feliz, quando haviam sido arrumados em penteados e levados para dançar, ou se enrolaram em dedos que os afagavam durante o ato do amor. Depois raspou a cabeça, o zumbido do aparelho disfarçando o tremor de sua mão, até deixá-la totalmente lisa.

Sanjay deu a volta, agachou na frente de Julie e segurou suas mãos.

— Como ficou? — perguntou ela, enxugando as lágrimas do rosto.

— Ficou bom! — disse ele. — Sua cabeça felizmente tem um formato lindo. A de algumas pessoas tem umas protuberâncias, sabe? E aí elas preferem não deixar assim à mostra.

Julie deu um sorriso forçado, pegou o celular e virou a câmera para poder se ver nela.

— Sanjay, eu pareço o Humpty Dumpty. — Ela apoiou sua nova cabeça careca entre as mãos e começou a soluçar. Exposta. Impossibilitada de se esconder atrás de uma reconfortante cortina de cabelos. Nada além de pele nua e lágrimas. — Mas obrigada — disse, entre os dedos molhados. — É melhor assim. Eu vou me sentir bem com isso amanhã, sei que vou.

— O Adam vem buscar você? — indagou Sanjay.

— Vou encontrar com ele e com Sam, meu filho mais novo, na cantina — disse ela. — Sei que eles vão fazer uma expressão horrorizada e, sinceramente, não sei se vou aguentar.

— Julie, fique aí — pediu Sanjay. — Ponha um sorriso no rosto e eu vou trazê-los para encontrar você aqui. Assim vocês terão mais privacidade.

Sanjay olhou para o relógio enquanto descia correndo os degraus até a cantina. Já estava uma hora atrasado em seu cronograma. Nunca ia conseguir compensar. Avistou Adam e Sam de imediato, em uma mesa no canto, debruçados sobre um livro de colorir.

— Oi — disse ele, agachando ao lado de Sam. — A Julie pediu para vocês a encontrarem na enfermaria. Mas eu queria conversar uma coisa com você primeiro.

Sam o encarou, com grandes olhos castanhos que eram velhos e sábios demais para o seu rosto.

— Nós fizemos um novo corte de cabelo na sua mãe. Na verdade, nós cortamos todo o cabelo dela, tipo o The Rock, sabe? Você conhece ele, não é? — Sanjay viu Sam confirmar com a cabeça. — É só por um tempo. Logo vai crescer de novo. O problema é que sua mãe está preocupada que você não goste. Mas eu sei que você vai continuar achando ela linda, porque ela é a sua mamãe e é a pessoa mais linda do mundo inteiro, certo?

Sam concordou de novo.

— Então você acha que consegue fazer um esforço bem grande para não parecer triste e lembrar de dizer para a mamãe como ela é bonita? — continuou Sanjay, olhando para Adam, que sabia que essa mensagem era para ele tanto quanto para seu filho.

— Nós podemos fazer isso, não podemos, Sam? — disse Adam, segurando a mão do filho.

— Ótimo — disse Sanjay. — Agora me desculpem, mas eu tenho que correr.

— Obrigado, Sanjay — falou Adam, enquanto ele já seguia para fora da cantina.

Quando chegou à saída, o homem que estava entrando empurrou a porta de vaivém com tanta violência que praticamente prendeu Sanjay contra a parede.

— Desculpe — disse Sanjay.

Parou sob a luz da escada iluminada e cheia de eco, apoiando-se na parede e tentando recuperar o fôlego. Seu coração batia forte e cada vez mais rápido, e as palmas das mãos formigavam de suor. Estava acontecendo outra vez.

Ele realmente não tinha tempo para aquilo. Não naquele momento. Nem nunca.

Sanjay sentou-se no chão e baixou a cabeça entre os joelhos, tentando controlar a respiração, tentando ignorar a verdade que o importunava continuamente durante aquelas horas intermináveis da manhã: não conseguia mais lidar com aquilo sozinho.

Teria que pedir ajuda para alguém.

Iona.

Piers

Piers olhou para o relógio. Eram três da tarde e ele continuava na cama. O lençol branco imaculado, passado e engomado só acentuava o quanto ele se sentia sujo. Ele era uma mancha. Uma imperfeição. Precisava ser lavado para fora da existência.

Não tinha bem certeza se havia se levantado naquela manhã, mas parecia estar vestido. Será que já tinha ido para o trabalho? Sentiu o já conhecido nó se formar em seu estômago. Não, não ia para o trabalho fazia algum tempo, e agora nem mesmo a simulação de ir para o escritório era necessária.

Tinha a forte lembrança de ter visto Martha. Será que tinha dado sua aula de matemática?

Ouviu uma batida hesitante à porta. Estava tentando lembrar a si mesmo como falar quando a porta se abriu e Candida entrou com uma xícara de chá. Ela abriu as cortinas, sentou-se ao lado dele e, em uma voz surpreendentemente empática, do tipo que costumava usar só para as crianças e, mesmo assim, só se elas tivessem se machucado ou estivessem doentes, perguntou:

— Você está bem, Piers?

Como ele não sabia responder àquela pergunta, não disse nada.

— Você sabe em que ano estamos? E o nome do primeiro-ministro? — indagou.

— Eu não perdi totalmente o contato com a realidade — disse ele. E acrescentou: — O que é uma pena.

— Não se preocupe. Vamos superar — disse Candida, afagando a mão dele.

— Não vejo como — lamentou ele, sua voz um grasnado, imaginando se ela ia lhe dar um beijo para sarar, colar um curativo na ferida e enfiar em sua boca uma colherada de analgésico infantil.

— Vamos analisar nossas finanças *juntos*, calcular o que ainda temos, fazer um balanço geral e fazer um plano — respondeu ela, em uma voz firme, mas calma, enquanto tirava os sapatos e se enfiava sob o edredom ao lado dele.

Como ele tinha subestimado Candida tanto assim? Sempre havia se considerado a parte forte do relacionamento, no entanto ali estava ela, servindo de escora para ele. Por que não contara tudo a ela desde o começo? Seria mesmo possível ainda salvar alguma coisa de todo aquele desastre terrível?

Candida se assustou quando algo bateu na janela, fazendo o vidro ressoar. Piers notou que todas as suas reações pareciam retardadas. Abafadas em um revestimento de algodão.

— O que foi isso? — exclamou Candida, indo até a janela, abrindo-a e olhando para o chão de cascalhos. — É uma pomba.

— Ela está bem? — perguntou Piers.

— Eu acho que está morta — respondeu Candida, o que para ele pareceu algo insuportavelmente triste. Piers começou a chorar outra vez.
— Pelo amor de Deus, Piers, é só uma pomba. O que você acha que eu devo fazer com ela? Coloco no lixo comum ou no de orgânicos? Imagino que ela não possa ser reciclada.

— Não é uma pomba, é um presságio — disse Piers.

— Eu acho que você devia procurar ajuda — declarou Candida.
— Profissional. Não me parece que esteja lidando muito bem com a situação.

Ela estava certa. A simulação tinha mantido sua sanidade. Enquanto estava ocupado fingindo ser o fodão do mercado, acreditava que ainda era aquela pessoa. Ainda se sentia autoconfiante, bem-sucedido, um cara que tinha se dado bem na vida. Ainda se sentia Piers.

No minuto em que Candida acendeu as luzes da casa e ele foi revelado como realmente era, tudo desabou. Sem sua maquiagem de palco, ele voltou a ser Kevin, o menino que havia sido antes de mudar tudo na sua vida, inclusive o nome. Kevin com a mãe alcoólatra, o uniforme de segunda mão pequeno demais para ele e as merendas escolares gratuitas. Kevin, cujo pai tinha sido um inútil, desempregado e incapaz de cuidar da família. No fim, parecia que a maçã não tinha caído longe da árvore. Seu passado acabaria por alcançá-lo em algum momento. Não dava para fugir para sempre.

— Vou pedir uma indicação de psicoterapeuta para nosso clínico geral e agendar uma consulta — disse Candida.

— Não, não precisa — pediu Piers. Havia só uma pessoa com quem ele achava que conseguiria falar sobre toda essa história. — Eu já conheço alguém. Vou resolver isso.

— Tudo bem, ótimo. — Ela sorriu e deu uma palmadinha no ombro dele, como se o marido tivesse acabado de ganhar um certificado de mérito de "aluno mais esforçado". — Ele é qualificado?

— Ela — corrigiu Piers, imaginando se ser terapeuta em uma coluna de revista feminina tornava alguém qualificado. — Sim, ela está nisso há muito tempo. — Ela certamente estava *naquilo* havia muito tempo, só que não exatamente no tipo que Candida esperava. Se Iona não pudesse ajudá-lo, era bem provável que conhecesse alguém para recomendar.

Então ele se virou e voltou a dormir.

Martha

Martha estava *na personagem*. Depois de uma das aulas dele antes do colapso nervoso, Piers tinha sugerido que ela usasse a estratégia *fingir até conseguir*. Afirmara que essa filosofia tinha sido o segredo do sucesso dele. Piers a aconselhara a criar uma outra persona — até com outro nome, talvez — que fosse tudo que ela queria ser. Então Martha fez isso. E a chamou de Outra Martha.

A Outra Martha tinha milhões de amigos. Não por ela ser especialmente bonita, mas porque tinha uma autoconfiança inata, uma presença, e porque não se importava com o que ninguém pensava dela. Não muito diferente de Iona, na verdade. Iona e a Outra Martha talvez até fossem parentes. Não como mãe e filha, porque essas relações eram complicadas. Mais como tia e sobrinha.

A Outra Martha era uma atriz brilhante que havia sido descoberta por um caçador de talentos quando protagonizava a peça da escola e recebido uma oferta de um papel importante em um novo filme da Netflix. Ela podia ir para a escola vestindo uma sacola de pano como blusa e ninguém riria dela. Ao contrário, no dia seguinte todas as meninas populares estariam usando o mesmo.

A Outra Martha andava pelo centro do corredor da escola, com a cabeça erguida, diferente da Martha comum, que se esgueirava pelos cantos, olhando para os pés. Todos saíam do caminho para a Outra Martha passar, as multidões se abriam como o mar Vermelho.

Então ela avistou um grupo de meninas populares, as cabeças unidas, tagarelando animadas. Quando se aproximou, elas pararam de falar e se viraram para olhar para Martha, como um bando de suricatos no deserto de Kalahari. "A família de suricatos está sempre de antenas ligadas, para detectar perigo, comida, um possível parceiro", disse David Attenborough. Não, era uma imagem fofa demais. Elas eram mais como uma hidra de muitas cabeças, o que estava além das capacidades narrativas até mesmo de Attenborough.

Justamente quando mais precisava dela, a Outra Martha desapareceu em uma nuvem de gelo seco, deixando-a ali sozinha, exposta. Muitíssimo obrigada. Devia ter pensado melhor antes de aceitar conselhos de um homem que, no fim das contas, tinha problemas mais sérios que os dela.

Fixou os olhos na escada à sua frente e acelerou o passo, tentando passar por suas algozes o mais rápido possível.

— Ei, Martha! — uma delas chamou. Será que ela podia simplesmente fingir que não tinha ouvido. — Martha! Você viu o quadro de avisos?

Ela parou e se virou.

— Não. Por quê?

— Então eu acho melhor você dar uma olhada lá — disse outra.

Martha pensou em ignorá-las, por uma questão de princípio, mas a curiosidade foi maior e ela voltou até o quadro de avisos da escola.

— Parabéns! — Ouviu alguém gritar. Não podia ser para ela, podia?

Enquanto caminhava para o quadro, as pessoas abriam espaço e olhavam para ela. Mas o tipo de olhar bom, não aquele a que ela estava acostumada. Do jeito como poderiam olhar para a Outra Martha.

A lista do elenco estava pregada ali. Será que ela havia conseguido um papel? Martha puxou o ar e foi subindo a lista de nomes de baixo para cima. Ela não estava lá. Não estava lá. Era por isso que todos estavam olhando? Por que sabiam que ela tivera a audácia de participar do teste e estavam esperando para se divertir com o seu fracasso?

Martha chegou ao último nome da lista. O primeiro no alto.

Julieta — *Martha Andrews*

A pessoa que Martha mais queria encontrar no mundo todo era Iona. Primeiro, porque mal podia esperar para ver a cara dela quando lhe contasse que não só tinha conseguido um papel, mas *o papel*. Iona ia ficar tão empolgada por ela. Mas também porque tinha um medo terrível de só ter conseguido o papel *por causa* de Iona. Que todo aquele treino tivesse sido uma forma de trapaça e, assim que os ensaios começassem, ela fosse ser *desmascarada*. E, levando em conta que tivera duas semanas de treino para apenas uma cena, de quanto tempo precisaria para aprender a peça inteira?

Será que era melhor já confessar logo que ela era uma fraude e deixar escolherem alguém com mais talento para o papel?

Iona saberia o que fazer. Iona era o tipo de pessoa que nunca sofria de falta de autoconfiança. Nem por um segundo. Ela era sempre segura em relação ao mundo e ao seu lugar nele. Iona era, sem dúvida nenhuma, a pessoa de idade favorita de Martha. Depois de David Attenborough. Na verdade, eles seriam um casal incrível, se Iona não fosse lésbica, e casada.

Martha sabia que Iona pegava o trem em Waterloo mais ou menos às seis da tarde, então só tinha que fazer um pouquinho de hora em algum lugar depois da escola. Pôs a mão no bolso do casaco e sentiu as pontas duras de um cartão laminado em seu polegar.

Por que não? Ela ia dar uma olhada na academia de Jake. Era exatamente o tipo de coisa que a Outra Martha faria.

Martha estava esperando ao lado das catracas que davam passagem para a Plataforma 5 havia quarenta e cinco minutos. Três trens para Hampton Court tinham chegado e ido embora, mas nem sinal de Iona. Será que ela não a tinha visto? Não, não podia ser. Era impossível não ver Iona.

Martha se sentia terrivelmente desanimada. Ficava o tempo todo lembrando a si mesma de sua fabulosa vitória, mas, sem alguém para compartilhar, parecia muito sem graça. E, sem ninguém para renovar sua confiança, parecia um desafio impossível.

Ela suspirou, pôs a mochila no ombro e foi para a plataforma pegar o próximo trem para casa.

Iona

18h40 De Waterloo para Hampton Court

Iona se enfiou na loja para turistas ao lado da entrada da plataforma e se escondeu o melhor que pôde atrás do expositor de cartões-postais. Girou-o devagar, fingindo estar olhando para as fotos clichê do Big Ben, ônibus de dois andares e pontes sobre o Tâmisa. Às vezes, os três em um único postal. Tinha chovido e a loja estava cheirando à lã úmida, rastro de transpiração de centenas de turistas e perfume artificial de pinho de um aromatizador de ambiente químico.

Viu o próprio reflexo na vitrine da loja. Estava ridícula. Tinha se vestido com o que Bea descrevera como sua "fantasia de Gato de Botas", antecipando que haveria uma festa de trigésimo aniversário na empresa. Uma festa que acabara se revelando um total produto de sua imaginação.

Naquela manhã, ela se sentira espetacular com as botas que iam até a coxa, cobrindo as calças pretas justas e uma jaqueta vinho de veludo transpassada na frente, complementadas por uma boina preta.

Invencível. Havia girado na frente do espelho de corpo inteiro como o Príncipe Encantado se aprontando para ganhar sua Cinderela. Agora, sentia-se uma personagem de pantomima. Uma das Irmãs Feias. Uma velha querendo parecer mocinha. Boba, ultrapassada e ridícula. *Será que ela é? É, sim, senhor!* Deu uma espiada pela porta e viu Martha finalmente desistir, passar o tíquete pela catraca e seguir pela Plataforma 5 em direção ao trem.

— A senhora vai comprar isso? — gritou o vendedor para Iona. Ela devolveu à prateleira a miniatura de táxi preto que nem se lembrava de ter pegado e saiu da loja. Então entrou de novo, só por um instante, e mostrou a língua para ele.

Iona ficou olhando o trem de Martha desaparecer pelos trilhos, depois embarcou no das 18h40, no Vagão 4. Um número horrivelmente *par*. Um vagão tão parecido, no entanto totalmente diferente. Havia um pacote de batata frita abandonado sobre a mesa à sua frente. Não mais necessário. Inútil. Ela se perguntou se algum dia teria de novo a necessidade de pegar seus trens habituais, em seu vagão habitual. E foi quando começou a chorar. Lágrimas silenciosas escorriam por suas faces, sem dúvida arrastando consigo a maquiagem de guerra aplicada com tanto cuidado. Pingando da ponta do nariz e caindo na mesa de fórmica.

A mulher sentada à mesa ao lado, que estava lendo uma história para sua filha pequena, levantou um pouco a voz.

— Nunca chegaremos à estação a tempo, Thomas. Como vamos fazer?

Ela virou a página e apontou para a figura, tentando tirar a atenção da criança do drama da vida real do outro lado do corredor, como se o desespero de Iona pudesse ser prejudicial para as crianças.

Iona se lembrou da coluna que tinha escrito naquele dia da uva, sobre todo fim ser um começo disfarçado. Ela estava errada. Alguns finais eram apenas brutal e injustamente definitivos. Xingou por dentro aquela pessoa que ela havia sido, com sua filosofia de boteco. Nenhuma bobajada inspiracional ia fazer diferença.

As pessoas embarcavam no trem em todas as suas estações habituais ao longo da linha, mas, pela primeira vez em meses, a maioria dos assentos à sua volta permaneciam vazios. As pessoas caminhavam na direção dela, mas se desviavam depressa ao ver seu rosto e se sentavam tão longe quanto pudessem. Preferiam até ficar de pé a encarar aquela mulher velha cuja vida estava desmoronando.

E ninguém disse uma palavra.

Sanjay

8h19 De New Malden para Waterloo

Sanjay havia passado algum tempo investigando a possibilidade de ir de ônibus de New Malden para o trabalho todos os dias, mas acabara abandonando a ideia com relutância, porque isso acrescentaria cerca de uma hora à viagem, dependendo das condições do trânsito. O que significava que, todas as manhãs, ele teria que evitar Emmie e Iona. Emmie, porque Iona tinha razão. *Estava* tudo acabado, na verdade nem sequer tinha começado, e vê-la fazia seu coração doer. E estava evitando Iona porque só pensar nela já o enchia de culpa.

Se sua mãe tivesse alguma ideia de que ele havia falado com tanta grosseria com uma mulher, ficaria furiosa. Ele sabia que precisava pedir desculpas, mas ainda não conseguira pensar no que dizer.

Pensou com saudade no tempo em que, como quase todos os passageiros britânicos normais, não conhecia ninguém e não falava com ninguém no trem. Descobriu que havia uma razão prática para esse resguardo tradicional: ter que evitar pessoas em sua viagem cotidiana acrescentava todo um novo nível indesejado de estresse à rotina.

Tinha visto Emmie várias vezes nos últimos dias, a distância. Obviamente havia se treinado para detectá-la no meio de uma multidão, como uma hiena que é atraída para o antílope ferido, mas com intenções muito menos malévolas, claro. Mas não tinha visto Iona nenhuma vez. O que era estranho, porque ela costumava ser uma constante.

Pela primeira vez naquela semana, Sanjay fez questão de estar no trem matutino habitual de Iona e foi direto para o Vagão 3. Ele estava decidido a encontrá-la, pedir milhões de desculpas e explicar que nada daquelas coisas cruéis que havia dito era verdade. Ele adorava que Iona se preocupasse com ele e com a sua vida e ela era bem-vinda para interferir sempre que quisesse. Na verdade, ele queria que ela fizesse isso. Precisava da ajuda dela.

Podia contar a Iona que não dormia direito havia meses e que o estresse e o enorme cansaço o deixavam irritadiço e irracional, e que foi por isso que acabara descontando nela. Podia lhe contar sobre os ataques de pânico, e do medo constante de que eles acontecessem, o que era ainda mais debilitante do que os ataques em si.

Talvez Iona soubesse o que fazer. E só falar sobre o assunto talvez já ajudasse. Não queria comentar o problema com ninguém no trabalho, porque com certeza isso demonstrava que ele era completamente incapaz de lidar com a natureza básica de sua profissão. Ele era um fracasso total. Era evidente que não teria jamais nenhuma chance com Emmie. Homens como Toby nunca tinham ataques de pânico. Era bem o contrário. Ele provavelmente tinha ataques regulares de imensa presunção.

Caminhou na direção do banco de Iona. Estava vazio. Na verdade, era o único banco vazio no vagão. Ficou parado ao lado do assento, imaginando se seria, de alguma forma, desrespeitoso sentar-se nele.

— É evidente que ela não vem — disse uma voz conhecida.

— Ah, oi, Piers — cumprimentou Sanjay, sentindo-se como um cortesão pretensioso sentando-se no trono vazio. — Acho que eu nunca tinha visto você de jeans. Seu escritório agora tem um dia de roupa informal ou algo assim?

Houve um longo silêncio antes de Piers responder.

— Eu fui demitido. Ou, como eles dizem, dispensado das minhas funções.

— Ah, caramba. Sinto muito. — Sanjay não sabia o que dizer. Apesar de seus sentimentos conflitantes em relação a Piers, não desejaria isso para ninguém.

— Tudo bem — disse Piers, aparentando não estar nada bem. — Na verdade, já faz um tempo. Foi em janeiro. Faz quase três meses que estou desempregado.

Sanjay ficou totalmente perplexo. Todo aquele tempo em que vira Piers no trem, ostentando seu sucesso e seu privilégio branco, vestido com ternos finos e acessórios símbolos de status, ele estivera *fingindo*. Sanjay voltou o filme em sua mente, reexaminando-o por um ângulo diferente. Talvez Piers, na verdade, não estivesse ostentando nada. Talvez fosse apenas o que ele próprio queria ver. Será que ele também poderia ser culpado de estereotipar os outros? O pensamento se alojou em seu cérebro como um estilhaço infeccioso.

— Então por que você continuou pegando o trem todo esse tempo? — perguntou.

Piers suspirou. Ele parecia ter *encolhido* em uma semana, desde a última vez que Sanjay o vira. Era como se ele tivesse se retraído para dentro de si mesmo, como um acordeão de que todo o ar foi expulso. Ou talvez o tamanho também estivesse nos olhos de quem vê.

— Tantas razões — disse ele. — Porque eu não queria que a Candida e os meus filhos me vissem como um fracasso. Porque eu mesmo não queria encarar que eu *era* um fracasso. Mas, principalmente, porque achei que podia dar um jeito. Só que não deu. Eu só fiz tudo ficar pior.

Sanjay assentiu, sentindo que aquilo estava um pouco acima de sua competência. Ele estaria mais à vontade se Piers tivesse confessado que tinha câncer de testículo. Pelo menos, seria um território conhecido, e câncer de testículo tinha uma taxa média de sobrevida de cinco anos em noventa e cinco por cento dos casos. Era um que raramente o deixava sem dormir. E, embora não fosse o ideal em termos estéticos, homens podiam funcionar perfeitamente bem só com um testículo. Muitas pessoas não sabiam disso.

— Para onde você está indo agora? — perguntou Sanjay, que se sentia um pouquinho culpado por gostar de Piers muito mais agora que ele estava tão obviamente frágil e infeliz.

— Eu só estou aqui porque queria encontrar a Iona. Não tenho o número do celular dela e quero muito falar com ela, porque... bom, porque sim. Na verdade, quero contratá-la como profissional — disse Piers. — Como terapeuta. Você por acaso não tem o número dela, tem?

— Não tenho. Eu também estava procurando por ela. Onde será que ela se meteu?

Isso não era culpa dele, era? Será que era ela que o estava evitando, depois de ele ter sido tão grosso? Ela não era tão sensível assim, não é?

Emmie

8h08 De Thames Ditton para Waterloo

Emmie tirou a torta de cordeiro do forno e a colocou sobre a mesa da cozinha que havia arrumado para dois. Aquela receita sempre a fazia se lembrar da mãe. Chegou a senti-la ao seu lado enquanto picava a cenoura, a cebola e o salsão. *Cuidado com os dedos, Emmie. Ninguém quer encontrar um dedo no meio da torta de cordeiro. A não ser que seja do próprio cordeiro. Ha ha.*

Estava tentando comer menos carne, por causa do planeta, mas Toby se recusava a parar por completo. Ela havia perguntado ao açougueiro sobre a peça de cordeiro que tinha comprado para a torta e ele garantiu que o animal tinha tido uma vida incrivelmente feliz, embora curta, alimentando-se de uma saudável grama orgânica em um campo em Devon com vista para o mar. Então deu um sorrisinho irônico que a fez pensar se ele estava rindo da cara dela.

Emmie geralmente não tinha tempo de cozinhar durante a semana, mas naquele dia estava trabalhando em casa, o que havia começado a fazer cada vez com mais frequência.

Toby era um grande fã de trabalho remoto. Ter que se deslocar para o trabalho, dizia ele, era uma relíquia da época pré-internet. Uma perda desnecessária de tempo, energia e dinheiro, além de contribuir para a mudança climática e a poluição.

Quando ele e Bill, seu sócio, abriram a firma de consultoria de informática, concordaram que um escritório seria uma despesa desnecessária. Agora tinham uns vinte profissionais de tecnologia trabalhando para eles, a maioria jovens que se vestiam mal e tinham uma higiene pessoal duvidosa, mas todos trabalhavam em casa, exceto quando precisavam visitar algum cliente. As reuniões em geral aconteciam por videoconferência e, quando eles precisavam de um encontro presencial, alugavam um espaço em um dos muitos escritórios compartilhados que haviam pipocado na área.

Toby estava sempre na vanguarda.

— Toby! O jantar está pronto! — chamou.

— Parece delicioso! — disse Toby, inclinando-se para beijá-la na nuca. — Eu adoro quando não tenho que dividir você com o escritório.

Enquanto comiam, Toby contou uma história de um de seus clientes, que envolvia um sistema de computador com um defeito misterioso, um cabo ethernet e um filhote de cachorro cockapoo.

— E como foi o seu dia? — perguntou ele.

— Foi bem — disse ela. — Mas não estou gostando muito desse trabalho com a pasta de dente. Eu realmente quero conseguir um contrato para uma organização sem fins lucrativos, algo mais útil, mas acho que isso é só um idealismo ridículo.

— De jeito nenhum! — exclamou Toby, segurando a mão dela. — O seu idealismo é uma das coisas que mais amo em você. Eu tenho uma ideia, na verdade. É algo que já faz um tempo que quero falar com você.

Emmie olhou para ele, que borbulhava de entusiasmo, o que deveria ser contagiante, mas, em vez disso, a deixou com um pé atrás. As ideias de Toby podiam variar de mudar as cores do lavabo no térreo a voar de paraglider nos Alpes, com todo tipo de maluquice entre uma e outra.

— Então fale — disse ela.

— Você sabe o quanto fica feliz quando não tem que ir para o escritório, não é? — começou.

Isso não era inteiramente verdade. Toby era mais entusiástico quanto a trabalhar em casa do que ela, mas Emmie preferiu não estragar o clima corrigindo-o. Ela concordou com a cabeça.

— Pois eu acho que você devia iniciar o seu próprio negócio — disse ele. — Largar o emprego. Você não vai chegar a lugar nenhum naquela agência. É evidente que eles não te valorizam, e você odeia trabalhar lá. Poderia trabalhar em casa, como consultora. Posso ajudá-la a começar, eu já fiz tudo isso para a minha empresa. O registro, os impostos, toda a parte jurídica. Pense só! Você poderia ser sua própria chefe. Poderia escolher clientes que compartilham a sua filosofia. Como eu! Eu posso ser o seu primeiro cliente! E chega de ter que ficar pegando trem para ir para aquele escritório antiquado. Quando o dinheiro começar a entrar, podemos construir uma salinha pra você no fundo do jardim. Até lá, podemos dividir o meu. — Ele recostou na cadeira, com um sorriso de orelha a orelha.

— Ah — disse ela, pega totalmente de surpresa. Era evidente que Toby havia pensado cada detalhe de seu plano. Ela não queria de jeito nenhum estragar o entusiasmo dele, mas o que ele estava sugerindo era uma mudança muito grande. — Não sei, Toby. Eu não odeio o meu trabalho. Na verdade, eu amo quase tudo nele. São só alguns aspectos que me deixam incomodada. Eu gosto de ir para o escritório. Tenho alguns bons amigos lá, e até no trem. Acho que eu sentiria falta disso. — Ela pesou as palavras enquanto as dizia e percebeu que era tudo verdade.

— Ah, Emmie — disse Toby, olhando-a como se ela realmente o tivesse decepcionado. Como se ela não fosse a mulher que ele imaginava. — Não pense tão *pequeno*. Tenha alguma ambição, alguma ousadia! Você ganhou a votação de "Garota com mais chances de mudar o mundo" no seu baile de formatura na escola! Não está mudando muito o mundo naquela agenciazinha, está?

Emmie estava bêbada quando contara aquela história para ele. Sabia que tinha sido um erro, mas não esperava que ele fosse usar aquilo para provocá-la.

— Você acha que o Richard Branson alguma vez disse "Eu não posso fundar a Virgin Records porque vou sentir falta de bater papo com um punhado de babacas no bebedouro"? — continuou Toby.

Talvez ele estivesse certo, e era muita consideração dele ter escutado as suas reclamações e se preocupar tanto com a felicidade dela, mas Emmie ainda assim se sentiu um pouco magoada com o jeito como ele a imitou, com o deboche em sua voz e a maneira indelicada como se referiu a seus colegas. E por que ele achava que ela não chegaria a lugar nenhum? Ela sempre se vira como uma pessoa bem-sucedida. Alguém que tinha voado alto até. Será que estivera se enganando?

Naquela noite Emmie ficou na cama sem conseguir dormir, revirando a proposta de Toby na cabeça. Devia se sentir estimulada pela confiança que Toby tinha nela; mas na verdade se sentia uma fracassada que não era "valorizada" por seus chefes. As palavras que havia escondido no canto mais escuro de sua memória ficavam voltando para perturbá-la. *VOCÊ SE ACHA TÃO INTELIGENTE, MAS TODOS NÓS SABEMOS QUE VOCÊ É UMA FRAUDE.* Tinha se convencido de que a mensagem fora escrita por alguém que tinha inveja dela, mas talvez fosse só alguém sendo sincero, expressando o que todos pensavam.

A ideia de abrir a própria empresa e dar um salto corajoso para o desconhecido deveria ser empolgante, então por que ela sentia que seu mundo ficava cada vez menor, em vez de maior? Por que a ideia de não ir mais para a cidade, de não ver seus colegas de trabalho ou sua turma do trem a enchia de uma sensação de perda tão grande? Um pouco de medo, talvez? Será que ela era uma enorme covarde?

Era em momentos como esse que Emmie mais sentia falta da mãe. Ela amava o pai, mas, mesmo antes que ele se mudasse para a Califórnia, nunca tivera com ele o tipo de relacionamento em que contassem um ao outro suas preocupações e problemas. Desde que sua mãe tinha morrido, eles haviam feito um pacto implícito de que todas as suas interações seriam tão inabalavelmente alegres quanto possível, para compensar a dor individual.

Ela sabia exatamente com quem queria conversar sobre o assunto, em quem confiava que lhe daria os conselhos mais sensatos: Iona.

Emmie estava sentada à sua mesa habitual no trem, mas o lugar à frente permanecia vazio. Seria apenas coincidência ou todo mundo sabia que aquele era o banco de Iona? E onde estava ela? Pensando bem, já fazia um tempo que Emmie não a via. E nem a Sanjay.

O trem parou em Surbiton e ela olhou pela janela para ver se avistava Piers na plataforma. Ele também não estava lá, e ela não se lembrava da última vez que o havia encontrado. Que estranho. Sentia-se como se estivesse em um filme, tipo *De caso com o acaso*, em que em algum lugar em um universo paralelo o mesmo trem estava correndo nos mesmos trilhos com as mesmas pessoas a bordo, exceto ela.

— Emmie? — A voz se intrometeu em sua imaginação. — É Emmie, certo? A amiga da Iona? Eu sou a Martha.

— Ah, oi, Martha. Sim, claro que eu me lembro de você. *Romeu e Julieta* — disse Emmie.

— Você acha que a Iona vai se importar se eu me sentar no lugar dela? — perguntou Martha, mudando o peso de um pé para o outro, como se estivesse pedindo autorização a um de seus professores para sair da classe.

— Claro que não! — respondeu Emmie. — Ela não está aqui mesmo. Para falar a verdade, faz séculos que eu não a vejo.

— Eu também — disse Martha. — Estou louca para contar a ela a minha novidade!

— Pode contar para mim? — pediu Emmie.

— Claro! Eu consegui um papel na peça. Na verdade, consegui *o* papel. Julieta — contou Martha, com um largo sorriso que imediatamente fez com que ela deixasse de parecer desajeitada. De fato, por um momento, ela ficou linda, como uma jovem Julia Roberts.

— Jura? Isso é fantástico! Parabéns! A Iona vai ficar tão orgulhosa de você! — exclamou Emmie.

— Sim! E eu preciso muito dela para me ajudar a ensaiar. Afinal ela é uma atriz profissional e tudo mais.

— Eu não sabia — comentou Emmie. — Ela foi da Royal Shakespeare Company ou algo assim?

— Não sei — respondeu Martha. — Mas ela é uma ótima instrutora. Muito melhor que os meus professores de teatro.

— Bom, eu não chego a ser uma instrutora. Mas posso ajudar você com suas falas, se quiser.

Emmie percebeu como Martha hesitava, querendo aprender seu papel, mas constrangida com a ideia de incomodar uma quase estranha com isso.

— Esse é o roteiro? — perguntou Emmie, indicando com um gesto o papel que Martha segurava. Depois de um momento de incerteza, Martha o entregou a ela.

— Obrigada — disse ela, com um sorriso tímido. — Você pode ser a ama? Eu vou ser a Julieta, claro.

— *Onde está essa menina? Ah, Julieta!* — leu Emmie, o que não parecia fazer muito sentido, mas quem ela era para discutir com Shakespeare?

— *O que aconteceu? Quem está me chamando?* — respondeu Martha.

— *Sua mãe* — disse Emmie.

Ia sentir falta de momentos como aquele se parasse de pegar o trem. De todas aquelas interações passageiras, mas tão satisfatórias, com as várias pessoas que faziam parte de seu dia. A barista na cafeteria da estação, o porteiro do escritório, o vendedor do jornal *Big Issue* com quem ela conversava todas as manhãs. Todos eles a faziam se sentir conectada com o mundo à sua volta, parte de algo maior.

Onde está você, Iona?

Piers

8h13 De Surbiton para Waterloo

Uma vez mais, Piers não teve a sorte de encontrar Iona. O trem parou na estação Wimbledon e ele pensou em sair e voltar para casa, porém, como não tinha mais nada para fazer naquele dia, podia continuar no vagão com Martha, Emmie e Sanjay até o trem chegar a Waterloo.

Piers se sentia mais à vontade com a turma do trem agora que eles sabiam a verdade a seu respeito, e grato porque eles não pareciam julgá-lo com tanta severidade. Aquilo o fazia pensar por que deixara aquela enganação corroê-lo por dentro por tanto tempo.

Piers olhou pela janela e avistou David por um instante antes que ele se misturasse de novo na multidão. Ele entrou no Vagão 3 e caminhou em direção a eles, encontrando um lugar à mesa seguinte.

— Oi, David, você viu a Iona? — indagou Emmie, sendo a primeira a fazer em voz alta a pergunta que todos eles queriam fazer.

— Olha, faz mais de duas semanas que eu não a vejo. Ela está de férias? — respondeu ele.

— Tenho certeza que ela teria nos contado se fosse isso — sugeriu Sanjay. — Ela não é exatamente o tipo de pessoa que guarda segredos, não é?

Todos os rostos em volta de Piers apresentavam tons diversos de abatimento. Ocorreu-lhe que eles eram os raios individuais de uma roda, tendo Iona como centro, o eixo. Sem ela o grupo não tinha uma razão de ser, e muito pouco em comum. Se Iona nunca mais aparecesse, será que parariam de conversar entre eles? Certamente não. Pelo menos, não de imediato.

— Será que ela está doente? — sugeriu Martha. — A saúde pode falhar de uma hora para outra quando a pessoa é velha assim. Minha avó jogava bingo, fazia zumba e hidroginástica toda semana; de repente pegou uma pneumonia e em duas semanas se foi.

— *Velha assim?!* Por Deus, a Iona deve ser uma década mais nova que eu. Tenho certeza de que ainda nem chegou nos sessenta, mas claro que nunca vou perguntar — disse David.

Todos pareceram horrorizados diante da ideia de perguntar a idade de Iona.

— Sinto muito pela sua avó, Martha — lamentou Emmie —, mas a Iona parece bem forte. Ia precisar de algo *muito sério* para tirar ela do trabalho por duas semanas. Acho que a gente devia tentar falar com ela, mas não sei como.

— Quando eu fico insegura sobre alguma coisa — disse Martha —, sempre pergunto a mim mesma: "O que Iona faria?"

— Eu também — concordou David. — Quem ia imaginar que eu acabaria baseando as escolhas da minha vida em uma lésbica excêntrica? Mas parece dar certo.

Houve um silêncio pesado, e Piers imaginou que todos eles estavam se perguntando o que Iona faria.

— Martha, você é uma gênia — disse Sanjay. — Emmie, Piers, vocês se lembram do dia em que nós começamos a nos falar? O dia da uva? — Eles fizeram que sim com a cabeça. — *Isto* é o que a Iona faria.

Sanjay se levantou, parecendo um pouco nervoso, respirou fundo e gritou.

— ALGUÉM AQUI CONHECE A IONA?

Centenas de olhos se voltaram para eles.

— Ela é aquela que usa umas roupas todas diferentes. Eu a chamava de Mulher Arco-Íris antes de saber seu nome — acrescentou Sanjay.

— Eu a chamava de Mulher Louca do Cachorro — disse Piers. — Por causa de sua cadelinha Lulu e porque ela é um pouco... excêntrica.

— Ela é a Mulher da Bolsa Mágica — disse Martha —, porque saem mais coisas daquela bolsa dela do que é possível neste universo. E ela tem um daemon.

— Ou Muhammad Ali — disse um homem sentado atrás deles, que Piers reconheceu como parte do público de Martha naquele seu primeiro ensaio de *Romeu e Julieta*. Por que Muhammad Ali? Piers não conseguiu entender aquela referência, mas cada um sabia de si.

— Se vocês souberem de quem nós estamos falando, por favor, levantem a mão — disse Sanjay.

Uma floresta de mãos se ergueu.

Piers se perguntou por um momento como será que eles o descreviam. Tinha certeza de que não seria nada muito elogioso. E quantas pessoas se importariam se ele sumisse? Provavelmente nenhuma, exceto, talvez, Martha. E os filhos dele, claro.

— Obrigado! — disse Sanjay. — Agora, se vocês viram a Iona nas duas últimas semanas, por favor, mantenham a mão levantada.

Uma por uma, todas as mãos se abaixaram.

— Alguém tem o número de telefone dela? — perguntou Sanjay. Cabeças se moveram na negativa, e "nãos" foram murmurados em resposta. Sanjay se sentou, desanimado. — Não funcionou tão bem como para a Iona — disse ele.

— Você tinha algum apelido para a Iona, David? Antes de conhecer ela? — perguntou Martha.

— Sim, eu tinha.

Todos se viraram para ele. Até aquele momento, Piers tinha se esquecido de que ele estava lá.

— Eu a chamava de "A Mulher do Trem" — disse ele.

— Que... criativo — disse Piers.

— Eu sei como a gente pode encontrá-la! — exclamou Emmie. — Nossa, como eu fui burra! A Fizz trabalha com ela. Vou ligar para a Fizz.

— A Fizz *de verdade*? Do TikTok? — perguntou Martha, seus olhos muito arregalados, como se Emmie tivesse dito que ia ligar para Bill Gates ou Richard Branson.

— Ela mesma — respondeu Emmie, pressionando números em seu celular. — Oi, Fizz! É a Emmie. Será que você pode me ajudar? Estou preocupada com a Iona. A gente não vê ela há semanas. Você sabe se ela tem ido no escritório?

Todos a olhavam cheios de expectativa enquanto Emmie soltava palavras como "Não!", "Jura?", "Isso é horrível" e "Você fez isso?". Depois uma explosão de risadas e "Isso é muito a Iona!".

— Fizz? — disse David. — Isso é um apelido para Felicity, ou Fiona? Nenhum padre que se desse ao respeito ia batizar uma criança como Fizz.

Por fim, Emmie desligou e se virou para eles.

— Bom, isso explica tudo — disse ela, estendendo o suspense de forma totalmente desnecessária, como os jurados de *Strictly Come Dancing*, que Piers só assistia porque Candida o obrigava, obviamente. E porque algumas das dançarinas eram muito gatas.

— O quê? — indagaram em coro.

— Ela pediu demissão faz umas três semanas — contou Emmie.

— Mas ela adora aquele emprego — observou Piers. — Isso não faz sentido.

— A Fizz contou que o editor a chamou para uma reunião. Ele deixou a porta aberta de propósito, ao que parece, para poder humilhá-la em público. Falou que ela ia ter que dividir sua coluna com um bobalhão, palavra da Fizz, não minha, de vinte e dois anos chamado Dex, para ele "dar uma sacudida naquilo" e fazer ela entrar "neste século nem que fosse na marra".

— Imagino que isso não tenha caído muito bem — disse Piers.

— Não mesmo — concordou Emmie, — Parece que ela o chamou de filho da puta, depois disse algo do tipo, "Não, eu retiro o que disse. Já conheci muitas, muitas putas na vida e todas elas tinham algum tipo de charme e encanto. Algumas, na verdade, eram espetaculares. Chamar você de filho da puta seria um grave desserviço para as putas. Você é um pau mole". E saiu raivosa. E aí a Fizz saiu também, porque ela só estava lá porque adora a Iona.

O vagão sempre era bem silencioso, com a óbvia exceção da mesa de Iona, mas, naquele momento, o silêncio era tanto que se podia ouvir um alfinete cair. Não havia o movimento das páginas de jornal, ou a música abafada em fones de ouvido, ou pigarros. Era como se todo mundo estivesse ouvindo a história da explosão de Iona.

— Caramba — disse Sanjay. — A Fizz tem o número de telefone dela?

— A Iona teve que devolver o celular, porque era do trabalho — respondeu Emmie. — A Fizz tentou conseguir o número da casa dela no RH, mas eles se recusaram a informar, citando proteção de dados.

— Essa droga de lei de proteção de dados — resmungou Piers.

— Mas ela existe por uma boa razão — interveio David.

— Então o que fazemos agora? — indagou Martha.

— Acho que devemos começar pelo que nós *sabemos* — disse David. Todos olharam para ele, surpresos. — O que sabemos — continuou ele, parecendo expandir de estatura conforme sua autoconfiança aumentava, agora que estava com a palavra —, é que ela mora perto da estação Hampton Court. Então que acham de nos encontrarmos lá no sábado, digamos... às dez horas da manhã... no café ao lado da estação, e tentarmos localizá-la? Vou fazer uma lista de todas as lojas, cafés e restaurantes das proximidades que talvez ela frequente, e nós podemos nos dividir e ir a esses lugares para ver se alguém a conhece.

— Essa é uma ideia excelente, Paul— disse Piers.

— David — corrigiu David.

Piers se xingou por dentro. Por que vivia esquecendo o nome daquele homem? D.A.V.I.D. Parecia deslizar por sua memória como óleo, sem nunca se fixar.

— Posso imprimir uma foto dela da internet, mesmo a maioria delas sendo bem desatualizadas, e nós podemos mostrar para as pessoas, como em *Crimewatch* — sugeriu Piers.

— Dê uma olhada no site da Royal Shakespeare Company — disse Emmie. — Talvez eles tenham uma fotografia do tempo em que ela era atriz.

Piers olhou para todos os raios da roda, agora girando com eficácia e ganhando terreno, e ficou muito feliz por ser um deles.

Iona

Se uma árvore cair em uma floresta e ninguém estiver por perto para ouvir, ela faz algum som? Se uma pessoa não tem um emprego, e não está recebendo salário, ela tem algum valor?

Iona certamente se sentia sem valor. Seria isso, então? Seria esse o fim de sua vida produtiva? Ela ia passar os próximos trinta anos vendo reprises de *Countdown* vestida com um pijama de flanela, espiando os vizinhos e bebendo vinho culinário em uma xícara de chá?

Houve um tempo em que teria dado tudo por três semanas de folga do trabalho. Adorava a ideia de ficar deitada à toa, ler alguns livros, viajar, fazer o que lhe desse vontade. Mas três semanas sem um fim à vista era uma perspectiva totalmente diferente. Parecia chato e sempre igual. Infinito. Sem sentido.

Iona vinha tentando criar alguma rotina: café da manhã às oito da manhã, passeio com Lulu às oito e meia, Jane Fonda às dez, chá com Bea às quatro da tarde seguido pelo game show na TV com o simpático Richard Osman, etcétera, mas a mesmice repetitiva de cada dia já a estava deixando deprimida. Como ela se sentiria depois de três meses? Três anos? Três décadas?

Sentia falta de seus amigos do trem; eles tinham se tornado uma parte tão importante de sua vida. Havia até pensado em pegar o trem no horário de costume, para tentar recriar um pouco daquela sensação de vínculo. Mas que tipo de gente estranha pegaria o trem para a cidade todos os dias sem ter um emprego para ir?

Iona imaginou se seria diferente a sensação de estar desempregada se ela e Bea tivessem filhos. Será que ela conseguiria deixar as próprias ambições de lado com mais facilidade e direcionar toda a sua paixão e energia para ajudar no sucesso da próxima geração? Talvez. Mas veja só David, todo perdido e desolado em seu ninho vazio. Talvez ter filhos apenas adiasse, para depois acentuar, a sensação de vazio e inutilidade.

Jane Fonda continuava dando instruções, apesar de Iona já ter parado de ouvi-la havia algum tempo. "Sinta queimar!", gritava Jane para Iona, que não conseguia sentir nada a não ser entorpecimento.

Iona já havia ficado assim para baixo uma vez, e as imagens daquela época — outubro de 1991, cujas lembranças que ela havia conseguido manter controladas durante décadas — não paravam de se intrometer. Ela estava escovando os dentes e, do nada, a lembrança de um molar solto, rodando pela sua boca, e o gosto metálico de sangue reapareciam. Estava cavando um canteiro de flores e de repente era nocauteada por uma dor do lado do peito, não uma dor nova, mas a lembrança das costelas quebradas pelo chute de uma ponta de metal de uma bota. O pior momento era quando dormia: toda a cena se repetia em seus sonhos. Iona, caída na sarjeta da Old Compton Street, no Soho, abrindo os olhos e vendo as pontas de cigarros descartadas, uma embalagem de chocolate vazia e o arco-íris desbotado criado pela luz do poste em uma mancha de óleo de motor.

Tinha saído da festa só um pouquinho para fumar. Não porque naquela época não era permitido fumar do lado de dentro, mas porque tinha prometido para Bea que ia parar. Até hoje ela não sabia se estavam ali esperando por ela deliberadamente ou se tinha sido um ataque oportunista. De um jeito ou de outro, o resultado foi o mesmo.

— Sapatona suja! Puta fanchona! — gritaram para ela do outro lado da rua. Ela estava acostumada aos insultos. Era o lado B de sua fama crescente. Iona virou-se para eles, o cigarro em uma das mãos, e, lenta e deliberadamente, levantou o dedo do meio da outra. Foi aí que tudo pegou fogo.

Não se lembrava de como tinha caído no chão, mas lembrava-se da sensação do asfalto frio e duro sob seu rosto e dos pontapés que choveram em suas costas, boca, barriga. Lembrava-se de se encolher em uma bola, fechar os olhos com força, só desejando que aquilo acabasse. Lembrava-se de ouvir zíperes abrindo, depois o cheiro forte e amoníaco de urina, o som do líquido caindo à sua volta acompanhado de gargalhadas e a quentura molhada se espalhando pelo vestido que ela pegara emprestado de Christian Lacroix.

Então, os gritos de Bea. De como ela queria lhe dizer para voltar para dentro, para ficar em segurança, mas sua boca estava cheia de sangue e dentes e seu maxilar parecia solto.

— Eu chamei a polícia, seus canalhas! — gritou Bea. — Vão embora!

E eles foram, mas não sem antes ofender a bela e querida Bea com palavras que nem mesmo o subconsciente de Iona suportava recordar.

Então Bea se ajoelhara na rua ao lado dela, pondo a mão sob o rosto de Iona para protegê-lo do frio, com cuidado para não movê-la até que a ambulância chegasse. Ouvira Bea implorando às pessoas que passavam que alguém emprestasse um casaco para conter seus tremores violentos. Sentira Bea segurando sua mão na ambulância, sussurrando palavras tranquilizadoras em seu ouvido, enquanto lhe injetavam remédios abençoados para remover a dor e a realidade.

— Eu avisei que fumar não era bom para você, não avisei? — dissera Bea, afagando seu cabelo. Iona tentara rir antes de mergulhar no nada.

Ela pedira demissão da revista naquela ocasião também, aterrorizada de voltar tão abertamente para o mundo, preferindo se manter na segurança das sombras. Mas, naquele tempo, todos na revista estavam desesperados para que ela voltasse. Mandavam flores todos os dias, cartões, delegações com os funcionários mais persuasivos cheios de promessas de aumento de salário, bônus e um motorista — Darren — para circular com elas por todos os eventos, garantindo que ficassem seguras no casulo revestido de couro de seu elegante Mercedes Benz.

Fora Bea quem a pusera novamente de pé, claro.

— Se você desistir, eles vencem, minha querida — dissera ela. — Eles *querem* que nós sejamos pequenas, então temos que ser grandes. Eles querem que nós sejamos invisíveis, então precisamos ser vistas. Eles nos querem em silêncio, então temos que ser ouvidas. Eles querem que nós nos rendamos, então temos que lutar.

E elas lutaram. Pela igualdade da idade de consentimento para sexo, para derrubar a proibição de que pessoas gays servissem nas forças armadas e pela extinção da Section 28, que proibia a "promoção" da homossexualidade. Participaram das paradas de Orgulho Gay e fizeram campanha pelo casamento de pessoas do mesmo sexo. E ela vencera a batalha contra a nicotina. Tinha parado de fumar, principalmente como resultado de ter ficado com o maxilar amarrado por várias semanas.

Mas como poderia lutar agora? Com que inimigo estava lutando? A Mãe Natureza? A marcha do tempo? O próprio corpo traiçoeiro em deterioração?

Não podia resolver o problema fazendo lobby com políticos, participando de manifestações na frente do parlamento ou assinando petições. Não podia resolver o problema, ponto. Nem ela, nem sua querida e corajosa Bea.

Sanjay

9h10 De New Malden para Hampton Court

Era muito como todas as suas manhãs, mas, ao mesmo tempo, era totalmente diferente.

Para começar, era mais tarde do que de hábito e, em segundo lugar, ele estava indo para o sul de New Malden, passando por estações que não costumava ver: Berrylands, com um nome ilusoriamente bonito, porque parecia não ser mais do que uma estação de tratamento de esgoto, e Surbiton. E as pessoas no trem eram diferentes. Nada de ternos ou aquele ar de estresse subjacente, apenas roupas confortáveis, entusiasmo efervescente e muitas crianças barulhentas. Pessoas tirando o dia para passear.

Sanjay tinha medo de se atrasar. Provavelmente por conta de seu pai, que sempre concluía no último instante que tinha esquecido algo essencial, o que significava que muitas das lembranças de infância de Sanjay envolviam a família inteira espremida dentro do carro parado, esperando por ele, enquanto a mãe olhava para o relógio obsessivamente, e todos eles chegando tarde em festas de casamento, jogos de futebol ou premiações na escola. Como resultado, ele pegara o trem muito mais cedo do que necessário e não se encontrara com mais ninguém do grupo.

O trem parou em Thames Ditton. E lá estava ela! Talvez ela também incluísse uns vinte minutos extras em cada viagem. Mais um sinal de que eles haviam nascido para ficar juntos. Podiam passar o resto da vida tendo com quem conversar sempre que chegassem deselegantemente cedo em uma festa.

— Oi, Sanjay! — cumprimentou ela. Estava com um livro, como sempre.

— Oi, Emmie! Você veio cedo também. — Havia algo nela que sempre o fazia dizer o óbvio. Ele indicou o livro com a cabeça. — O que você está lendo?

— *A garota no trem* — respondeu ela.

— Ah! Que coincidência! — exclamou Sanjay.

— Por quê?

— Ãhn, porque você é uma garota no trem — disse ele.

— É — falou, olhando para ele como se Sanjay fosse um pouco idiota, o que ele claramente era. — Por falar em livros, isto é meio como estar em um romance da Agatha Christie, não é? Tão empolgante! — disse ela, batendo de fato as mãos uma na outra.

— Desde que não se transforme em *Assassinato no Expresso do Oriente* — comentou Sanjay.

— Exato! — disse Emmie. — Na verdade, acho que isso é a antítese do *Expresso do Oriente*. Quer dizer, naquela história, todos os passageiros do trem têm uma razão para querer matar um dos personagens, mas, no nosso caso, acho que todos nós temos nossas razões pessoais para querer encontrá-la.

— Eu tenho — disse ele, antes de conseguir censurar suas palavras.

— Você também?

— É — respondeu Emmie, parecendo incomumente insegura. — Eu tenho uma decisão importante para tomar e gostaria muito de conversar sobre isso com a Iona. E você?

— Bom, na verdade eu preciso pedir desculpas. Fui horrivelmente grosso com ela uns dias atrás.

Sanjay não podia acreditar como era tão burro. Isso não era nem um pouco lisonjeiro, certo? O cara que era grosseiro com senhoras de idade.

— Estou contente de ter encontrado você outra vez, Sanjay. Senti sua falta — disse Emmie.

Ela sentiu falta dele!

— Senti falta de todos vocês.

Não tão especial assim, então.

— Fiquei séculos sem te ver no trem. Comecei a pensar que estava me evitando de propósito! Depois a Iona também sumiu, depois o Piers, e era como se eu estivesse em *E não sobrou nenhum*, no papel de uma das últimas vítimas.

— Ah, eu passei um tempo no turno da noite — disse ele, o que era verdade, mas, claro, não a verdade inteira. — E você ficou sabendo do Piers, não ficou?

Emmie fez que sim com a cabeça.

— O que mostra que a gente nunca sabe de fato o que está acontecendo na cabeça das outras pessoas, não é? — disse Emmie.

Sanjay concluiu que na verdade era uma sorte que Emmie não soubesse o que estava acontecendo na cabeça dele. Prometeu a si mesmo que não ia mais evitá-la. Não importava se eles não estavam destinados a ficar juntos. Ele acabaria se acostumando com isso. Adoraria que fossem amigos. Só tinha que aprender a parar de imaginá-la nua. Aargh, tinha feito isso de novo.

— Chegamos! — exclamou Emmie. O trem pareceu exalar quando parou com uma sacudida. — Vamos tomar um café enquanto esperamos o restante do pessoal?

— Claro — concordou Sanjay, rezando ao Universo por alguma falha que impedisse que mais trens alcançassem Hampton Court nas próximas uma ou duas horas.

Por que os trens sempre atrasavam quando se estava tentando chegar a algum lugar com urgência e nunca quando só se desejava mais alguns minutos de privacidade com a garota que se amava em segredo? Ele se corrigiu depressa: *a garota que se queria conhecer melhor como amiga.*

— Você pode me atualizar como estão os preparativos para o casamento — disse ele, percebendo enquanto as palavras saíam de sua boca que elas eram uma forma de comportamento autolesivo. Não diferia muito de enfiar a mão em água fervente.

Havia uma mesa livre na calçada do lado de fora do café, com uma boa visão da saída da estação, ou seja, o lugar perfeito para esperar outras pessoas.

— Emmie, fique guardando esta mesa para nós — sugeriu Sanjay. — Eu vou comprar o café. O que você quer?

— Um cappuccino com leite de soja, por favor — pediu ela. — Mas você poderia perguntar se o café é de comércio justo? Se não for, eu quero um chá verde.

E essas acabaram sendo as últimas palavras que ele ouviu dela, pois, quando voltou com dois cappuccinos produzidos de maneira ética e uma fatia de bolo de banana feito com bananas de comércio justo — afinal, quem não gostava de bolo de banana? —, Emmie tinha sumido.

Piers

9h45 De Surbiton para Hampton Court

A vida de Piers tinha melhorado muito desde *a manhã perdida*, como ele preferia pensar nela, porque a fazia soar quase romântica, em vez da aterrorizante realidade.

Candida havia entrado de sola e assumido o controle de tudo e ele só ia seguindo a corrente e fazendo o que lhe mandavam. Afinal, ela o lembrara duramente, mas com um tom de voz amoroso, de que *ele havia feito uma bela bagunça ao tentar resolver as coisas sozinho*.

Ela havia separado o dinheiro que restara da indenização pela demissão e investido em um fundo de poupança de juros baixos e muito seguro. Ele tentara sugerir algo que pudesse render um pouco melhor, mas ela só lhe dirigira um daqueles seus olhares.

Convencera a escola de Minty e a pré-escola de Theo, em reuniões que descreveu como *necessárias, mas humilhantes*, a isentá-los do pagamento do último semestre daquele ano letivo, o que lhes dava algum espaço para respirar e decidir o que fazer no futuro. O Porsche tinha ido embora, obviamente, e ela vendeu o estábulo para o vizinho do lado que o cobiçava havia anos. O pônei de Minty passou a ficar na escola de hipismo da região, onde recebia abrigo e alimentação de graça com a condição de poder ser usado pelos alunos quando Minty não o estivesse montando. O dinheiro recebido pelo estábulo pagou uma grande parte das prestações da casa. E, por fim, Candida aceitara que sua butique sempre seria um escoadouro e não uma fonte de recursos, e estava no processo de vendê-la para uma amiga com um marido tão rico e idiota quanto Piers tinha sido.

Candida estava acertando todas as contas que Piers havia escondido na gaveta de meias, pagando a dívida do cartão de crédito quando possível e dando a Piers uma mesada para as despesas. Piers aceitou ser tratado como o terceiro filho de sua esposa. Ele merecia isso, no final das contas. Tinha mentido para ela por meses e posto a vida de todos eles em risco. E era estranhamente relaxante transferir tudo que se assemelhasse à responsabilidade para outra pessoa, como se estivesse revertendo para uma infância segura e protegida que ele nunca tivera.

A plataforma da estação estava muito mais tranquila do que nos dias úteis, então foi fácil para Piers encontrar-se com Martha.

— Martha — disse ele. — Que bom encontrar você sozinha. Eu queria falar com você em particular para te agradecer. A Candida me contou o que você fez naquela manhã. Eu não me lembro de muita coisa. Deve ter sido bem assustador para você. Desculpe. Mas, sabe, eu nunca teria... — Ele deixou a frase inacabada.

— Tudo bem — disse Martha, que não pareceu acreditar muito. — Esqueça isso. Fico feliz de você estar bem. Você *está* bem, não está?

— Claro! — respondeu Piers, com muito mais certeza do que realmente sentia. — E gostaria de recomeçar nossas aulas, se você estiver a fim. Preciso de algo útil para fazer com o meu tempo!

Martha sorriu e concordou. Enquanto o trem se aproximava, Piers se manteve vários metros para trás da beira da plataforma e, quando parou, eles viram David pela janela grossa e semiopaca.

Piers soube que o nome dele era David, porque, determinado a não se esquecer mais, tinha escrito *David* em letras pequenas com uma caneta esferográfica na parte interna do pulso, onde ficava escondido pelo punho da camisa.

— Oi, David! — disse ele, com autoconfiança.

— Piers! Martha! — cumprimentou David. — Eu guardei lugar para vocês, e olhem! — David pegou a mochila no assento ao seu lado e tirou uma garrafa térmica e copos plásticos. — Peguei a dica com você, Martha, e pensei comigo mesmo: *O que a Iona faria?* Isto, bebidas! — Ele serviu três xícaras de chocolate quente fumegante, parecendo tão orgulhoso quanto alguém que estivesse apresentando sua obra de arte para os jurados de *Bake Off*. — Espero que sua mãe não tenha achado ruim você sair hoje, Martha — disse ele.

— Eu acho que ela ficou feliz, porque assim ela e o namorado podem ficar andando pelados pela casa e flertando a manhã inteira — respondeu Martha. — Eu disse a ela que ia me encontrar com uns garotos muito gatos e perigosos no Common.

— Sério? — disse David, parecendo um pouco chocado. — Você não contou para a sua mãe que vinha nos encontrar?

— Claro que não. Ela já acha que eu *não sou uma adolescente normal*. Se eu contasse que ia passar o dia com uma turma de velhos caçando uma conselheira sentimental ela ia correr para o telefone e marcar um psicólogo para mim. Ela acharia bem melhor se eu estivesse fumando maconha e transando.

— Ela não é uma conselheira sentimental, é uma terapeuta de revista — corrigiu Piers, com uma piscadinha. — E calma aí com essa história de *velhos*. Eu ainda nem tenho quarenta anos e o Sanjay e a Emmie nem chegaram aos trinta!

— Para você isso pode parecer praticamente embriônico, mas olhando daqui — ela apontou para si mesma —, é velho. Sinto muito. E você é o tipo de pessoa que nos avisam para a gente nunca aceitar convites para entrar no carro, mesmo que ofereçam doces.

— Tem certeza que não preferia estar com aqueles garotos gatos e perigosos no Common? — perguntou Piers. — Você deve nos achar uns chatos.

— Na verdade, eu prefiro conviver com adultos — disse Martha. — A conversa com adultos é fácil. Eu conheço as regras. *Aperte a mão com firmeza e autoconfiança. Apresente-se. Mantenha contato visual. Evite assuntos polêmicos e não fale palavrões.* Simples. E os adultos costumam gostar de mim. Conversar com outros adolescentes é *muito* mais complicado. Para começar, não se pode simplesmente chegar e falar com alguém. Tem que saber em que posição de status a pessoa está em comparação com você, e eu quase sempre estou perto do fundo. Depois, mesmo que você *possa* falar com a pessoa, tem que começar a conversa com jeitinho, sem parecer ansiosa demais, e tem que conhecer todas as referências e linguagem certas. Que mudam o tempo todo. É um campo minado.

— Deus do céu — disse Piers. Será que todas essas regras existiam quando ele estava na escola? Talvez existissem, e ele apenas as entendesse por instinto.

Viram Sanjay assim que saíram da estação em Hampton Court. Ele estava murmurando alguma coisa consigo mesmo que parecia *alumínio, silício, fósforo,* mas claro que não podia ser isso.

— O que você disse, Sanjay? — perguntou Piers.

— Ãhn, nada — respondeu.

— Agora só falta a Emmie — falou Piers — e teremos o grupo todo reunido. Podemos ser os Famosos Cinco. Vou ser o Julian.

— Não, você é o cão — disse Martha. Piers poderia apostar que ela havia dito aquilo sem maldade. Mas não tinha certeza.

— A Emmie foi embora — avisou Sanjay, com ar desamparado.

— Como assim? — perguntou David.

— Ela estava aqui, sentada ali naquela mesa, e eu entrei para pegar um café. Aí, quando eu voltei, ela não estava mais.

— Caramba. A gente está aqui para encontrar pessoas, não para perdê-las. Você disse alguma coisa que possa ter ofendido a Emmie? — perguntou Piers.

— Não, claro que não! — gritou Sanjay, parecendo ele próprio terrivelmente ofendido.

— Desculpe — disse Piers. — É que esse tipo de coisa acontecia comigo o tempo todo quando eu tinha a sua idade. As garotas sempre lembravam de repente que tinham um encontro urgente com uma amiga no banheiro feminino, ou que precisavam dar um telefonema, ou pegar outra bebida.

Sanjay murmurou baixinho alguma coisa que se pareceu muito com "Que surpresa".

— Mas sempre tinha outra por perto para preencher a vaga. Ha ha. E geralmente melhor. Enfim, você não tem o telefone da Emmie? — perguntou Piers.

— Não, eu achei que não fosse precisar — disse Sanjay. — Ela estava sentada *bem ali*. — Ele fez um gesto para a mesa na calçada ao lado deles.

— Não vamos brigar, pessoal. Ela vai acabar aparecendo — disse David, que era o mais improvável líder de equipe, mas, na ausência de Iona, parecia ter assumido o lugar. — Enquanto isso, se quisermos que isso dê certo, é melhor ficarmos juntos.

Martha

Martha realmente torcia para que encontrassem logo Iona, porque, sem ela, todos os outros adultos pareciam estar brigando e desaparecendo. Sempre acreditara que os adultos sabiam todas as respostas e que só ela tentava navegar pela vida sem ter o manual de instruções necessário. Mas estava ficando cada vez mais óbvio que eles, muitas vezes, se sentiam tão perdidos quanto ela. Não sabia bem se descobrir aquilo a tranquilizava ou aterrorizava. Será que todo mundo estava sempre blefando?

David estava com uma mochila que era a antítese, em termos de acessórios, da bolsa mágica de Iona e devia ter sido de sua filha, porque havia um adesivo escrito "Eu Coração The Backstreet Boys" e uma foto de uns garotos que pareciam com o One Direction, mas com cortes de cabelo horríveis. Ele tirou de dentro algumas folhas de papel.

— Muito bem — disse ele. — Eu fiz uma lista de todas as lojas, cafés e restaurantes da área. Cada um de vocês tem uma seção diferente destacada. Espero que a gente não precise da lista da Emmie também, mas, se precisarmos, e ela não aparecer, podemos dividir o que sobrar entre nós. Piers, você está com as fotos?

David distribuiu as folhas de papel, cada uma delas com um nome escrito no alto em letras de forma, e juntou uma das fotos impressas por Piers. Se David desse a eles um mapa, uma bússola e calças à prova d'água, seria como a expedição de orientação no mato que ela havia feito com a escola.

Martha olhou para a foto de Iona. Bem mais jovem, toda arrumada para algum evento chique, com cílios postiços extravagantes que pareciam centopeias gordas e um diadema na cabeça. Mas era inconfundivelmente ela. Sobreposta sob o braço de Iona havia uma imagem de um buldogue francês, tirado de algum outro lugar na internet. Piers não havia acertado muito bem as proporções e a falsa Lulu tinha mais ou menos o tamanho de um grande labrador.

— Vamos falar juntos com o primeiro da lista — disse David. — Para podermos decidir qual a melhor técnica. Eu estou contando que vamos conseguir encontrá-la até o meio da tarde!

Seguiram David para dentro do café e ficaram desajeitadamente atrás dele como um grupo improvável e descombinado de backing vocals, enquanto ele se dirigia ao balcão.

— Com licença — disse ele. O proprietário do café pareceu um pouco desconfiado. Deve ter achado que David era um inspetor da vigilância sanitária. Certamente era isso que ele parecia. — Estamos procurando uma pessoa e imaginamos se o senhor poderia nos ajudar. — David lhe entregou uma das fotos.

— Ah, é a Iona! — disse o proprietário. — Mas a Lulu parece ter um engordado um bocado. Não que eu possa falar. — Ele bateu na ampla barriga que repuxava o avental branco.

— Puxa vida, que sorte danada de boa. Que superfantástico! — exclamou David, que às vezes falava como um apresentador de programa infantil do passado. — O senhor sabe onde ela mora?

— Sei que é perto do rio. O jornaleiro aí do lado entrega o jornal para ela. Ele vai saber o endereço exato. — O homem fez uma pausa e olhou para David com desconfiança. — Você não é um oficial de justiça ou algo assim, é?

— Não, não. Nós somos amigos. Só estamos preocupados com ela — respondeu David.

— Não é com a Iona que vocês precisam se preocupar — disse ele. — Ela é indestrutível. É com a Bea.

Martha ia perguntar por que eles deveriam se preocupar com Bea, mas David, exibindo uma incrível falta de curiosidade, já estava indo para a porta. De Hercule Poirot ele não tinha nada.

David seguiu a mesma rotina com o jornaleiro, que pegou um grande livro de registro e o colocou sobre o balcão. Percorreu o alfabeto até chegar à página marcada com "I" e desceu o dedo pelos nomes. Seu dedo parou quase no fim da página e ele levantou os olhos sobre os óculos de leitura.

— Eu tenho o endereço dela — informou. Todos se inclinaram para a frente. — Mas não posso informar a vocês. Proteção de dados, essas coisas. Sinto muito. — Ele fez uma pausa, o dedo ainda na página, olhou diretamente para Martha e ela podia jurar que ele *deu uma piscadinha*. Depois bateu o dedo duas ou três vezes na página, fechou o livro e o guardou de volta sob o balcão.

— Droga, droga e droga — resmungou David, quando saíram da loja. Martha tinha certeza de que isso era o mais próximo que ele já havia chegado de xingar. — Bem quando eu achei que ia ser fácil.

— É Riverview House — disse Martha.

Todos se viraram para ela.

— Eu aprendi a ler depressa de cabeça para baixo, para saber o que a psicóloga realmente pensava de mim. Sei que isso não é bonito. Mas conhecimento, dizem, é poder.

— Bom, não tenho certeza se é inteiramente ético, mas acho que os fins justificam os meios — comentou David.

Ele digitou o endereço no celular e começou a fazer aquela coisa que as pessoas velhas fazem com o Google Maps, virando o telefone em círculos, concentrando-se na tela, tentando decifrar em que direção seguir.

Por fim, ergueu o celular e todos foram atrás, como uma turma de turistas em um passeio pela cidade. Uns dez minutos depois, estavam na frente da porta de Iona.

Era uma casa tradicional, não geminada, antiga e um pouco esquisita, mas em boa forma, mais ou menos como a própria Iona. Através da janela da frente com grade decorativa de metal, Martha viu uma sala de jantar com parede revestida de madeira e lareira, um piano vertical e um candelabro de cristal suspenso no teto. Ela não sabia que algumas pessoas ainda tinham sala de jantar. Agora as cozinhas tinham ilhas, balcões de café da manhã e delivery.

David tocou a campainha e eles ouviram o latido de Lulu ficando cada vez mais alto conforme ela se aproximava correndo.

Martha se perguntou se algum dos adultos estaria se sentindo meio estranho com tudo aquilo. Quando haviam descoberto que ninguém via Iona havia semanas, procurá-la parecera a coisa óbvia a fazer, mas, agora que estavam realmente *ali,* parecia um pouco intrusivo, um pouco stalker. Talvez ela devesse mesmo ter ido encontrar alguns garotos gatos e perigosos no Common.

Martha ficou pensando se seria só ela que estava contendo a respiração enquanto esperavam que abrissem a porta. Mas nada, só o som de Lulu latindo do lado de dentro. Sanjay se inclinou, abriu a tampa da caixa de correio e espiou pela fresta.

— Não vejo nem ela nem a Bea. Mas ela não pode ter ido longe, porque não ia deixar a Lulu sozinha por muito tempo — disse ele.

— Tem razão. A pessoa não pode ficar separada do seu daemon — confirmou Martha.

— Vou ver se consigo entrar pelos fundos — disse Piers. O choque deve ter transparecido no rosto de Martha, porque ele acrescentou: — Eu aprendi a arrombar casas quando era mais novo que você. Mas juro que nunca roubei nada, só comida. Imagine a cara das pessoas quando descobriam que um ladrão tinha entrado na casa delas e só tinha levado um sanduíche de manteiga de amendoim!

Meu Deus, Piers não era mesmo nada do que parecia. Martha apagou a imagem que tinha feito da infância de Piers em uma mansão de pedra em Cotswold com um grande fogão de ferro, uma despensa, uma mãe que fazia geleia em casa e uma dupla de cocker spaniels com nomes que pessoas ricas acham divertido, como Jeeves e Wooster ou Gim e Tônica, e a substituiu por... o quê?

— Sanjay, me dá uma ajudinha? — pediu Piers. — Eu não sou mais tão ágil como antes.

Sanjay, bem desajeitado, ajudou Piers a pular o portão de madeira lateral. David estava sem fala diante de todas aquelas violações da lei. O que talvez fosse até bom.

E, novamente, eles esperaram.

Iona

Pela janela da sala de jantar, Iona avistou seus amigos do trem parados do lado de fora da porta. Ela se escondeu atrás das cortinas, depois fugiu para a sala de estar nos fundos da casa, onde se sentou no chão, com as costas apoiadas na parede, encolhida para se tornar tão pequena e invisível quanto possível, esperando que a campainha parasse de tocar.

Tudo ficou em silêncio por um tempo e até Lulu tinha parado de latir. Iona estava começando a pensar que talvez fosse seguro se mover quando um rosto apareceu na grande janela dupla. Ela gritou.

— Sou eu, Iona. O Piers! — gritou ele, no tom de um grito, mas com o volume amortecido pelo vidro. — Posso entrar?

— Vá embora! — berrou.

— Por favor! — pediu ele, com voz de súplica. Depois, de uma maneira tipicamente masculina e provando o velho provérbio de que um leopardo nunca muda de fato suas manchas, passou para uma linha mais agressiva: — Ou eu vou ter que quebrar o vidro.

Iona suspirou e foi abrir a janela para deixar Piers entrar, xingando-o por sua teimosia arrogante e prepotente.

— O que você quer? — perguntou.

— Estamos preocupados com você, Iona — respondeu ele. — Só queríamos saber se você está bem.

— Eu estou ótima — disse ela. — Então já podem ir embora.

— É evidente que você não está ótima — contestou Piers. — Para começar, o que é isso que você está *vestindo*? — Ele arregalou os olhos para observar o macacão de lycra turquesa, depois apontou para seus tornozelos.

— Polainas de lã — respondeu Iona. — Como aqueles dos personagens do filme *Fama*, lembra? "É assim que você começa a pagar. Com suor!" — parodiou ela, imitando um sotaque americano. Piers a olhou como se a amiga estivesse fora de si. Talvez estivesse. — Eu estava fazendo ginástica com a Jane Fonda. A original, mas ainda a melhor. Como vê, eu estou bem.

— Ficamos sabendo o que aconteceu com seu emprego, Iona. Eu sinto muito — disse Piers. E, com essas palavras, ele despedaçou seu fingimento e destruiu a postura de desafio. Ela voltou a se sentar no chão e começou a chorar. Piers sentou-se ao lado dela. Ela realmente desejou que ele não tentasse tocá-la.

Ele não fez isso, e ela quase desejou que tivesse feito.

— Eu sei como você se sente — disse ele.

Como ele poderia saber? Ele estava no *auge*. Ainda teria décadas pela frente até ser despejado na mesma margem que ela. Ele não fazia *ideia alguma*.

— Fui demitido três meses atrás — contou.

— É sério? — Iona enxugou o nariz no dorso da mão. — Mas você pegava o trem todos os dias.

— Eu só estava fingindo, porque não conseguia enfrentar a verdade. Estava com muita vergonha. — E, com essas palavras, ela sentiu seus mundos tão diferentes se conectarem por alguns segundos, e a reconfortante sensação de estar sendo genuinamente compreendida.

— Piers, você tem que se lembrar sempre da Primeira Regra do Transporte Público — disse ela.

— Qual é?

— É preciso ter um emprego para onde ir — respondeu ela, e eles sorriram um para o outro.

A campainha da porta da frente tocou outra vez e Lulu voltou a latir com renovado vigor.

— Acha que podemos deixar os outros entrarem agora? Eles devem ter ouvido você gritar. Tenho receio de que chamem a polícia — disse Piers.

— Tudo bem. Dê só um minuto para eu lavar o rosto.

Quando Iona voltou do lavabo do andar inferior, Piers já havia aberto a porta e David, Sanjay e Martha estavam no hall de entrada. Todos olhavam com ar de espanto para uma das paredes, que estava coberta por uma enorme foto em preto e branco emoldurada de uma fila de dançarinas de cancã em tamanho natural. As pernas impossivelmente longas erguiam-se no ar, entre uma revoada de anáguas brancas volumosas. Todas usavam meia pretas opacas e calcinhas brancas de babados idênticas.

David olhava de boca aberta para uma das dançarinas no meio da linha. Sua cabeça estava mais ou menos na altura dos seios dela, enfeitados de lantejoulas e com o formato de improváveis cones.

— Iona — disse ele, apontando para a parede. — É você?

— Ah, muito bem observado, garoto esperto — respondeu Iona, percebendo que a mera presença de seus amigos já trouxera de volta parte de sua velha irreverência. — Você me reconheceu pelas coxas?

— Não, pelo rosto — disse David, corando.

— Esse foi um show que fizemos no Folies Bergère quando estávamos morando em Paris — explicou Iona.

— Não tem muita cara de Shakespeare — comentou Sanjay.

— Não, claro que não — disse Iona. — Por que teria?

— A Emmie me disse que você era da Royal Shakespeare Company, antes de se tornar... jornalista — respondeu Sanjay.

— Ah, é minha culpa — interveio Martha. — Eu falei para a Emmie que você era atriz e ela deve ter suposto que fosse da Royal Shakespeare Company.

Iona inclinou a cabeça para trás e riu, pela primeira vez desde *aquele dia*. A risada lhe pareceu uma velha e saudosa amiga.

— Que graça. Eu disse a você que tinha estado *no palco*, Martha, e você pressupôs que eu fosse atriz! Não, a Bea e eu éramos dançarinas de shows burlescos. Foi assim que nos conhecemos. Vejam, esta é a Bea. Bea, forma reduzida de Beatrice, mas também de bela. — Iona apontou para a deslumbrante dançarina negra que seu braço envolvia no quadro. Todas as outras garotas estavam olhando para a câmera. Iona e Bea olhavam uma para a outra. — Agora, vocês todos, fiquem ali à vontade — ela indicou a sala de estar — que eu volto já.

Assim que eles saíram de vista, Iona correu escada acima tão rápido que ficou ofegante e aplicou sua "maquiagem emergencial de cinco minutos". Depois pegou um lenço de seda Hermès prateado e preto e escondeu o cabelo em um turbante — muito mais fácil do que tentar dar um jeito nele às pressas. Amarrou um cinto largo de couro prateado em torno da túnica de veludo vermelho que tinha vestido sobre a roupa de ginástica, tirou as polainas e acrescentou sapatos de salto alto. *Et voilà!*

Iona desceu depressa para a cozinha e preparou um bule de chá Earl Grey, que colocou em uma bandeja com cinco pequenas xícaras de porcelana e alguns biscoitos amanteigados, e se dirigiu à sala de estar para entreter seus convidados. *Cabeça erguida, Iona*, disse a si mesma. Bea sempre dizia que era crucial manter o humor leve quando se tinha visitas, mesmo que inesperadas. Pressupondo que se quisesse que voltassem, o que ela achava que queria.

Piers, Sanjay, David e Martha estavam olhando a parede que ela chamava de "Parede da Fama". Bea, muito rudemente, a chamava de "Exposição do Ego de Iona".

Eram centenas de fotos emolduradas de Iona e Bea durante os anos de *it girl*, ao lado de uma infinidade de pessoas maravilhosas, de Sean Connery a Madonna. Havia algumas lacunas, como dentes faltando, nos lugares de onde ela removera Jimmy Savile e Gary Glitter. Não quis jogar fora aqueles pedaços de história, então relegou-os à Gaveta dos Pedófilos, trancados no escuro por toda a eternidade tendo apenas um ao outro como companhia.

Seus amigos se viraram para ela.

— Ficamos sabendo o que aconteceu no seu trabalho, Iona — disse Sanjay. — Como você está?

Iona abriu a boca para dizer uma mentira, mas a verdade saiu na frente.

— Péssima — disse ela. — Caramba, eu sou *jovem*. Tenho só cinquenta e sete anos. Estou no meu *auge*. Mas parece que sou dispensável. Irrelevante. Desnecessária. Não sei o que fazer comigo mesma, sinceramente.

— Iona — disse Sanjay. — Você *não* é inútil. Lembre-se, você é uma das melhores terapeutas de revista do país. Você me disse isso! E a Emmie diz que suas colunas são compartilhadas em todas as redes sociais.

— Obrigada, meu amor — respondeu Iona. — A verdade é que eu sou uma fraude. A única razão de eu ter causado alguma agitação nos últimos tempos é por ter roubado uma ou outra ideia de vocês. Eles me substituíram por uma ameba chamada Dex. Ninguém mais precisa de mim.

— Iona — disse David, de um jeito que ela achou muito sério —, se isso fosse verdade, não estaríamos aqui. *Nós* precisamos de você. Sentimos sua falta. Veja o impacto que você produziu na gente! Como eu queria ser assim. Eu estou deslizando pela vida sem deixar marca nenhuma. As pessoas muitas vezes esquecem que me conheceram e, mesmo quando lembram, esquecem o meu nome.

Houve uma pausa incômoda, porque ninguém sabia bem o que dizer. Felizmente, David prosseguiu assim mesmo.

— Como saberíamos o que fazer com a nossa vida sem você? — disse ele.

— Bobagem — respondeu Iona. — Vocês não precisam de mim para isso. Você só está falando para eu me sentir melhor.

— Nós precisamos. Nós todos estamos enrolados, de uma maneira ou de outra — disse Martha. — Principalmente os adultos.

Iona ficou tão emocionada que se sentou na *chaise longue* e começou a chorar outra vez. O que era muito inconveniente, porque a "maquiagem emergencial de cinco minutos" não aguentava nem garoa fina, quanto mais lágrimas abundantes.

— Esta é você, Iona? — perguntou Martha em uma tentativa, Iona achou, de distraí-la daquela história de choro incontrolável.

— Sim — respondeu Iona, virando-se para o quadro sobre a lareira que Martha estava olhando. — É um Julian Jessop. Ele me pintou em 1988. Eu tinha vinte e seis anos e ele devia ser uns trinta anos mais velho. A Bea e eu tínhamos acabado de chegar de Paris e estávamos causando bastante sensação no cenário social de Londres. Eu posei para ele em seu lindo estúdio do lado da Fulham Road, e nós cantamos ao som de Queen e Sex Pistols enquanto ele pintava. Foi bem divertido.

— Acho que eu vi o obituário dele há pouco tempo — comentou Piers. — Ele não era um mulherengo famoso?

— Sim, era — disse Iona. — A Bea me fazia levar spray de pimenta sempre que eu ia posar para ele, por via das dúvidas. Não sei por que a esposa dele aturava aquilo. Mas ela me adorava porque, como todo mundo sabia que eu era lésbica, não representava uma ameaça.

Iona pegou um punhado de lenços de papel na caixa sobre a mesinha de café e assoou o nariz.

— Enfim, chega de falar de mim. Me contem, o que está acontecendo com vocês? Quais são as novidades?

— A Emmie desapareceu — disse Sanjay, com a ansiedade de alguém que estava desesperado para transmitir a informação assim que tivesse uma oportunidade.

— Acho que isso é um pouco de exagero, se me permite dizer — falou David. — Ela viria com a gente hoje e se encontrou com o Sanjay, mas deve ter mudado de ideia e ido embora.

— Se foi isso que aconteceu, então por que ela nem se despediu? — contrapôs Sanjay, não sem razão. Emmie nunca parecera mal-educada para Iona. Bem ao contrário, na verdade.

— Sanjay — disse ela, com a sua voz mais gentil. — Você disse alguma coisa que a aborreceu?

— Você também, Iona? Claro que não! Eu só disse: *Você quer um café?* Ou alguma coisa parecida. Aí quando eu voltei com os cafés e bolo de banana...

— Ah, eu adoro bolo de banana — interrompeu Iona, imaginando se Sanjay o havia levado com ele. Martha lançou um olhar para ela. — Desculpe, irrelevante — disse Iona, abanando a mão, enxotando as palavras como se fossem uma nuvem de mosquitos incômodos.

— Quando eu saí do café, ela tinha sumido — concluiu Sanjay.

— Você olhou no banheiro? — perguntou Iona.

Ele revirou os olhos.

— Eu tenho certeza que ela está bem, mas não custa ligar para ela e garantir — continuou Iona.

— Mas nós não temos o número dela — disse Sanjay.

Para Iona, Sanjay estava fazendo um pouco de tempestade em copo d'água. Não se admirava de Emmie ter dado o fora. Vai ver que ela tinha ficado com medo de se afogar.

Piers estendeu o braço para pegar o bule e se servir de mais chá e Iona percebeu algo em seu pulso. Uma tatuagem?

— O que quer dizer *divad*? — perguntou, antes de se dar conta de que estava lendo de trás para frente. Era "David". Que estranho.

Piers não respondeu à pergunta e fez outra no lugar. Uma que ela não tinha ideia nem de como começar a responder.

— E a Bea?

Sanjay

Todos olharam para Iona, enquanto o silêncio crescia e crescia. Por fim, ela se sentou e respirou fundo.

— Eu estava esperando a hora que vocês fossem perguntar isso — disse Iona, para em seguida fazer mais uma longa pausa. — Como vocês podem ver, ela não está aqui. Não está há anos, na verdade.

Ela silenciou por mais alguns momentos e olhou para o quadro sobre a lareira, ignorando deliberadamente os olhares confusos e questionadores de todos.

— Mas você disse... — começou Piers, quando o silêncio se tornou insuportável.

— Não, Piers, eu nunca disse. Você só pressupôs. É preciso ter cuidado ao fazer suposições sobre a vida dos outros. Imagino que você deveria saber isso melhor do que a maioria das pessoas.

— Então onde ela está? — indagou Martha.

— A Bea foi diagnosticada com Alzheimer de início precoce uns sete anos atrás — respondeu Iona por fim, pronunciando as palavras devagar e individualmente, como se cada uma delas fosse um esforço monumental. — Ela começou a esquecer as coisas, os nomes das pessoas, as palavras do dia a dia. Eu a encontrava parada na frente da máquina de lavar, porque ela não lembrava como ligar, e ela me fazia a mesma pergunta várias vezes por dia. Nós achamos que era a menopausa, sabem como é. Não, acho que vocês não sabem. A menopausa pode ser culpada de muitas, muitas coisas, mas não por isso. Encontramos jeitos de compensar: espalhávamos bilhetes pela casa para lembrar Bea o lugar de cada coisa e o que ela tinha planejado para o dia. Então, uma tarde, recebi um telefonema do jornaleiro que fica ao lado da estação. Ele tinha encontrado a Bea na frente de sua loja, chorando. Ela não se lembrava de como chegar em casa.

Iona se serviu mais chá com as mãos trêmulas, tomou um gole e fez uma careta.

— Esfriou — resmungou ela. Ninguém disse uma palavra, para não quebrar o clima. Iona fez uma pausa de um ou dois minutos antes de continuar. — Pouco depois disso, recebemos um diagnóstico oficial. No começo, eu mesma cuidava dela. Paramos de sair com frequência e de receber visitas. Acho que foi aí que eu perdi o contato com a maioria dos velhos amigos. Contratei uma cuidadora para ficar com ela enquanto eu estava no escritório. Era meu trabalho que me mantinha ancorada no mundo exterior. Fora isso, éramos só eu e Bea, em uma pequena bolha que, apesar de todos os meus esforços, ela achava cada vez mais assustadora e confusa. Até que uma hora eu não tive mais como lidar sozinha. Ela está em uma clínica residencial.

— Deve ter sido muito difícil perder sua outra metade assim — disse Sanjay.

Iona o encarou. Ele obviamente havia dito algo muito errado, mas não sabia o que era.

— A Bea não era, *não é*, minha "outra metade" — disse Iona.

— Ãhn, não. Claro que não — respondeu Sanjay. *Não?*

— Nenhuma mulher é a "outra metade" de ninguém. Nós todas somos pessoas inteiras. Completamente inteiras e totalmente únicas. Mas, às vezes, quando se põe duas pessoas inteiras muito diferentes juntas, acontece uma espécie de mágica, uma alquimia. A Bea dizia que eu era como ovos e açúcar e ela era farinha e manteiga e, quando misturadas, nós éramos mais do que apenas a combinação de nossos ingredientes, nós éramos *um bolo inteiro*. E o problema é que, quando a gente se acostuma a ser um bolo delicioso e magnífico, é difícil, muito difícil mesmo, se acostumar a voltar a ser só ovos e açúcar.

Sanjay não sabia muito bem o que dizer. Ele decidiu contornar toda aquela analogia do bolo e optar por uma resposta mais padrão.

— Você deve sentir muita falta dela — disse.

— Muita — respondeu Iona. — Eu me sinto culpada todos os dias. Faço tantas visitas quanto posso, mas muitas vezes ela não sabe quem eu sou. Ela se sente melhor no passado, então é assim que vivemos boa parte do nosso tempo. Música também ajuda. Faz ela voltar. Em geral ela não tem ideia do dia em que estamos ou do que comeu no café da manhã, mas se lembra da letra inteira de todas as músicas lançadas na década de 80.

Sanjay sempre pensara em Iona como um tipo de super-heroína. Invencível. Mas, naquele instante, ela parecia miúda e vulnerável. Ovos e açúcar. Ovos quebrados sem a casca. Eles murmuraram os velhos lugares-comuns, pois o que mais poderiam dizer? "Sinto muito", "Que terrível", "Coitada da Bea", "Não havia nada que você pudesse fazer", mas as palavras ficaram inutilmente suspensas no ar.

— Essa é outra razão para meu trabalho ser tão importante — disse Iona. — Quase cada centavo do meu salário é para pagar a clínica da Bea. Vou ter que transferi-la para um lugar mais barato, e eu acho essa ideia insuportável, porque continuidade e familiaridade são muito importantes para ela. Ou vou ter que vender esta casa. E isto é tudo que me resta da Bea como ela era antes.

— Por que você não nos contou nada disso, Iona? Como pode ter uma carreira ajudando as pessoas e não estar preparada para pedir ajuda? — perguntou Sanjay, que estava com toda sinceridade tentando pensar só em Iona e Bea, mas não conseguia deixar de se sentir um pouco magoado.

— Nós somos seus amigos, não somos?

— Sim, meu querido, claro que vocês são — disse Iona. — Mas eu gostava que vocês pensassem em mim como uma pessoa feliz e bem-sucedida. Deixei vocês fazerem todas essas suposições. Eu me sentia como aquela pessoa de novo, pelo menos no tempo de nossas pequenas viagens de trem. E vocês fizeram eu me sentir conectada com o mundo, me distraíram e me ajudaram a manter o emprego por mais alguns meses. Então vocês me ajudaram, está vendo? E eu sou imensamente grata por isso.

Iona se levantou e caminhou até as grandes janelas duplas, desviando de um meio incongruente pufe amarelo-canário.

— Que tal eu mostrar nosso jardim para vocês? — sugeriu ela. — É o orgulho e a alegria da Bea. Eu não chego nem perto de ter o talento dela com as plantas, que estão muito necessitadas de uma boa poda, mas ainda assim é espetacular. Um pouco como eu mesma! — Ela inclinou a cabeça para trás e deu uma gargalhada, parecendo exatamente a Iona que eles conheciam do trem. A que ela queria tão desesperadamente ser.

Sanjay não conseguia prestar atenção na excursão pelo jardim de Iona porque estava ocupado demais tentando encontrar um jeito de ficar sozinho com ela para se desculpar em particular e aliviar o incômodo de sua consciência. Por fim, identificou uma oportunidade e, enquanto todos admiravam as carpas elegantes e belamente orientais no laguinho, ele a puxou de lado.

— Iona, quero pedir desculpas por ter sido tão grosseiro com você. Foi totalmente injustificável. Eu fiquei até achando que era por isso que você tinha desaparecido — disse ele.

— Sanjay, acho que nós dois temos que aprender que o mundo nem sempre gira em torno da gente e de nossos problemas, não é mesmo? Eu confesso que fiquei um pouco magoada na hora, mas já esqueci. Juro mesmo. Imagino que você tinha outras coisas na cabeça, não é? Eu só fui pega no fogo cruzado.

— É verdade — respondeu ele, olhando para os canteiros e não para Iona, para não perder a coragem. — E não é só toda a história com a Emmie. Eu tenho tido dificuldade para dormir. É o meu trabalho. Ele me deixa muito estressado e ansioso e eu não consigo desligar quando vou para casa. Ele me segue por toda parte, até nos meus sonhos.

— Ah, Sanjay — disse Iona, parecendo sinceramente preocupada com ele. — Essa ansiedade é o outro lado da moeda de sua empatia. Desconfio de que seja por isso que você é um enfermeiro tão bom. Mas deve haver uma maneira de encontrar um equilíbrio mais saudável, importar-se de verdade com seus pacientes e se proteger ao mesmo tempo. Sabe aquela história de ter que colocar a própria máscara de oxigênio antes de ajudar os outros com as deles?

— Isso é meio irônico vindo de você, hein? — disse Sanjay.

— É, não é? — respondeu Iona, rindo. — Mas de que adiantava eu pedir ajuda? Vocês não podem me tornar mais jovem, podem? Nem podem fazer o mundo parar de idolatrar a juventude. E claro que não podem consertar a minha querida Bea.

— E o que eu faço? — perguntou Sanjay.

— Imagino que tenham um psicólogo ou algo assim no hospital, não? — sugeriu Iona.

— Eu não quero que eles saibam como está sendo difícil para mim — disse Sanjay, achando que toda aquela conversa talvez tivesse sido um erro. — Nunca vou conquistar uma promoção se eles descobrirem que eu não consigo lidar. Como eles vão confiar em mim para cuidar de pacientes vulneráveis se souberem que a menor coisinha pode desencadear um ataque de pânico?

— Sanjay — disse ela, muito séria. — Posso lhe garantir que você não é a primeira pessoa em uma profissão na área de saúde a ter esses problemas, e com certeza não será a última. É um *hospital*, caramba. Se tem alguém que pode ajudar você, são eles. Por que não experimenta? Dê uma olhada no quadro de avisos, para começar. Promete que vai fazer isso? Veja se tem algum grupo de ajuda. Tenho certeza de que será confidencial.

Ele concordou com a cabeça.

— Sabe, você devia conhecer a minha mãe — sugeriu ele. — São muito parecidas. — Assim que as palavras saíram de sua boca, ele se arrependeu. Que ideia era aquela? Meera e Iona trabalhando juntas, em uma espécie de formação materna de ataque, seria um pesadelo total. Ele não teria nenhuma esperança.

— Eu adoraria — disse Iona. — Ah, e por falar em sua mãe, como foi o encontro com a higienista dental?

— Não sei se dá para chamar aquilo de um encontro — respondeu Sanjay, fazendo uma careta com a lembrança. — Ela estava com um visor de plástico e luvas descartáveis e me fazendo perguntas que eu não podia responder enquanto raspava tártaro da parte de trás de meus molares com um treco duro e pontudo de metal.

— Ah, sem dúvida não foi o melhor momento — disse Iona. — Mas você a convidou para sair, beber alguma coisa? Ela pareceu legal por trás do visor?

— Sim, mas...

— Mas não como a Emmie? — completou Iona.

Os dois suspiraram.

— O que eu fiz para ela fugir desse jeito? — perguntou Sanjay, desesperado por uma palavra que o tranquilizasse.

— Ah, eu tenho certeza que não teve nada a ver com você — disse Iona.

Ele gostaria de poder acreditar, mas desconfiava de que nem ela mesma acreditava.

Piers

Piers não sabia como sair daquela situação de fingir interesse pelo estranho e feio peixe dourado mutante de Iona enquanto Sanjay, de um jeito muito egoísta, monopolizava toda a atenção dela. Estava desesperado para poder falar sozinho com Iona. Por fim, Iona e Sanjay se juntaram a eles outra vez e todos começaram a caminhar na direção de um caramanchão ligeiramente decaído, mas ainda incrivelmente romântico, quase todo coberto de madressilvas e jasmins.

Antes de chegarem lá, Piers aproveitou a oportunidade, segurou Iona pelo cotovelo e a puxou para baixo da pérgola.

— Opa, já tem alguns anos que não fazem isso comigo — disse Iona, piscando para ele. — Você vai me beijar com paixão e me pedir em namoro? — Ela franziu os lábios, e a visão fez com que ele se lembrasse da imagem incômoda de um traseiro de gato.

— Ãhn... não — disse Piers, tentando não parecer tão horrorizado quanto se sentia. — Eu ia te pedir para ser minha terapeuta.

— Ah, Deus — disse Iona. — Levando em conta a nossa conversa anterior e toda aquela história de fingir que ia para o trabalho, eu imagino que a necessidade de um terapeuta é bem evidente e fico lisonjeada por você ter pensado em mim, mas eu não tenho as qualificações formais necessárias. A menos que ser uma ex-socialite incuravelmente intrometida conte para alguma coisa.

— Eu sei disso, Iona — disse ele. — Mas prometi para a Candida que ia conversar com alguém e você é a única pessoa com quem eu quero conversar. Por que nós não tentamos e, se não funcionar para algum de nós, você me encaminha para um profissional de verdade?

Iona ficou quieta por uns instantes, refletindo sobre a proposta.

— É o seguinte — disse ela, por fim. — Vamos perguntar à Lulu o que ela acha. — Iona se abaixou, levantou a cadelinha e pôs a cabeça dela perto do rosto dele. — Vamos lá, pergunte a ela!

— Ãhn... Lulu — disse Piers, sentindo-se muito, muito bobo. — Você acha que a Iona deve ser a minha terapeuta?

Lulu não disse nada, claro, mas estendeu a língua e lambeu o nariz dele, lenta e deliberadamente.

— Isso foi um sim ou um não, Iona? — perguntou ao mesmo tempo que limpava a saliva do cachorro do nariz com a manga de seu Armani.

— Ah, isso é um sim de verdade — respondeu Iona, pondo Lulu de volta no chão. — Bom, já que a Lulu está de acordo, você pode vir me encontrar aqui duas vezes por semana. Mas não posso deixar você me pagar, já que só vou conversar com você como amiga, não como uma terapeuta para valer.

— Mas você precisa do dinheiro, Iona — disse Piers.

— Você também, meu querido. Já que também não está ganhando nada.

Ela não estava errada. Ainda que os possíveis honorários de Iona fossem ser só uma pequena gota no oceano de suas despesas mensais.

— Você pode me trazer um grande buquê de flores frescas toda vez que me visitar. Eu adoro colocar flores no hall de entrada.

— Claro — disse Piers. — Mas isso não é meio como ensinar o Pai-Nosso ao vigário? — Ele indicou os canteiros em volta, que eram uma explosão de flores de primavera.

— Ah, sim, mas as flores são por causa dos vizinhos. Eles vão ter horas de prazer fofocando sobre o rapaz bonito que me visita duas vezes por semana. Pouca coisa me agrada mais do que falarem de mim — disse Iona.

— Já percebi — disse Piers.

— O major da casa ao lado vai ficar particularmente animado. Ele sempre descreveu minha sexualidade como uma "escolha de estilo de vida" e "uma fase que eu estava passando". Na verdade, ele foi a última pessoa que me puxou para baixo desta pérgola. E ele não estava procurando uma terapeuta.

— E o que aconteceu? — perguntou Piers.

— Um perfeito e bem colocado joelho no lugar certo, foi isso que aconteceu — respondeu ela. — E a Bea se vingou jogando todos os caracóis que encontrava em nossos canteiros por cima do muro no jardim dele, até que ele montou uma câmera de segurança e a pegou no ato. De qualquer forma, ele não tentou mais nada comigo.

— Aposto que não — disse Piers, perguntando-se se encontrar-se sozinho com Iona duas vezes por semana era mesmo uma boa ideia. Talvez não saísse de lá vivo.

Iona

Iona cantarolava baixinho enquanto limpava, tonificava e hidratava a pele.

Na última vez que olhara no espelho do banheiro — naquela manhã mesmo —, o reflexo que a havia encarado de volta era de uma mulher velha, solitária e inútil. A mulher que a olhava agora era muito diferente. Tinha amigos que sentiam sua falta, que ficaram tão preocupados com ela que gastaram um sábado tentando encontrá-la. E ela era, ao que parecia, necessária. Seu diário de capa de couro, que, tirando as visitas regulares para um chá com Bea, era mais vazio e branco do que as tundras do Ártico, continha agora uma grande quantidade de registros, anotados cuidadosamente com caneta tinteiro turquesa.

Havia sido procurada não só por Sanjay e Piers, mas também pela pequena Martha, que ficara para trás enquanto os outros estavam indo embora e lhe contou sobre a peça na escola. Iona não se sentiria mais orgulhosa se ela própria tivesse conseguido o papel principal. Se bem que representar uma virgem de treze anos teria sido uma proeza e tanto em sua idade, para ser franca. Então Martha havia pedido a Iona se podia ir visitá-la umas duas vezes por semana depois da escola para ela ajudar com suas falas, já que Iona não estava mais pegando o trem. Não pareceu se importar nem um pouco por ter descoberto que Iona tinha sido dançarina de cabaré, não uma atriz shakespeariana.

Ela dissera a Martha que levava seu papel de *in loco parentis* muito a sério, portanto só concordaria com a condição de que Martha fizesse todo o seu dever de casa na mesa da sala de jantar antes de começarem a ensaiar. Martha respondeu que, por causa do namorado mais recente, sua mãe era mais *loco* do que *parentis*, e que ela ficaria muito mais feliz de fazer seu dever de escola com Iona do que em casa.

Iona subiu na cama, e Lulu a seguiu. Lulu tinha pernas curtinhas e uma barriga muito grande para conseguir pular para a cama, então Iona tinha encomendado uma escadinha de cachorro sob medida para ela usar. Bea ficara horrorizada. Apesar de ter a mente muito aberta para a maioria das coisas, ela era estranhamente intransigente, e irritantemente conservadora, no que se referia a bichos de estimação e camas.

Iona pegou seu celular novo, que havia comprado para substituir o que Brenda-do-RH pedira rudemente de volta. Ele estava atualizado com os detalhes de contato de todos os seus amigos do trem, assim eles não teriam mais como chegar na casa dela de surpresa antes que ela tivesse aplicado a maquiagem.

Queria ter os contatos de Emmie, para descobrir o que havia acontecido com ela. O que Sanjay poderia ter feito para perturbá-la? Só podia ser algum terrível mal-entendido.

Então teve uma ideia. Emmie devia ter uma perfil no Instagram, certo? Por sorte, Iona era bastante perita no Instagram. Quantas mulheres de mais de cinquenta anos poderiam dizer isso, hein?

Não levou muito tempo para encontrar o perfil de Emmie. Deu uma olhada rápida. Emmie não tinha postado muito, apenas algumas fotos alegrinhas de casal, ela e Toby em lugares impossivelmente bonitos, comendo comidas improvavelmente perfeitas e fazendo uma série de atividades que mostravam como eles eram ativos, filantrópicos e criativos. Então viu uma foto que lhe pareceu muito familiar. Era Iona, em seu casaco longo verde-esmeralda e botas Doc Martens, de pé na entrada do labirinto. Leu a legenda logo abaixo: *Como eu quero ser no futuro*, dizia. Provavelmente Emmie a tirara quando se afastara para fotografar o pavão. Iona sentiu um nó se formar no fundo da garganta e uma enorme onda de afeto por Emmie. Uma espécie de sensação *maternal*. Ou, pelo menos, como ela imaginava que seria uma sensação maternal.

Iona clicou no botão de "mensagem" e escreveu: *Oi, Emmie, é a Iona. Só queria saber se você está bem. Se precisar de mim, eu moro em Riverview House, East Molesey.* Acrescentou seu número de telefone e alguns emojis de coração e pressionou em enviar. Era bem provável que estivesse se preocupando sem necessidade, mas pelo menos agora tinha passado a bola para Emmie.

Desligou o celular e o colocou na gaveta da mesinha de cabeceira. Havia escrito muitos artigos sobre os efeitos prejudiciais da luz azul para o ciclo circadiano.

Iona e Bea sempre curtiram o momento mágico pouco antes de dormir. Elas ficavam ali deitadas, no escuro, de mãos dadas e dedos dos pés se tocando, comentando detalhes do dia, usando as fofocas do camarim do teatro e as últimas novidades na revista para unir ainda mais seus mundos. Bea, que era uma excelente imitadora, conseguia dar vida a todo o seu elenco atual na tranquilidade do quarto, fazendo-os discutir e flertar entre si.

— Boa noite, Lulu — disse ela. Ouviu o som de Lulu se lambendo e tentou não imaginar que parte do corpo estava recebendo a atenção.

Como fazia todas as noites desde que Bea fora para a clínica, Iona ligou o rádio do velho aparelho de som ao lado da cama para escutar a voz calmante do boletim meteorológico marítimo. Muito mais eficaz, e menos viciante, do que um comprimido para dormir.

— Mull of Galloway até Mull of Kintyre, incluindo o Firth of Clyde — disse o apresentador.

Iona virou-se para o lado da cama onde Bea dormira por tantos anos. Não havia lavado a fronha de Bea desde que ela se fora, mas, por mais que se esforçasse, não conseguia encontrar nenhum traço de seu cheiro.

— Boa noite, Bea — disse Iona para o travesseiro vazio. — Eu te amo.

— Variável, principalmente de leste para nordeste, cinco a dez milímetros, pancadas, boa, ocasionalmente moderada. — Foi a resposta.

Martha

Naquela manhã, Martha não estava conseguindo se concentrar na escola. O diretor tinha assistido a TED Talks demais e dera para fazer monólogos motivacionais excessivamente longos, cheios de expressões como *a melhor versão de você* e citações de Brené Brown, Rumi e — porque ele achava que isso o fazia parecer contemporâneo — Taylor Swift. Martha desdobrou disfarçadamente as folhas de papel que havia enfiado no bolso do casaco e começou a ler o ato três, cena cinco, murmurando suas falas baixinho.

> *Já vais partir? Ainda está longe o dia.*
> *Foi o rouxinol, não a cotovia,*
> *Que penetrou o fundo amedrontado de teu ouvido.*

Ela havia anotado uma versão aproximada na margem: *Por favor, não vá embora ainda*. Shakespeare, ela descobriu, nunca usava seis palavras se podia usar vinte e duas. Ele podia ser bom naquela história toda de peças teatrais, mas seria inútil para escrever as instruções de evacuação de emergência para uma companhia aérea.

A vida de Martha tinha mudado imensamente desde que conhecera Sanjay no trem. Ainda não havia consertado sua relação com os antigos amigos de escola. Tirando todo o resto, era difícil para ela voltar a confiar neles, já que a haviam abandonado quando ela mais precisava. Mas, agora, estava no meio de um grupo novo: o elenco.

Nos últimos tempos, quando Martha entrava no refeitório da escola na hora do almoço, não sentia aquele medo angustiante de ter que se sentar sozinha ou, pior, com os desajustados que não pertenciam a nenhum grupo nem gostavam uns dos outros. Agora ela sempre se encontrava com o pessoal do teatro, para trocar fofocas do elenco e ensaiar as falas entre eles. Também não era nada mal que Romeu seria interpretado pelo garoto mais incrivelmente lindo do seu ano. Bem fora do alcance dela, claro, mas o simples fato de que ele conversava com ela já lhe dava pontos instantâneos. Se eles sabiam da nude, e com certeza sabiam, ninguém a mencionava. Para aquele grupo, ela era Martha e Julieta: colega atriz e amiga.

Além da posição social, as notas de Martha também haviam melhorado. Graças a Piers, ela chegara às alturas inimagináveis do topo da turma inferior de matemática e o professor havia até lhe acenado com a possibilidade de promovê-la para a turma média.

Desde que começara a fazer boa parte de suas lições na casa de Iona, estava indo melhor nas outras matérias também. Iona, na verdade, não ajudava em nada. Ela dizia que tudo que conseguia se lembrar de seu tempo de escola, lá na Idade Média, era da formação de braços mortos de rios, hidrogênio queimando com um estalo estridente e seu crush não correspondido pela instrutora de netball.

No entanto, a incompetência entusiástica de Iona fazia Martha perceber o tanto de coisas que *ela* sabia, o que era um grande estímulo para sua autoconfiança. E, como Iona lhe dizia sempre, autoconfiança era tudo na vida. *Se for para errar, Martha, garanta que você vai errar com* CLASSE! *Com certeza pelo menos vão lhe dar alguma nota pelo estilo, não vão?* Martha teve que explicar que não era bem assim que a avaliação de exames funcionava.

— Quero apresentar a todos vocês Kevin Sanders — continuou o diretor na mesma voz chata. — Ou *senhor Sanders*, como vocês vão conhecê-lo.

— Até que ele é bem gato para um professor — disse uma menina sentada atrás dela.

— É. Se a gente olhar de longe, podia quase ser o Keanu Reeves — disse sua amiga.

— Tem que ser bem de longe mesmo — respondeu a primeira menina, semicerrando os olhos.

Martha levantou a cabeça e levou um susto. Era Piers! Por que o diretor o havia apresentado como *Kevin*? Ele não tinha a menor cara de Kevin. E certamente não parecia Keanu Reeves. Ela estreitou os olhos. Bom, na verdade, talvez parecesse, só um pouquinho. Se Keanu demitisse seu personal trainer e só comesse donuts por alguns meses.

— O sr. Sanders vai ajudar no departamento de matemática pelo resto do semestre. Ele vai oferecer as aulas extras de matemática na biblioteca todos os dias na hora do almoço, uma oportunidade para quem estiver precisando de ajuda com o dever de casa ou revisão da matéria. Ele também vai dar sessões semanais de orientação para os alunos que talvez tenham planos de se inscrever para *Oxbridge*. — O diretor sempre dizia "Oxbridge" como se fosse tão emocionante quanto dizer Hogwarts, mas, ela supunha, devia ser para a geração e profissão dele. Mas duvidava de que lá tivessem corujas. Ou quadros falantes.

Martha soube para onde ia na hora do almoço.

Martha ficou observando enquanto Piers explicava pacientemente o teorema de Pitágoras para uma menina do oitavo ano.

— Você entendeu agora? — perguntou ele.

— Entendi! — exclamou a garota. — O senhor faz parecer tão simples. Obrigada.

Piers pareceu sinceramente empolgado por ter conseguido ajudar. Ela se perguntou quanto tempo demoraria para ele ficar tão cansado e desiludido quanto seus outros professores. Ensinar para uma única pessoa assim era relativamente fácil. Como será que ele se sairia se o soltassem em uma sala inteira de adolescentes? Ele levantou os olhos.

— Martha! Estava mesmo me perguntando se ia conseguir encontrar você hoje! No fim foi você que me encontrou — disse ele.

— O que você está fazendo aqui, Piers? — sussurrou ela. — E por que o diretor acha que seu nome é *Kevin*?

— Sente-se! — convidou Piers, batendo na cadeira ao seu lado. — Parece que temos um intervalo entre os pacientes das aulas de matemática.

Martha se sentou, cruzou os braços e ficou esperando a explicação.

— Bom — disse ele —, você me contou que a sua escola estava com falta de professores de matemática, lembra? Então eu marquei uma entrevista com o diretor e perguntei se poderia fazer um estágio.

Martha se xingou por dentro. Devia ter lembrado que adultos costumam guardar informações que você dá sem querer e depois usá-las contra você, igual ao Facebook. E estágio não era coisa que alunos do último ano faziam? Não gente velha como Piers. O fato era que não se incomodava por ele ter aparecido na sua escola; ficou até contente por vê-lo. Só queria que ele a tivesse avisado.

— Mas por que fazer isso incógnito? Por que essa história de Kevin? Você não é um agente duplo ou algo assim — disse Martha.

— Não, infelizmente não — respondeu Piers. — Na verdade, Kevin é o meu nome real. Eu só troquei no cartório para Piers quando tinha dezoito anos. Lembra que eu te disse para "fingir até conseguir"?

Martha confirmou com a cabeça, lembrando-se da Outra Martha.

— Piers era quem eu queria ser, meu alter ego.

— Então era o Kevin que invadia casas para fazer um sanduíche de manteiga de amendoim? — perguntou Martha, porque algumas peças começavam a se encaixar.

— Sim — disse Piers. — Meu pai gastava todo o dinheiro da casa em apostas e minha mãe sempre estava bêbada demais para se importar, então eu sentia fome o tempo todo. Mas a Iona me disse que não é muito saudável fugir do passado, por mais desagradável que ele tenha sido. E, para ser justo, poderia ter sido muito pior. Ninguém batia em mim. Embora meus pais muitas vezes batessem um no outro. Por isso, aqui estou eu. Kevin. Mas você ainda pode me chamar de Piers, se preferir.

Martha não tinha certeza se Iona estava fazendo muito bem a Piers, para ser bem sincera. Toda aquela história de compartilhar sentimentos e tal era muito estranha em um adulto, principalmente em um professor. Espera-se que todos os adultos sejam reservados e reprimidos, não? E Piers era um nome bem mais interessante do que *Kevin*. Martha não tinha a menor ideia de como responder.

— Legal — disse ela.

— Não é? — concordou, sorridente, Piers. Kevin. *Sei lá*.

— Mas tem uma coisa — disse Martha.

— O quê? — Piers pareceu preocupado.

— Talvez eu tenha que ignorar você no trem, para o caso de ter alguém da escola por perto — disse Martha. — Nada pessoal, é só que eu estou percorrendo aos poucos o caminho para fora da Sibéria Social, e confraternizar com um professor não pega muito bem, mesmo que ele pareça um pouco com o Keanu Reeves. O que não é o seu caso, obviamente.

— Claro — disse Piers. — Eu perdoo você.

Ele parou por um instante, depois acrescentou, encolhendo a barriga:

— Keanu Reeves, é?

Martha revirou os olhos.

Piers

17h30 De Waterloo para Surbiton

Piers estava eufórico.

O que o fazia se lembrar, de certa forma, de seus primeiros dias na sala de operações financeiras; o foco intenso necessário para aprender um conjunto totalmente novo de habilidades e a enorme sensação de realização quando fazia algo certo. Agora, porém, o sentimento não estava acompanhado da suspeita de que ele fosse um impostor que passava despercebido enquanto desempenhava um papel que não era de fato seu, ou do medo constante de ser descoberto.

De certa forma, quando os seguranças do banco foram até a mesa dele com a caixa de papelão vazia, havia sido um alívio. Quando o que se teme há tanto tempo finalmente acontece, acaba o motivo para ter medo. Ele sempre soubera que aquele momento ia acontecer; só havia levado quinze anos a mais do que ele esperava.

O novo emprego não parecia em nada com aquele. Ele não precisava conjurar um alter ego para conseguir produzir. Não precisava dos gratificantes coros de "Midas! Midas! Midas!", dos rituais para agradar todo mundo ou dos bônus para inflar o ego. Era suficiente ser ele mesmo, com seu amor pelos números e o desejo genuíno de fazer algo pensando nos outros para variar. Havia se candidatado ao programa oficial de treinamento de professores da escola que começava em setembro e esperava que todo o tempo de trabalho não remunerado que estava investindo contasse a seu favor.

Surpreendeu-se ao perceber o quanto sentia falta das antigas viagens de trem com Iona, que não eram a mesma coisa sem ela para ser o ímã que unia seu pequeno grupo de desajustados. Mudar de profissão obviamente o estava deixando sentimental.

Piers olhou para a mesa que ela costumava usar. Emmie estava lá. Não tinha a menor ideia do que lhe dizer depois que ela abandonara a expedição sem dar explicações, então se virou e caminhou para o outro lado do vagão. Não queria estragar o brilho de seu dia com uma conversa embaraçosa.

Desceu em Surbiton e parou na banca de flores do lado de fora da estação. Escolheu um buquê extravagantemente vistoso de rosas brancas, o tipo de que Candida mais gostava. O preço estava muito além das possibilidades de um salário de professor que ele ainda nem estava recebendo, mas Candida não merecia menos do que aquilo. Depois parou na delicatéssen e escolheu um boeuf bourguignon caseiro e uma garrafa de um vinho tinto decente, já que Candida havia vendido toda a sua bela coleção de vinhos.

Piers se envergonhava de ter julgado Candida tão mal. Achava que seu casamento havia se tornado uma farsa, um fingimento, uma casca vazia, como o resto de sua vida, mas no fim o descobriu muito mais resiliente do que ele imaginara. Assim como a própria Candida.

Ao longo de sua crise ela permanecera calma, focada e forte. Pusera-o de pé e segurara sua mão enquanto ele se esforçava para retornar à sanidade. Também reestruturara as finanças da família, de modo que eles tinham uma base pequena, mas sólida, para o futuro. Naquela noite ia deixar claro para ela o quanto estava agradecido.

— Então — disse Piers, por sobre a mesa da cozinha iluminada pela luz de velas —, eu queria dizer o quanto estou agradecido por tudo que você fez. Você é incrível. Sinceramente não sei como eu teria me virado sem você.

— De nada — respondeu Candida. — Eu não podia deixar você na plataforma da estação daquele jeito que você estava, não é? Está se sentindo melhor agora? A psicóloga está ajudando?

— Sim, eu me sinto uma pessoa totalmente diferente — disse Piers. — Nem consigo acreditar que aquele fosse eu. E essa mudança de carreira vai fazer uma grande diferença na minha vida. Na nossa vida. Eu sei que vamos ter que baixar o padrão, reduzir as viagens, colocar as crianças na escola pública e cortar outras coisas, mas acho mesmo que ter um estilo de vida mais simples, mais honesto, será bom para todos nós. Inclusive para as crianças. Eles vão crescer menos mimados e arrogantes. Será um meio-termo feliz entre a sua infância muito privilegiada e a minha sem privilégio algum. Uma média saudável.

Ele sorriu para Candida, lembrando-se do casamento deles e em como ela estava deslumbrante caminhando pela nave da igreja em sua direção. Aquele era apenas mais um capítulo na vida deles. Um capítulo diferente, mas melhor em tantos sentidos. Faria com que se aproximassem mais.

— Piers — disse Candida, sua testa com botox formando uma ligeira sugestão de franzido. — Lamento se você entendeu errado a situação.

— O quê?

— Olha, eu fico mesmo muito satisfeita que as coisas estejam melhores para você. — Candida pousou o garfo e a faca na posição correta sobre o prato ao lado de um pedaço abandonado de carne que obviamente não havia atendido aos seus padrões exigentes. — E queria ter a certeza de que você estaria de pé outra vez. Você é o pai dos meus filhos. Nós estamos ligados, por meio deles, pelo resto da vida, querendo ou não. E, de certa maneira, eu ainda amo você. — Candida fez uma pausa.

De certa maneira?

Piers teve a sensação de estar se lançando a toda velocidade em direção a um objeto imóvel em seu velho Porsche. Podia ver o que ia acontecer, mas não havia como frear o suficiente para evitar a colisão.

— Mas achei que tinha deixado claro que esta não é a vida que eu quero — continuou Candida, tão calma quanto se estivesse conversando sobre qual seria a ilha grega que visitariam no próximo verão. — Com certeza não foi nisso que eu escolhi entrar. Não sou a "sra. Sanders, esposa do professor de matemática". Não quero levar a vida pequena de um professor, com o salário pequeno de um professor — disse ela. — Não acredito que a média *seja* saudável. Quando na minha vida eu aspirei a ser a média? Quero que meus filhos tenham uma criação muito *acima* da média. E, para ser sincera, não quero ser casada com um *Kevin*. O homem com quem me casei escolheu muito sabiamente deixar tudo isso para trás.

— Eu sei que você disse isso — respondeu Piers —, mas, mesmo que conseguisse encontrar outro emprego no mercado financeiro, eu não ia querer. Acho, sinceramente, que voltar para aquele mundo me deixaria louco.

— Eu não estou pedindo para você voltar, meu querido — disse Candida. — Só estou dizendo que não vou seguir esse caminho com você. Foi por isso que estive ajeitando nossas finanças. Para comprarmos um apartamento para você aqui por perto e podermos ter a guarda compartilhada dos nossos filhos. Podemos ser civilizados e adultos quanto a isso, não é mesmo? Fazer uma separação consciente, como a Gwynnie e o Chris Martin. Não há necessidade de desperdiçar mais da sua indenização com advogados caros e batalhas judiciais que usam as crianças como moeda de troca.

Piers se lembrou da pomba morta. O presságio que estava se decompondo na caixa de compostagem. Sentia-se como se tivesse estado voando despreocupado para seu róseo futuro sem perceber que havia uma vidraça hermeticamente selada e intransponível à sua frente. Tinha voado direto de encontro a ela e estava desabando para o chão, atordoado e ferido. Como Candida podia estar tão *calma* com tudo isso? Com certeza morar sozinha com as crianças, recebendo uma pensão alimentícia modesta também não devia estar em seu plano de vida.

Uma imagem embaçada foi ganhando foco pouco a pouco em seu cérebro, ficando mais nítida até revelar o quadro inteiro.

— Você já tem o próximo provedor na fila, não é? — perguntou Kevin, sentindo-se intensamente cansado em vez de bravo, embora desconfiasse que a raiva poderia vir mais tarde. — Quem é ele?

— Ninguém que você conheça — respondeu Candida, baixando os olhos para as unhas imaculadamente pintadas. As unhas de uma esposa de banqueiro rico. As unhas que já estavam arranhando as costas de um banqueiro rico substituto.

— Ele já estava em volta antes que isso tudo acontecesse? Devia estar.

— Não comece, querido — disse Candida. — Uma garota sempre precisa ter um plano B. Era só um flertezinho sem maiores consequências e sem dúvida teria permanecido assim se você não tivesse jogado a nossa vida no lixo com tanto egoísmo.

— Você não pode fazer isso comigo, Candida. O que aconteceu com o "na saúde e na doença, na riqueza e na pobreza"?

— Olha, se for para discutirmos superioridade moral, o que seria insuportavelmente entediante — disse Candida —, não se esqueça de que você mentiu para mim por *meses*, vestindo o terno todos os dias e "indo para o trabalho". Depois especulou com o dinheiro das mensalidades das crianças e, se não fosse por mim, teríamos perdido tudo.

— Mas e as crianças? — insistiu ele. — Eles *precisam* de mim. Eu preciso deles.

— Eu sei — disse ela. — Mas você vai vê-los muito mais do que quando trabalhava todas as horas do dia. E pense naquelas longas férias de professor! Além disso, você será bem-vindo para ajudá-los na lição depois da escola sempre que quiser. Você sabe como eu odeio fazer isso. Pelo menos, com você sendo professor, nunca vamos ter que nos preocupar em contratar professores particulares. E, se você conseguir um emprego em uma escola *decente,* eles podem até lhe dar um desconto nas mensalidades. Sempre tem um lado bom! Olhe, estou indo para a cama. Vejo você de manhã e podemos conversar sobre os próximos passos.

Candida afastou a cadeira da mesa, deixando-o cercado por pratos sujos e as sobras de uma vida destruída. As rosas brancas ainda estavam na embalagem de celofane, abandonadas na pia da cozinha. Ela parou na porta, olhou para trás e disse, com uma risadinha tilintante:

— O papai sempre me disse que você era meu *marido inicial*.

Era inacreditável que, por trás daquele belo rosto, sua esposa fosse tão severa. Era só retirar a pele de aparência humana para ver que embaixo estava o Exterminador do Futuro.

Desde que a vira caminhando pela igreja de braços dados com o pai sempre soubera que Candida era muito acima de seu nível, que ele nem chegava perto de ser suficientemente bom para ela, e sempre tivera um medo persistente de que um dia ela o deixaria. Como os seguranças se aproximando de sua mesa com a caixa de papelão vazia, era só uma questão de tempo.

Iona

19h35 De Hampton Court para Wimbledon

— Fique quietinha, meu bem — disse Iona. — A mamãe não quer que entre sabão nos seus olhos!

Lulu olhou para ela por entre a névoa com cheiro de lavanda, com uma expressão que dizia: "Eu acho isso tudo uma enorme humilhação, então, por favor, trate de acabar logo".

Iona a tirou da banheira, enrolou-a em uma toalha felpuda rosa-clara e a carregou para o quarto para secá-la com o secador.

Considerando que estava oficialmente desempregada, Iona andava ocupadíssima.

Havia passado tanto tempo orientando Martha que, se Romeu sofresse um horrível acidente durante a noite e perdesse a voz ou um membro crucial, ela poderia substituí-lo no papel sem problemas, ainda que isso fosse deixar a figurinista com um desafio nas mãos.

Piers também aparecia regularmente, levando as flores que tinham combinado. Ela estava um pouquinho preocupada porque parecia passar mais tempo falando com ele sobre ela mesma, em vez de ser ele falando com ela, o que tinha certeza de que não era como sessões de terapia deveriam funcionar, então havia pregado um cartaz na parede escrito CALA A BOCA, IONA, que ficava na linha de seus olhos, mas escondido da visão de Piers, e prometera limitar suas intervenções a frases do tipo: "Como isso fez você se sentir?" e "Conte-me como era a relação com sua mãe".

Não ajudou muito. Ela nunca havia sido muito boa em seguir instruções, pelo jeito nem as próprias.

Mas devia estar fazendo algo certo, porque Piers tinha um andar mais animado cada vez que Iona o via e estava gradualmente se metamorfoseando de Ió em Tigrão. Em vez de sentir vergonha de sua infância pobre e fugir dela, Iona o ensinara a fazer as pazes consigo mesmo e a se orgulhar de tudo que havia conquistado.

— Suas experiências passadas — explicara — são as fundações sobre as quais você constrói seu futuro. Construa-o sobre orgulho, não sobre vergonha. Negar sua história é como erguer uma casa sobre um alicerce de areia, sempre em risco de desabar.

Ela tinha gostado muito dessa analogia. Precisava usá-la em sua coluna. Exceto que não tinha mais uma coluna.

Piers lhe contara sobre a decisão de Candida, além de uma história que envolvia uma pomba que ela não entendeu direito. Mas mesmo isso não pareceu tê-lo nocauteado. Talvez ainda não tivesse sentido o baque? Ele se preocupava muito mais com os filhos do que com a esposa, mas estava convencido de que teria uma participação ainda maior na vida deles, não menor.

Para ser sincera consigo mesma, desconfiava de que a transformação de Piers tinha mais a ver com sua nova carreira profissional do que com as sessões de "terapia". Mas ela podia receber algum crédito pelo novo emprego também, não é? Afinal, foi quase inteiramente ideia dela.

O problema era que, apesar de todo o esforço para economizar — havia até cancelado a assinatura mensal da cesta da Fortnum & Mason —, Iona estava consumindo suas reservas. Não ia demorar para ter que encarar a situação e chamar um corretor de imóveis.

Ela olhou para sua casa, a fundação sobre a qual ela e Bea tinham construído uma vida juntas, e se sentiu insuportavelmente triste. Lulu, que havia sido abençoada com o dom da telepatia, olhou em seus olhos e lambeu-lhe o rosto.

Iona também estava preocupada com Emmie. Ela não havia respondido sua mensagem no Instagram e, ao que parecia, ninguém tinha falado com ela desde o dia do desaparecimento, embora dissessem que a tinham visto no trem, portanto ela não havia sido sequestrada nem estava em coma no hospital. Havia algo errado, tinha certeza disso. Iona farejava essas coisas.

O telefone tocou e, por um instante, ela achou que pudesse ser Emmie, conjurada pelo poder do pensamento. Pegou depressa o celular. *David*, estava escrito na tela.

— Oi, David! — cumprimentou, disfarçando a decepção e tentando parecer tão alegre e animada quanto conseguisse.

— Iona — disse David. — O que você está fazendo agora? Pode vir aqui? A Wimbledon?

— Meu querido — respondeu Iona —, está me chamando para uma rapidinha? Fico lisonjeada, mas você sabe que essa não é a minha praia, certo?

Houve um silêncio longo e incômodo. Será que ela o havia constrangido ou ele estava tentando entender o que seria uma rapidinha? Ela precisava se lembrar de que nem todas as pessoas de "meia-idade" estavam atualizadas com o modo de falar moderno como ela. Decidiu tirar David daquela situação.

— Eu estava brincando, coração. Claro, será um prazer ir até *chez David*. Mande o endereço e eu pego o trem agora mesmo.

Iona soube que aquela era a casa de David mesmo sem conferir o número. Todas as outras propriedades da rua tinham sido reformadas e exibiam extensões com vidraças reluzentes, elegantes portões automáticos de segurança e pares de loureiros em vasos enfeitados com belas luzinhas coloridas dos dois lados de portas da frente reluzentes, mas esta estava presa em uma dobra do tempo. Como seu proprietário, não dava um passo para frente havia décadas.

— Entre, entre — convidou David. — Isso é para mim? Que gentileza, muito obrigado.

Iona lhe entregou o excessivamente extravagante buquê de rosas brancas que Piers lhe levara mais cedo. Por sorte, não havia ainda tido a chance de removê-las do invólucro de celofane antes de David telefonar. Passar presentes adiante era bom para o planeta. Esse seria um bom tema para uma coluna. Ah, droga, precisava parar de fazer isso.

David a conduziu para uma sala de estar confortável, mas antiquada, cheia de tapetes velhos espalhados pelo piso de tacos de madeira e móveis de madeira escura dispostos em torno do ponto focal de uma grande lareira. Um corretor de imóveis sem dúvida a descreveria como: *tem muitos elementos originais do período e oportunidades para modernização*.

David levou as flores para a cozinha e voltou com elas em um vaso. Tinha na mão um cartãozinho branco.

— Minha querida Candida — leu —, obrigado por tudo. Eu te amo.

Pelo jeito ela não era a única que acreditava em repassar presentes.

— Que estranho — disse ela. E, sem conseguir conter a curiosidade por mais tempo e ansiosa para distrair David do cartão de Piers, já foi emendando: — Você quer que eu o ajude com alguma coisa?

— Na verdade, você já me ajudou muitíssimo — disse ele.

— Mesmo? — respondeu Iona, tentando imaginar o que poderia ter feito.

— Sim. Você e os outros no trem me fizeram perceber como eu havia me acomodado na rotina. Então venho tentando *sacudir a poeira* um pouco. Eu me matriculei em uns cursos!

— Que ótima ideia — disse Iona. — O que você está aprendendo?

— Estou fazendo conversação em russo nas terças-feiras à noite e aprendendo a montar e desmontar um motor de carro às quintas-feiras.

— Excelente — comentou Iona. — Você pode arrumar um emprego como chofer para algum oligarca exilado.

David a ignorou, o que provavelmente foi o melhor a fazer.

— E as coisas estão melhorando com a Olivia, pouco a pouco. Estou começando a pensar que talvez ainda não esteja tudo perdido.

— Ah, essa é mesmo uma boa notícia, David!

— Então eu também queria fazer alguma coisa para ajudar você. Você sabe que eu sou advogado?

Iona não sabia, mas admitir isso revelaria uma notável falta de interesse em seu amigo. Algum deles lhe havia perguntado o que ele fazia? A culpa a fez confirmar com a cabeça com mais entusiasmo do que a situação exigia, ao mesmo tempo em que ela lutava contra uma pontada de inveja. David era pelo menos uma década mais velho do que ela, no entanto ainda parecia ser levado a sério como profissional. Por que homens com cabelos grisalhos e rugas eram vistos como sérios e experientes, enquanto mulheres com as mesmas características se tornavam invisíveis?

— Bom, minha especialidade são leis de contrato e propriedade — explicou David —, então não sei até que ponto posso ajudá-la, a menos que você esteja pensando em se mudar.

— Infelizmente, acho que talvez esse seja o caso — disse Iona.

— Talvez não — respondeu David, e fez uma pausa quando a campainha tocou. — Aí está ela, pontual como sempre.

— David, você não está tentando arrumar alguém para mim, está? — perguntou Iona, enquanto David se afastava para abrir a porta.

— Na verdade, estou — disse David, voltando com uma mulher elegante de uns quarenta e poucos anos. — Uma advogada trabalhista. Esta é Deborah Minks. Ela trabalha no meu escritório. Tomei a liberdade de discutir sua situação com ela. Espero que não se importe.

— Hum, não — respondeu Iona, um pouco apreensiva.

— Posso lhe fazer algumas perguntas, Iona? — disse Deborah, que obviamente não acreditava em preâmbulos. Imaginou que devia ser o padrão quando se cobrava por hora. Deborah se sentou e tirou uma pasta fina de sua bolsa prática, mas feia, que combinava à perfeição com os sapatos confortáveis, mas sem graça.

Iona fez que sim com a cabeça.

— Estou certa em supor que você não recebeu uma indenização?

— Sim, porque eu não fui demitida. Eu pedi demissão. Para ser precisa, o que aconteceu foi que eu saí de lá furiosa depois de chamar o editor de filh...

David ergueu a mão em um sinal enfático para que ela parasse.

— Bom, nossa leitura do que aconteceu é que não foi de fato um pedido de demissão, foi uma *rescisão indireta*. Você diria que foi criada uma situação em que não havia mais como permanecer no cargo?

Deborah olhou para ela por cima dos óculos. Iona confirmou novamente com a cabeça.

— Poderia afirmar, de fato, que a atmosfera havia se tornado completamente tóxica e que você se sentia discriminada por causa de sua idade? — prosseguiu ela.

— Total — respondeu Iona. Quanto mais séria e adulta Deborah parecia, mais Iona começava a se sentir uma adolescente e a falar como Martha.

Deborah pegou um biscoito recheado da bandeja que David tinha colocado na mesa, deu uma pequena mordida e o pôs de volta, sem terminar. Iona se maravilhou com aquela exibição sobre-humana de controle e disciplina. Deborah era definitivamente o tipo de mulher que uma pessoa gostaria de ter do seu lado do ringue, apesar dos sapatos.

— Você sente que, talvez, tenha sido até manipulada para pedir demissão? — perguntou Deborah.

Iona se lembrou do jeito como Ed havia piscado para Brenda-do-RH quando Iona jogou seu crachá em cima dele, e concordou com a cabeça.

— Eu não quero levar o caso para o tribunal, Deborah — disse ela. — Não vou suportar a ideia de perder mais tempo da minha vida com aquele filh...

David levantou a mão outra vez. Ele era mesmo um pouco sensível demais.

— Eu não acho que chegará a esse ponto, Iona — disse Deborah. — Desconfio de que eles vão ficar ansiosos para fechar um acordo e evitar publicidade negativa. O que vamos pedir é apenas que você receba o pagamento a que tem direito depois de... quanto tempo?

— Trinta anos — respondeu Iona.

— Perfeito — disse Deborah, recostando na cadeira e sorrindo. — Isso vai dar muito certo. Agora, você fala e eu anoto.

E foi o que ela fez. Contou a Deborah sobre a conversa da dinossaura que escutou no banheiro, e sobre todos os pequenos comentários, os "A Iona não vai entender isso", as piadinhas de "nos velhos tempos", o jeito como a excluíam das saídas para o almoço e drinques à noite, e como paravam de falar quando ela se aproximava de um grupo em volta da máquina de café. De quando fizeram um cartão de Natal com uma fotografia de todos no escritório, até o segurança, e ela havia sido "acidentalmente" deixada de fora.

Iona explicou que haviam tirado tantas de suas responsabilidades, uma após outra, que ela gastava uma parte substancial de seu dia, e de sua energia, só fingindo estar ocupada e vendo os ponteiros do relógio do escritório se arrastarem. E, por fim, contou do dia em que lhe pediram para passar tudo que escrevesse para ser examinado por um garoto que enchia cada frase com coisas que nem sequer eram palavras. OMG, BLZ, VLW. E que, como se isso não bastasse, ainda nem havia nascido quando ela fora contratada para a revista em um furor de glória e anúncios entusiasmados do RH.

Conforme falava, Iona se sentia mais leve, como se o peso de anos de desfeitas e insultos estivessem sendo removidos de seus ombros. Aquilo era, ela percebia agora, mais sutil e dissimulado do que o bullying que Martha tivera que enfrentar, mas não menos danoso.

— Obrigada, Deborah e David — disse ela, quando chegou ao fim de suas dolorosas e humilhantes recordações.

— Não há o que agradecer — respondeu Deborah, repondo a tampa na caneta com um clique sonoro, como se estivesse recolocando uma arma no coldre. — Vamos atrás deles, pode ficar tranquila.

Emmie

8h08 De Thames Ditton para Waterloo

Emmie pensou por um instante que Sanjay fosse se aproximar e se sentar com ela, mas, assim que ela levantou os olhos e sorriu, ele se virou e foi se sentar em outro lugar. Do mesmo jeito que havia feito na última vez. E na vez antes dessa.

Ela sem dúvida merecia o tratamento frio. Tinha sido terrivelmente mal-educada. Mesmo assim, o comportamento dele parecia um pouco exagerado. Infantil, até. E doía nela. Cada passo que ele dava para se afastar e cada sorriso que ignorava eram como picadas de um enxame de vespas furiosas.

Emmie tinha consciência de que precisava pedir desculpas a Sanjay, mas ele nem estava lhe dando essa chance. Secretamente, uma parte dela se sentia aliviada, já que não sabia explicar o que havia acontecido nem para si mesma, muito menos para outra pessoa. Sempre que relembrava a história, tinha a impressão de que ela tinha sido fraca, e Toby paranoico e agressivo, sendo que nada disso era verdade, certo?

Será que eles haviam encontrado Iona? Ainda queria conversar com ela sobre o medo de que seu mundo estivesse encolhendo, até conter apenas ela e Toby em sua bolha confortável e luxuosa. Será que isso importava? Não era suficiente? Será que ela estava sendo egoísta por esperar mais? Iona teria as respostas para essas perguntas, tinha certeza disso.

Mas, quase mais do que de Iona, ela se percebia sentindo falta de Sanjay. Não conseguia parar de imaginá-lo saindo de dentro da cafeteria, sorridente, com os cafés na mão, e descobrindo que ela havia desaparecido. O que ele estava pensando dela? Sentia-se tão bem na companhia dele, tão segura de que seriam amigos, e era desse jeito que havia retribuído toda a gentileza dele.

Mais uma vez, Emmie pensou naquele dia, repassando a sequência de eventos em sua cabeça, tentando imaginar como o resultado poderia ter sido diferente.

Sanjay tinha entrado na cafeteria todo feliz, e ela ficara sentada à mesa do lado de fora, sob o sol de primavera. Sentira uma leve coceira na nuca, do tipo que se sente quando alguém a está observando. Ao se virar, viu ali, estacionado do outro lado da rua, em um lugar proibido, um carro exatamente igual ao de Toby. Ficara observando, procurando por diferenças — um ponto amassado na lataria talvez, um bagageiro no teto, um adesivo do tipo *bebê a bordo*. Toby, até onde ela sabia, nunca tinha ido para Hampton Court. Não podia ser ele.

Enquanto ela refletia sobre isso, a janela do carro se abriu e a cabeça de Toby apareceu.

— Entre no carro — sibilou ele. — Agora.

Emmie ficou confusa, e preocupada. A expressão no rosto de seu noivo era algo que nunca vira. Será que alguma coisa terrível tinha acontecido? Com o pai dela, talvez? Mas como Toby sabia onde ela estava? Ela foi até ele.

— Toby, o que você está fazendo aqui? O que aconteceu? Não estou entendendo — disse ela.

— Emmie, não dá para a gente conversar direito com você na calçada, na frente de todas essas pessoas — disse ele. — Entre no carro.

Emmie deu a volta para o lado do passageiro e entrou. Sem dizer uma palavra, Toby ligou o motor.

— Espere! Toby! Eu não posso ir embora! — gritou Emmie. — Estou com meus amigos. Nós temos planos. Tenho pelo menos que me despedir, se for alguma emergência.

— *Amigos?* — disse Toby. — Eu só vi um *amigo*. Imagino que aquele é o Sanjay, com quem você parecia tão *à vontade*. — Como era possível que palavras como "à vontade" soassem tão hostis? — Eu vi o jeito que ele estava olhando para você e definitivamente ele não é só um amigo.

Toby engatou a primeira marcha com agressividade, como se estivesse tentando castigar o carro por alguma coisa.

— E você mentiu para mim. Disse que ia fazer compras no West End. — Toby saiu para o meio do trânsito, fazendo a van que vinha atrás pisar com força no freio e soar a buzina. — Ponha o cinto de segurança.

Emmie sentiu o estômago revirar. Havia mentido, e sabia que mentir para o homem que mais amava no mundo, em quem confiava o suficiente para ter decidido compartilhar com ele o resto de sua vida, era imperdoável. Mas Toby, apesar de nunca os ter conhecido, tinha uma aversão irracional por Sanjay e Iona, pela mera *ideia* deles, desde que ela estivera pela última vez em Hampton Court.

Era só o ciúme padrão que andava com amor intenso. Ela sabia disso. Depois que estivessem casados por alguns anos, ele provavelmente não se importaria mais com onde ela fosse, ou com quem, e ela se lembraria com saudade daqueles dias cheios de carga emocional. Mas, até lá, era mais fácil para ela, e melhor para ele, se ela às vezes dissesse pequenas mentiras.

Para ser sincera consigo mesma, de certa forma achava o ciúme de Toby lisonjeiro. Algo que lhe dava segurança até. Prova da profundidade dos sentimentos dele. Mas sabia que isso a fazia se comportar de maneiras de que Emmie não gostava. Fazia com que fosse desonesta.

— Desculpe se eu menti — disse ela. — Sério mesmo. Mas eu sabia que você ia reagir mal. Não entendo por que você implica com meus amigos do trem, mas é evidente que não gosta deles. Aliás, já que estamos falando de confiança, por que você estava me seguindo?

— Eu não estava — respondeu Toby. — Só ouvi no rádio que a linha para Waterloo tinha tido um problema sério e pensei em fazer o papel de herói e lhe dar uma carona. Usei o aplicativo de encontrar o celular para ver onde você estava. Imagine a minha surpresa quando vi que, em vez de ter ido para o norte em direção a Londres, você estava indo para o sul. — Ele fez uma curva em tanta velocidade que ela foi lançada contra a porta, o cinto de segurança se afundando em seu ombro.

— Toby, por favor, vá mais devagar! — pediu Emmie.

Queria tanto que ele a levasse de volta, para que ela ao menos pudesse se despedir de Sanjay, mas mencionar o nome dele naquele momento só tornaria as coisas cem vezes piores. Gostaria de ter pensado em pegar o número de telefone dele, mas jamais imaginara que poderia ter que ligar entre ele entrar para comprar um café e sair.

— Toby, nós concordamos em compartilhar nossas localizações para casos de emergência, não para seguirmos os movimentos um do outro — disse Emmie. — Eu não acho que isso seja certo. É invasão de privacidade. Você podia simplesmente ter me telefonado!

— Emmie, foi você quem mentiu para mim e foi se encontrar com um homem em um café pelas minhas costas. Não está muito em posição de vir me dar lições de moral. Você realmente espera que eu acredite que não está acontecendo nada? Tente ver pelo meu lado! — Ele se virou e a encarou com irritação.

— Pelo amor de Deus, preste atenção na rua! — exclamou ela. — Você vai matar a gente! Eu entendo como deve parecer para você, mas claro que não tem nada acontecendo. Eu nunca faria isso. Ele é mesmo só um amigo.

— Você não vai mais se encontrar com ele — disse Toby, soando como uma criança petulante.

— Toby, você não pode me dizer com quem eu convivo ou não — respondeu ela, tentando manter sua posição, mas foi traída pelo tremor na voz. — Além do mais, eu não tenho como evitar me encontrar com ele. Nós pegamos o mesmo trem quase todo dia.

Toby não respondeu e eles seguiram em silêncio até chegar em casa. Na verdade, ele não falou mais com ela pelo resto do fim de semana, e ela se sentiu incrivelmente sozinha.

Passadas três semanas, tudo estava de volta ao normal, e Toby agia como se nada tivesse acontecido. Estava até mais amoroso e atencioso do que nunca. Mas todo aquele episódio incomodava Emmie. Ela conseguia entender por que Toby tinha agido daquele jeito, mas, desde então, estava sempre de orelhas em pé. Tensa. Sabia que era ilógico, que Toby a adorava. Ele jamais sonharia em machucá-la. Era até protetor demais.

Uma pergunta incômoda ficava girando em sua cabeça como uma mariposa continua voando em volta de uma lâmpada mesmo que torturada pelo calor: *Como saber a diferença entre preocupação e controle?*

Emmie, claro, não tinha nenhuma intenção de evitar Sanjay por causa do ciúme de Toby, mas no fim não teve muita escolha, já que Sanjay não tinha nenhuma intenção de falar com ela. Sempre que o via a distância, ele estava andando na direção oposta. Deliberadamente.

Estava decidida a acertar as coisas entre eles. Pegou sua bolsa e caminhou pelo trem até onde ele estava.

— Oi, Sanjay — disse ela. — Você se importa se eu me sentar aqui?

Sanjay

8h19 De New Malden para Waterloo

— Obrigada — disse Emmie, como se ele a tivesse convidado para se sentar ali, o que ele não tinha feito. Ela se sentou à sua frente mesmo assim. — Eu estou desesperada para saber se vocês encontraram a Iona. Ela está bem?

— Sim — disse Sanjay.

— Sim, vocês a encontraram, ou sim, ela está bem? — perguntou Emmie.

— Os dois — respondeu Sanjay. Sabia que ela queria mais informações, mas não achava que merecesse. Ela havia deixado bem claro que não queria estar com ele. Sanjay a vira de longe algumas vezes nas últimas semanas. Portanto ela obviamente não havia sido abduzida por alienígenas ou por uma seita religiosa, nem estava sofrendo de amnésia depois de um ferimento grave na cabeça. Era apenas mal-educada, e não a garota que ele imaginava que fosse.

— Escute — disse Emmie —, sei que você está bravo comigo e entendo. Foi uma falta de educação horrível eu ter desaparecido sem dar nenhuma explicação e peço desculpas por isso.

Sanjay não disse nada. De jeito nenhum que ele ia deixar ser tão fácil assim para ela. Olhou pela janela, vendo a paisagem relativamente verde e aberta dos subúrbios ser substituída pelo denso aglomerado de tijolos, concreto e vidro do centro de Londres.

— Meu noivo apareceu lá. Era uma espécie de emergência. Foi um dia bem difícil — disse ela.

— Isso não explica o fato de você nem ter se despedido — disse Sanjay. — Eu comprei café para você. E bolo de banana. Feito com bananas de comércio justo. — Ele se xingou por dentro. Isso não tinha nada a ver com a questão.

— Bom, é que ele estava meio nervoso. Eu não fui para onde tinha dito que iria, e ele às vezes fica um pouco ciumento. Acho que isso é até lisonjeiro. — Emmie deu um sorriso nervoso e ele não soube bem quem ela estava tentando convencer: a ele ou a si própria.

Sanjay sentiu suas emoções mudarem de raiva para confusão até se decidirem por preocupação.

— Emmie, ele estava *seguindo você*? — perguntou.

— Não, não exatamente — respondeu ela.

Ele esperou que ela explicasse.

— Nós compartilhamos nossas localizações no aplicativo de encontrar o celular. Para emergências, sabe? Ele ficou sabendo que estava acontecendo um problema enorme na linha do trem e foi conferir onde eu estava, para ver se poderia me ajudar. O que foi superatencioso da parte dele.

Sanjay não confiou em si próprio para dizer alguma coisa. Era inteiramente possível, provável até, que sua sensação de incômodo não tivesse nada a ver com Toby e fosse apenas desespero disfarçado. Sentia necessidade de encontrar alguma razão para desgostar do noivo de Emmie, alguma mancha na persona do "Senhor Perfeição".

— O Toby sempre quis cuidar de mim, me proteger — disse ela. — Desde o início. Foi como nós nos conhecemos. Roubaram minha carteira no metrô. Ele me viu na catraca, sem bilhete e sem dinheiro, e me salvou.

Maldito Toby. O homem era um clichê ambulante, com seu ato de cavaleiro-de-armadura-reluzente e tudo mais.

— Uau. Que romântico — disse ele. Será que tinha soado sarcástico? Esperava que não. — Emmie, eu não quero me meter, sei que não é da minha conta, mas tenha um pouco de cuidado com essa coisa do ciúme. — Ele viu que Emmie tentou interrompê-lo, mas foi em frente mesmo assim, sem parar para questionar o que iria dizer, ou perderia a coragem. — Sabe, eu já trabalhei no departamento de acidentes e emergências. Eu vi muitas mulheres lá por causa de parceiros que tinham ficado "um pouco ciumentos". Elas me contavam que no começo era tudo uma paixão louca e obsessiva, mas aí eles começavam a determinar onde elas podiam e não podiam ir, quem podiam ou não podiam encontrar, o que podiam e não podiam vestir e como gastavam seu dinheiro, isso quando elas tinham direito a ter o próprio dinheiro. E, depois de um tempo, começava a acontecer que, quando elas pisavam fora da linha, acabavam "caindo da escada" ou "batendo a cabeça no armário". Até que, no fim, elas se viam soluçando no meu ombro na sala da família, me dizendo que sabiam que tinham que se livrar daquilo, mas não conseguiam. Eu não quero isso para você.

Sanjay fez uma pausa e lançou um olhar nervoso para Emmie. Ela havia ficado muito quieta, muito silenciosa, olhando para as mãos, abrindo e fechando os dedos. Ele tinha ido longe demais. Gostaria de poder agarrar aquelas palavras com ambas as mãos e engoli-las de volta, mas sabia que, mesmo que pudesse, elas o fariam sufocar.

— Sanjay — disse ela, quase em um sussurro —, sei que a sua intenção é boa, mas, sério, você não sabe do que está falando. Você não me conhece, e claro que não conhece o Toby. Ele me ama, e eu o amo. Então, por favor, volte para os pacientes, que precisam da sua ajuda, e nos deixe em paz.

— Tudo bem, Emmie — respondeu ele. — Eu sei que não conheço o Toby, mas não sou eu que estou planejando me casar com ele. Você está, então, por favor, só tenha certeza de que o conhece realmente, de verdade. Você sempre faz tanta questão de garantir que todos sejam tratados com ética e justiça; faça isso por você mesma também.

— Eu não estou *planejando* me casar com o Toby, Sanjay. Eu *vou* me casar com ele — disse Emmie, com um olhar furioso. E, na pior das sincronizações possíveis, naquele mesmo instante o trem parou na estação Waterloo. Antes que Sanjay ao menos tivesse tempo de se levantar, Emmie já estava na plataforma, se enfiando pelo meio da multidão, fora do alcance dele.

Sanjay passou o dia inteiro repetindo a conversa em sua cabeça, questionando suas razões, reexaminando o comportamento de Toby por todas as perspectivas. Às vezes, um conjunto aparentemente óbvio de sintomas podia indicar um diagnóstico muito diferente. Um tumor com suspeita de maligno podia se revelar totalmente benigno. Ele sabia disso.

Talvez Toby fosse apenas o Senhor Perfeição. Desesperado para cuidar de sua noiva amada e garantir que ela estivesse segura e feliz. E não podia culpar Toby por ser um pouco ciumento, podia? Afinal, ele próprio havia passado semanas ardendo de ciúme e isso não fazia dele um abusador.

Talvez tivesse apenas estragado toda possibilidade de amizade com Emmie a troco de nada. Se tivesse mantido sua maldita boca fechada, poderia estar por perto para apoiá-la se as coisas de fato acabassem mal.

Em um raro momento de folga, Sanjay correu para a cantina, comprou uma xícara de chá e um KitKat e se sentou a uma mesa. Abriu o aplicativo que usava para consultar a situação de sua linha de trem no celular e digitou "atrasos trens Hampton Court Waterloo" e a data de quando eles foram procurar Iona. Fez várias buscas, mas não havia nada. Nenhum atraso, nenhum problema, em nenhuma das direções. Só no começo da noite houve um trem quebrado perto de Vauxhall.

Ou Emmie estava mentindo para ele, ou Toby estava mentindo para ela.

Emmie

O dia todo, no trabalho, Emmie revolveu algumas frases que Sanjay havia dito. *Eles começavam a determinar onde elas podiam e não podiam ir, quem podiam ou não podiam encontrar, o que podiam e não podiam vestir, e como gastavam seu dinheiro*, dissera. Isso a fez se lembrar de Toby dizendo a ela que não poderia mais se encontrar com Sanjay. Depois se lembrou do conjunto que o namorado lhe dera de presente surpresa na semana anterior. A roupa tinha um corte maravilhoso e era inacreditavelmente cara, mas a fazia parecer uma versão recatada de uma comissária de bordo de meia-idade da British Airways. "Agora que você vai ser empresária, precisa se vestir de acordo", ele lhe dissera, sorridente. "Isso quer dizer que é melhor aposentar as minissaias e decotes..." Ele parecia ter ignorado o fato de que ela ainda não havia decidido largar o emprego. Para ele, já era negócio fechado.

Emmie se lembrou da insistência de Toby para que eles recebessem seus salários em uma conta conjunta, o jeito como analisava os extratos bancários com uma caneta marca-texto e, cada vez mais, questionava as compras dela. *Nós estamos economizando para o nosso casamento, Emmie. Você não pode continuar gastando dinheiro em frivolidades como maquiagem.* E então, como sempre, soprando a ferida com palavras de amor: *Você já é tão linda ao natural.*

E, de repente, um pensamento ainda mais devastador que todos os outros. As palavras que Emmie não havia comentado com ninguém, porque a deixavam com vergonha e medo: VOCÊ PARECE UMA PUTA COM ESSA SAIA COR-DE-ROSA. TODOS NÓS SABEMOS QUE VOCÊ É UMA FRAUDE. VOCÊ NÃO MERECE UM HOMEM COMO AQUELE. Ela afastou a ideia com determinação. Toby a adorava. Ele jamais tentaria deliberadamente destruir a autoestima dela daquela maneira.

Com certeza era Sanjay que estava sendo superprotetor, não Toby. Ele a estava deixando paranoica e, sem querer, criando um problema em seu relacionamento perfeito. Ela se sentia como se estivesse olhando para aquele vestido que parou a internet alguns anos atrás. O que você vê? Ele é preto e azul ou é branco e dourado? Não é possível ser as duas coisas.

Emmie parou diante da porta de sua casa, tentando acalmar a respiração. Toby ia sair para jantar com clientes naquela noite, então ela teria algum tempo sozinha para pensar.

— Oi, Toby! — cumprimentou em sua voz normal, tirando o casaco e os sapatos e colocando-os nas áreas autorizadas, como de hábito.

Toby apareceu no saguão.

— Oi, Emmie! O que aconteceu? Você está bem?

Não tão normal, então.

— Só cansada — respondeu. — Dia difícil.

— Ah, meu amor. Quanto antes você largar esse emprego, melhor. Por que não toma um banho quente e vai dormir cedo? Você não esqueceu que eu vou sair hoje à noite, não é?

— Não — disse ela. — E é até bom. Eu não seria uma boa companhia neste momento. — Às vezes a mentira mais fácil é a verdade.

Emmie seguiu toda a sua rotina no piloto automático. Sentia-se como se estivesse repassando um velho filme de si mesma, feito em um tempo muito diferente. A imagem era como ela, só que bidimensional e inconsistente.

Para se distrair, Emmie abriu seu feed no Instagram. Ela raramente olhava seu Instagram pessoal. Quando se passa tantas horas mexendo em redes sociais no trabalho, fazer isso em casa perde a graça. Conferiu suas mensagens. Uma delas se sobressaiu, de um perfil que ela não seguia: @ionabeaelulu. Clicou nela. *Emmie, se precisar de mim, eu moro em Riverview House, East Molesey*. Depois o número de um telefone celular e as palavras: *Estou preocupada. Iona*. Havia sido deixada semanas antes. No dia em que tinham ido procurá-la. No dia em que as rachaduras começaram a aparecer em seu mundo perfeito. As rachaduras que pareciam estar se alargando em abismos.

Os dedos de Emmie pairaram sobre a tela, mas não sabia como responder. Por onde começar? Deixaria isso para mais tarde. Mas se agarrou à preocupação de Iona com ela como se fosse um talismã da sorte.

Por fim, a porta da frente se fechou atrás de seu noivo e a cinta que apertava seu peito se afrouxou um pouco.

Você tem certeza de que realmente o conhece bem, Emmie?, disse a voz em sua cabeça, parafraseando as palavras de Sanjay naquela manhã. *Claro* que ela o conhecia, não é mesmo? Estavam juntos fazia dois anos, moravam juntos havia meses. E a obsessão de Toby por não acumular tinha suas vantagens, e em sua filosofia de *um lugar para cada coisa e cada coisa em seu lugar*. Sabia o que estava em cada gaveta e armário da casa e, como era uma construção nova, não havia tábuas soltas no chão ou buracos que pudessem servir de esconderijo dentro de uma chaminé antiga. Não tinha onde ele pudesse esconder segredos dela.

Havia apenas um lugar que sempre permanecera um enigma. O escritório de Toby, que ele sempre chamava, rindo, de seu *refúgio masculino*. Emmie raramente entrava quando ele estava lá e, mesmo assim, só depois de bater.

Emmie abriu a porta do escritório. O cheiro de Toby ainda se mantinha no ar. Ela sentia o coração bater forte e todos os sentidos sintonizados em modo de luta ou fuga, como se a mão dele pudesse descer sobre seu ombro a qualquer momento.

A sala era tão organizada quanto o restante da casa. Sobre a mesa, apenas um mata-borrão, uma caneta-tinteiro, um porta-cartas e um abridor de cartas de prata antigo, todos dispostos em linhas retas perfeitas, em ângulos retos entre si. No silêncio, o tique-taque suave de um relógio de mesa antigo na estante soava alto e sinistro como um mecanismo de contagem regressiva de uma bomba ativada.

Emmie se sentou na cadeira de Toby, sentindo o suspiro do assento estofado de couro que cedeu levemente, ajustando-se a um peso e forma desconhecidos. Passou as mãos sobre o tampo polido da mesa. Eduardiano simulado, mogno simulado. Seria Toby uma simulação também?

Pousou os dedos com cautela sobre o teclado de Toby. Ela havia usado o computador dele uma ou duas vezes, quando seu notebook deu problema. Lembrou-se de que tinha achado engraçado quando ele lhe contara a senha. Emmie20111990. A data de nascimento dela. Ele não teria contado a senha tão tranquilamente se estivesse escondendo algo, teria?

Ela a digitou e a tela acendeu.

Emmie passou os olhos pelos e-mails e arquivos. O disco rígido de Toby era tão preciso e organizado quanto tudo o mais na vida dele. Não via nada fora do comum. O que ela estava fazendo, invadindo a privacidade dele sem motivo? Cometendo exatamente o mesmo crime de que o acusara tão pouco tempo antes.

Afastou a cadeira da mesa e abriu as gavetas, uma por uma, revelando pilhas arrumadas de passaportes, papéis, fotografias, nada inesperado, nada fora do lugar. Devia parar com aquilo imediatamente. Não tinha nenhuma razão válida para se comportar daquele jeito além de uma conversa incômoda no trem. O que estava procurando, afinal?

Chegou à última gaveta, que não abriu. Emmie puxou de novo a alça de metal reluzente, mas estava trancada. Não havia sinal de chave em lugar nenhum. Ela gemeu alto, frustrada.

Pense, Emmie. Pense. Por que Toby teria uma gaveta trancada? Talvez só para proteger o conteúdo de ladrões, ou então para que ela não pudesse abri-la. *Você tem certeza mesmo, de verdade, de que o conhece bem, Emmie?*

Ela pegou o abridor de cartas, em forma de uma adaga em miniatura, e enfiou a ponta na pequena fechadura. Mexeu para cima e para baixo enquanto, ao mesmo tempo, forçava o puxador da gaveta.

Por fim, mais por uma combinação de sorte e força do que habilidade, e com um pequeno som de madeira lascando, a gaveta se abriu. Seria imediatamente óbvio para Toby o que ela havia feito, percebeu, com o medo a apunhalando entre as costelas. Como explicaria aquilo para ele?

Emmie olhou dentro da gaveta. A princípio, não viu nada.

Tentando manter a calma, enfiou a mão mais para o fundo e sentiu a forma fina e elegante de um iPhone. O celular antigo de Toby. O que ela achava que ele havia entregado para reciclagem depois que comprara um novo no Natal anterior. Pressionou o botão do lado, imaginando que devia estar sem bateria, mas a tela acendeu quase de imediato. Precisava de uma senha de quatro dígitos. Tentou o ano de nascimento dele. Depois o seu próprio. Depois 2017, o ano em que se conheceram. E entrou. Todas as senhas dele tinham a ver com ela, mas, agora, em vez de isso a fazer sorrir, lhe dava arrepios.

Provavelmente o celular tinha sido restaurado às configurações de fábrica, porque não havia nenhum dos aplicativos favoritos de Toby nele. Nada além dos recursos básicos. Ela conteve a respiração e pressionou o ícone de mensagens. Havia apenas uma, e ela conhecia cada palavra como se estivessem gravadas a fogo em sua alma. *VOCÊ SE ACHA TÃO INTELIGENTE, MAS TODOS NÓS SABEMOS QUE VOCÊ É UMA FRAUDE.*

As paredes se fecharam em torno de Emmie, sufocando-a. Pôs um dedo trêmulo sobre o ícone de correio eletrônico, já sabendo o que ia encontrar. Dois e-mails, ambos enviados para ela. De um.amigo@gmail.com. O telefone queimou em sua mão e ela o largou sobre a mesa, depois tornou a procurar na gaveta.

Seus dedos se fecharam em torno de algo tão conhecido que suas impressões digitais estavam moldadas no couro gasto. Emmie se forçou a continuar respirando, tentando asfixiar as cobras que se contorciam em seu estômago. Era sua velha carteira. A carteira que tinha sido roubada de sua bolsa no metrô, no dia em que conhecera Toby. Toby, que a vira, perdida, ao lado da catraca, sem um bilhete. Toby, que a tomara nos braços e a resgatara. Seu cavaleiro vestido em cashmere macio.

Ela a abriu, e lá estava: a foto que pensou que nunca mais veria, ela e sua mãe. Todos os cartões de banco e de crédito que ela havia cancelado, mas não o dinheiro. Ele a havia salvado lhe emprestando o próprio dinheiro?

E por que havia guardado a carteira? Porque pretendia confessar e devolver algum dia? Ou era alguma espécie de troféu? Seu equivalente a uma cabeça de leão empalhada pendurada na parede de uma casa de campo, ou uma borboleta presa com um alfinete em uma caixa de vidro.

De repente, tudo estava claro. Toby não era seu salvador, ele era seu captor. Sempre havia sido. Tinha criado uma jaula de ouro para ela, e ela simplesmente entrara, grata e amorosa, sorridente e usando um anel solitário de diamante. Ele vinha minando sua autoconfiança, fazendo-a duvidar de si mesma com suas mensagens anônimas; depois começara a cortar todas as rotas de fuga, afastando-a de salvadores potenciais, como os amigos do trem e os colegas de trabalho. *Você adora trabalhar em casa, Emmie.*

Como podia ter sido tão cega? Estava tão desesperada assim para acreditar no final feliz que não conseguia enxergar o que sempre esteve na sua cara?

Arrancou o anel do dedo e o colocou no meio da mesa. Depois o moveu, cinco centímetros para a esquerda. Toby detestava qualquer coisa descentralizada.

Pegou a carteira e correu escada acima para o quarto, puxou uma mala do alto de um dos armários e começou a jogar suas roupas dentro dela. Enquanto o fazia, pensava na mensagem que havia lido no Instagram: *Se precisar de mim, eu moro em Riverview House, East Molesey.*

Emmie parou no saguão e foi até a prateleira onde ficavam os sapatos de Toby, alinhados em pares precisos e todos virados para a frente, como soldados em um desfile. Com mãos trêmulas, pegou um de cada par e, no caminho para a estação, jogou-os na lata de lixo de um vizinho. Depois se curvou e vomitou na sarjeta.

Sanjay

19h15 De New Malden para Hampton Court

Quando estava saindo do hospital, Sanjay parou diante do quadro de avisos dos funcionários. Deu uma olhada nas mensagens com oportunidades de emprego, achados e perdidos, apartamentos para alugar e bicicletas à venda, até que, no cantinho direito, ele o encontrou. Um anúncio pequeno e simples que dizia: "REUNIÃO DO GRUPO DE APOIO AO PESSOAL DE SAÚDE, SEGUNDAS-FEIRAS ÀS 13H. TODOS SÃO BEM-VINDOS", seguido pelo nome e número do organizador. Ele pegou o celular e tirou uma foto do anúncio. Não faria mal nenhum ir uma vez e dar uma olhada, certo?

Sanjay subiu o último lance de escadas para seu apartamento e fez a curva. Achou que podia estar imaginando o leve cheiro de biryani, mas não. Ali, junto à porta, havia uma sacola volumosa com uma folha de papel A4 dobrada em cima, o nome dele escrito na frente em maiúsculas.

Ele abriu o bilhete: "PARA VOCÊ DIVIDIR COM UM AMIGO", dizia, em uma letra quase tão conhecida quanto a sua própria: a de sua mãe. Embaixo, ela havia acrescentado, como sempre, uma observação: "P.S. AQUEÇA LENTAMENTE. NÃO PONHA NO MICRO-ONDAS".

A mãe de Sanjay, Meera, demonstrava seu amor por meio de comida, mas jamais conseguia cozinhar para dois, mesmo depois que ele e seus irmãos tinham saído de casa. Ela cozinhava em grandes panelas, servia com talheres gigantes e não sabia o que eram porções pequenas. Então, sempre que a empresa do pai dele tinha uma corrida de táxi na direção de New Malden, ela carregava o motorista com uma marmita para o filho.

Meera até tinha uma chave da casa dele. Ela insistira nisso, para emergências. No começo, quando Sanjay foi morar com seus colegas, a mãe aparecia sem avisar de tempos em tempos e fazia uma bela limpeza no apartamento. Depois de incidentes bastante constrangedores envolvendo um preservativo usado e a pilha secreta de revistas pornográficas de Ethan, todos concordaram que não seria mais permitido que ela entrasse sem avisar, a menos que um deles estivesse à beira da morte. E, mesmo assim, ela teria que estar acompanhada por alguém de um serviço de emergência e não tinha autorização para tocar em nada.

Os colegas de apartamento de Sanjay amavam a comida de sua mãe quase tanto quanto ele e essa era uma grande oportunidade para comprar cervejas e comer comida indiana legítima enquanto viam um filme juntos. Mas, olhando para o bilhete, Sanjay percebeu que havia outra pessoa com quem queria compartilhar o jantar daquela noite. Queria muito mesmo.

Ele pegou o celular.

— Entre, Sanjay! — exclamou Iona, sorridente. — Só tem uma coisa melhor do que um jovem bonito aparecer na nossa porta, e é um jovem bonito trazendo o jantar.

Ele lhe entregou a sacola.

— Que emocionante! — disse Iona. — É difícil de preparar? Eu sou uma péssima cozinheira. A Bea dizia que, sempre que queria perder peso, deixava a cozinha por minha conta durante um mês.

— Dificuldade nenhuma — respondeu ele. — É só enfiar no micro-ondas. Ah, mas não se esqueça de tirar das embalagens de alumínio, senão o micro-ondas explode. O Ethan fez isso uma vez. Nós levamos séculos para limpar a cúrcuma do teto. Mas o que você estava fazendo, Iona? Parece um pouco... quente.

— Que gentileza a sua dizer isso, meu querido. Faz um bom tempo que ninguém diz que eu sou "quente" — disse Iona, com uma piscadinha maliciosa. Ele ficou na dúvida se ela o havia interpretado mal deliberadamente ou não. — Nossa linda Martha ainda está aqui. Eu estava ensinando o cancã para ela. Venha, junte-se a nós. Podemos aumentar o apetite com um pouco de exercício antes de esquentar a comida. Você vai precisar de uma saia.

Com uma certa apreensão, Sanjay seguiu Iona para a sala de estar. A mesa e as cadeiras tinham sido empurradas para um lado e o tapete estava enrolado, revelando um piso reluzente de tacos de madeira.

— Oi, Sanjay! — cumprimentou Martha, parecendo ainda mais afogueada do que Iona. Ainda estava com o uniforme da escola, mas, sobre a saia azul-marinho normal, usava uma outra volumosa de uma multitude de cores e camadas de babados.

— Esta é para você! — exclamou Iona, passando a ele uma peça semelhante, com elástico na cintura.

Ficou evidente para Sanjay que discordar não era uma opção. Ele vestiu a saia sobre a calça.

Iona caminhou até um toca-discos antigo.

— Estamos usando o cancã clássico de Offenbach, *Orfeu no inferno* — informou Iona. — Meio lugar-comum, mas muito divertido.

E, dali a poucos minutos, Sanjay estava girando a saia e erguendo as pernas como um profissional. Lembrou-se que havia se encontrado com seus colegas de apartamento no caminho para a estação e das piadinhas deles quando souberam que estava levando comida para uma "garota". *Óóó, o Sanjay tem um encontro. Finalmente.* Se pudessem vê-lo naquele momento. Seria o seu fim.

Martha olhou para ele e começou a rir. A situação mais do que justificava, em sua opinião. Ria tanto que parecia que ia ficar sem ar. Ela desabou no chão e se deitou de costas, fitando o teto com pupilas dilatadas.

— Aff, a sala está girando — disse ela.

— Martha... quando você foi à cozinha pegar água, por acaso comeu algum dos meus biscoitos? — perguntou Iona, parecendo bastante preocupada.

— Na verdade eu comi, sim — respondeu Martha. — Estava com fome. Achei que você não ia se importar. Eles são daquele tipo que a gente come um e fica querendo mais. O estranho é que parece que só fiquei com *mais* fome.

— Ah, droga — resmungou Iona. — Aqueles são os meus biscoitos especiais, que eu faço para a minha artrite.

Sanjay olhou para Iona, olhou para Martha, e de repente tudo fez sentido.

— Iona, você deu um biscoito de cannabis para a Martha?

— Eu não *dei*, meu querido. Ela pegou. Não se preocupe, o efeito passa depressa. Ela vai ficar bem. E não vai ter dor nas juntas por um tempo.

— Eu estou bem agora mesmo, sério! Mais do que bem — disse Martha. — Só não contem para a minha mãe.

A combinação da música e das risadas de Martha era tão alta que a campainha deve ter tocado por um tempo antes de eles ouvirem.

— Iona! O que é esse som de sinos? É na minha cabeça? — gritou Martha, acima do barulho.

Iona levantou a agulha do disco de vinil.

— É a campainha. Caramba, eu não recebo tantas visitas surpresa desde que a Bea deixou as batatas fritas no fogo antes de ir tomar banho e se esqueceu delas. O Corpo de Bombeiros de Kingston inteiro apareceu para o jantar. Foi a fantasia de toda mulher heterossexual. Um desperdício com a gente. Esperem aqui, eu vou ver quem é — disse Iona.

Sanjay olhou o celular. Havia uma mensagem de sua mãe:

Mãe: VOCÊ ENCONTROU UM AMIGO PARA DIVIDIR O JANTAR?

Ele ia responder quando Iona voltou para a sala.

— Olha só quem veio passar um tempo aqui — disse.

Caminhando atrás dela vinha Emmie. Com uma mala.
Sim, digitou Sanjay.
Sua mãe lhe mandou um emoji de cara sorridente, um de confete e um coração em resposta.

Meera com frequência usava os emojis em horas erradas. Já tinha se visto em várias situações constrangedoras pelo uso equivocado de uma berinjela. Mas, nesse caso, ela havia conseguido descrever exatamente como Sanjay se sentia.

Mas o entusiasmo de Sanjay se transformou em preocupação quando Emmie simplesmente desabou no chão da sala de jantar e começou a soluçar.

Piers

8h13 De Surbiton para Waterloo

Enquanto Martha trabalhava nas equações que ele lhe passara, Piers dava uma olhada nos anúncios mais recentes de imóveis no portal Rightmove. Já tinham recebido uma oferta pela casa, então estavam procurando um lugar mais modesto para Candida e as crianças e um apartamento próximo para ele. O problema era que Candida não tinha muita familiaridade com o adjetivo "modesto", por isso estava sendo um pouco demorado.

Piers se surpreendeu por estar tão indiferente à venda da casa. Ela havia sido escolhida por Candida, mobiliada por um decorador de interiores e mantida por um exército de funcionários. Ele pagara tudo, mas nunca a sentira como de fato sua. Parecia-lhe profundamente irônico ter comprado uma casa absurdamente enorme, depois passar todo o seu tempo gravitando para os cantos menores e mais aconchegantes. Estava secretamente ansioso para construir o próprio lar, algo despretensioso, calmo e confortável. Um lugar onde Minty e Theo gostassem de ficar depois da escola e nos fins de semana.

Martha lhe entregou o papel com autoconfiança.

— Você não vai precisar de mim por muito tempo, Martha — disse Piers, examinando todas as respostas corretas e as resoluções precisas das equações.

— Estou melhorando, não é? — respondeu. — Ei, você levou seus ternos antigos para aquela instituição que empresta roupas para desempregados como eu sugeri?

— Levei. Eles praticamente os arrancaram da minha mão. Disseram que seriam perfeitos para as entrevistas de emprego dos clientes. Guardei um, como lembrança. Martha, posso lhe pedir um conselho sobre uma coisa?

— Para mim, sério? — Martha fez cara de espanto com a inversão dos papéis.

— Para você. O diretor me chamou na semana passada. Disse que estava muito satisfeito com meu trabalho e me ofereceu a oportunidade de dar aula para uma turma — disse Piers.

— Uau! Que incrível! — comemorou Martha.

— Bom, não muito. Na verdade, foi um desastre total. — Piers fez uma careta com a lembrança que vinha se repetindo sem parar em sua cabeça em um looping torturante. — Os alunos não me deram a menor atenção. Continuaram falando entre si, jogando bolinhas de papel e mexendo nos celulares, que eu não tive coragem de confiscar. Uns poucos na fila da frente tentaram valentemente prestar atenção na aula, mas era impossível, com toda aquela bagunça. Eu fui um desastre, Martha.

Ocorreu a Piers que, apenas uns meses antes, ele jamais sonharia em ter uma conversa como aquela, expondo seu fracasso, fragilidade e falta de confiança. Certamente não com uma adolescente, definitivamente não em um transporte público. Mas sua própria jornada até a beira do abismo e as sessões de "terapia" subsequentes com Iona pareciam ter despertado uma necessidade de *compartilhar*. Torcia para que isso fosse uma coisa boa, porque não sabia mais como fechar a tampa da caixa de Pandora.

— Ah, não se preocupe — disse Martha. — Isso faz parte. Nós fazemos isso com todos os professores substitutos. É como um teste de iniciação. Se bem que a maioria deles nem volta.

— Mas eu tenho que dar outra aula hoje — disse Piers, sentindo o estômago enjoado só de pensar. — O que vai ser de mim se o diretor aparecer e dar de cara com aquele fim de mundo na minha classe? Posso dizer adeus à minha vaga no curso de treinamento de professores.

— Você já viu algum documentário do David Attenborough? — perguntou Martha, aparentemente sem lógica nenhuma.

— Já, claro que sim — respondeu ele.

— Você tem que aprender que adolescentes são como a vida selvagem no Masai Mara. É preciso entender a psicologia deles. Acredite em mim, eu passei anos estudando essas coisas — disse Martha. — Foi o único jeito de sobreviver até aqui.

— Tá, então me ensina — disse Piers, tentando não parecer muito cético.

— Quando você chega em uma sala de aula, que seria tipo o lugar onde os animais vão beber água, tem que ser o macho alfa. Sabe, como um grande gorila. Será que tem gorilas no Mara? Não tenho certeza. Finge que a gente está em Ruanda. Enfim, você precisa *não demonstrar medo* e, importante, *não tentar agradar*. Se ficar tentando ganhar a atenção deles, ou se parecer que está se importando com o que pensam de você, dará poder para eles. O alfa não precisa tentar, ele é. Entende?

— É, acho que entendo — disse Piers, lembrando-se de seus dias na sala de operações, que era uma verdadeira selva de macacos, leões devoradores de gente e serpentes venenosas.

— E precisa descobrir quem é o pretendente a alfa — continuou Martha. — Deve ter um menino ou menina que todos veem como líder, que vai competir com você pelo domínio. Você tem que isolar essa pessoa, *fazer ela baixar a cabeça*. Desde o início. Aí o bando, que é o coletivo de gorilas, vai passar a olhar para você como o líder.

— E como eu faço ele "baixar a cabeça"? — perguntou Piers.

— Ou ela, ou elu — acrescentou Martha, com firmeza.

— Ou ela, ou elu — repetiu Piers, resistindo à vontade de revirar os olhos. — Você não está esperando que eu mostre os dentes e bata no peito, não é?

— Obviamente não — disse ela, em um tom irritado. — Não é para levar essas analogias tão ao pé da letra. Faça como os comediantes de stand-up fazem com as pessoas que atrapalham a apresentação. Sem ser cruel ou agressivo, mas inteligente e espirituoso. E firme. Você consegue fazer isso, eu sei que sim.

Piers se sentiu ridiculamente feliz com a fé de Martha nele.

— Então, quando entrar naquela sala, lembre-se do Attenborough. Pense: *Olha só todos esses chimpanzés bobos. Eu sou o grande gorila.* Sério mesmo, eu levo o Attenborough comigo para toda parte — disse Martha. — Ele é o maior.

O trem parou na estação Vauxhall e Martha examinou a multidão na plataforma, como fazia em todas as paradas. Mas, nos últimos tempos, fazia isso com expectativa, não com medo. Piers viu um grupo de meninos com uniformes escolares como o dela.

— Desculpe, Piers. Eu tenho que ir — disse Martha. — Vou me sentar com o Romeu da peça.

Ele viu Romeu acenar para Martha. Piers sabia que o nome real dele era Aaden. Era um dos meninos que comparecera à sua sessão de orientação para se candidatar a Oxbridge, um refugiado político somali que, aparentemente, até dois anos antes não falava nem uma palavra sequer de inglês. Agora Piers estava lhe dando aulas particulares de matemática avançada, determinado a ajudá-lo a se candidatar a uma bolsa de estudos Stormzy para Cambridge.

— Está rolando alguma coisa entre vocês dois? — indagou Piers.

— Epa, sr. Sanders. Limites, lembre-se. Professores não podem fazer esse tipo de pergunta. Fica muito estranho — disse Martha. — Boa sorte com a aula!

Ela foi até Aaden, que pôs o braço sobre seus ombros. Pelo jeito Piers estava certo. Resistiu à vontade de dar um soco no ar em comemoração.

Emmie

8h05 De Hampton Court para Waterloo

Emmie sentia falta de Toby. Não do Toby real, óbvio, mas do homem que ela havia achado que ele fosse, e do futuro que pensava que teriam juntos. Racionalmente, sabia que devia odiá-lo, mas, para um pedaço de seu coração, enterrado bem fundo do peito, a ficha ainda não havia caído direito. Era como se continuasse apaixonada pelo homem que a adorava e protegia. Aquele que nunca existiu. Havia nela uma mistura tão confusa de emoções: uma dor profunda acompanhada de culpa por sentir aquela dor somada a uma combinação de raiva e algo como um arrepio de medo.

A mão de Emmie parecia vazia sem o anel. Havia mencionado isso para Iona, que lhe respondera:

— *Ela não está vazia, minha querida, está* LEVE. *Aquele anel era um peso que você estava carregando! Não era uma declaração de amor, era um símbolo de* POSSE.

Iona vinha fazendo todo o possível para manter Emmie alegre e ocupada. No minuto em que a via deprimida, ela sugeria que fizessem ginástica com Jane Fonda, assassem um pão ou tentassem "um pouquinho de jardinagem". Era exaustivo, para falar a verdade. Emmie não aguentava de dor nos músculos da barriga, o pão sempre ficava duro como um tijolo e ainda não tinha aprendido a diferença entre as ervas daninhas e as flores. Iona era trinta anos mais velha que ela, mas parecia ter o dobro da energia.

O trem parou em New Malden. Ela sorriu quando viu Sanjay na plataforma, acenando. Havia algo nele que sempre a fazia sorrir.

— Oi, Emmie! Como você está? — cumprimentou ele, assim que chegou à mesa. Ficou olhando atentamente para ela, como se esperasse a resposta sincera, então ela decidiu não ficar só no lugar-comum.

— Estou muito melhor, Sanjay, obrigada — disse. — Mas ainda é difícil. — Essas palavras não podiam sequer começar a descrever a complexidade de seus sentimentos, mas eram, pelo menos, verdadeiras.

— Eu imagino. Deve levar tempo até conseguir superar algo assim. O trabalho ajuda você a distrair a cabeça?

— Sem dúvida — respondeu Emmie. — Embora, de certa maneira, isso tudo tenha feito meu trabalho parecer ainda mais sem sentido e fútil.

— Você devia ouvir a minha mãe — disse Sanjay. — Ela diz que a melhor maneira de sarar é se doar, quer dizer, focar em outra pessoa e não em si mesmo. Talvez valesse a pena você pensar em como usar seu talento para o marketing para fazer algo realmente bom. Como um projeto paralelo, entende?

O celular de Sanjay soou sobre a mesa.

— Uma mulher muito sábia, a sua mãe — disse Emmie. — Isso é exatamente o que eu estava querendo fazer.

— Ela é, mas queria que parasse de ficar me escrevendo o tempo todo. Ela ama interferir. Em letras maiúsculas — disse Sanjay, guardando o telefone no bolso, mas não antes de Emmie ler as palavras SUA AMIGA GOSTOU DO BIRYANI? Perguntou-se quem seria a "amiga" de Sanjay e sentiu uma pontadinha de ciúme, que afastou depressa como se fosse uma mosca irritante.

É claro que um homem tão incrível e tão gato como Sanjay tinha uma namorada. Tinha certeza de que isso não o impediria de ser seu amigo. Estava *superfeliz* por ele, claro.

— Sua mãe deve se sentir um pouco entediada e sozinha agora que você não está mais morando com ela — comentou Emmie.

— De jeito nenhum! — disse Sanjay. — Ela é advogada de direitos humanos e faz principalmente trabalhos *pro bono*. Na verdade, eu nem sei como ela arruma tempo para se meter na minha vida!

— Uau. Isso é muito legal — disse Emmie, sentindo-se enrubescer. Que feminista horrível ela era, pressupondo que a mãe de Sanjay fosse uma dona de casa só porque gostava de cozinhar e se interessava pela vida do filho.

— Sim, sem dúvida — respondeu Sanjay. — Mas e quanto aos meus direitos humanos por um pouco de privacidade?

— Falando em mulheres intrometidas... eu estava querendo conversar com você sobre a Iona. Ela está sentindo muita falta mesmo das viagens de trem e de ter uma rotina. E ela precisa muito de um emprego, não só pelo dinheiro, mas para a autoestima.

Enquanto falava, dois pensamentos aparentemente não relacionados colidiram, criando uma chuva de faíscas. *Use seu talento de marketing para fazer algo realmente bom* e *Iona precisa muito de um emprego*.

— Sanjay — disse ela, esperando que expressar seu plano incipiente em voz alta não trouxesse má sorte. — Acho que talvez eu tenha uma ideia.

— Oi, Sanjay. Oi, Emmie — cumprimentou David, que tinha entrado no trem em Wimbledon. Ele se sentou em um lugar que havia acabado de vagar na mesa deles.

Emmie ia responder, mas, na hora, uma notificação do Facebook apareceu em seu celular fazendo sua cabeça girar e a visão ficar turva. Colocou o telefone virado para baixo sobre a mesa e apoiou a cabeça nas mãos, como se não ver a mensagem pudesse fazê-la desaparecer.

— Emmie, o que foi? — perguntou Sanjay.

— É o Toby — disse ela, pelo meio dos dedos. — Ele não para de me mandar mensagens. Bloqueei o número dele, mas ele fica encontrando outros jeitos de me achar. Estou começando a ficar com medo, juro.

— Emmie, o que aconteceu com o seu noivo? Parecia tudo tão perfeito! — exclamou David, com uma espécie de preocupação paternal na voz que ela sentia tanta falta de receber de seu pai verdadeiro.

— Terminei com ele, David. Eu estava confundindo controle com amor. Não se preocupe, tenho certeza de que uma hora ele vai parar de me perseguir — disse Emmie, esperando que ele acreditasse naquelas palavras mais do que ela.

O silêncio entre eles foi abalado pelo toque do telefone de Emmie. Número desconhecido.

— Deve ser ele — disse Emmie, sentindo o estômago revirar. Toby provavelmente tinha comprado um grande estoque de chips de celular para contornar todos os bloqueios.

Ela tentou inspirar, mas o ar ficou preso na garganta, como se Toby estivesse bem ali atrás dela, com as mãos apertando seu pescoço.

— Eu... não consigo... respirar... Sanjay — disse ela, as palavras escapando entre arfadas. Emmie agarrou o braço dele, tentando se equilibrar e fazer o mundo parar de girar à sua volta.

— Está tudo bem. Você só está tendo um ataque de pânico — disse Sanjay. — É a reação lutar ou fugir. É o jeito da natureza de manter você em segurança. Sabe o que eu faço quando sinto isso? Inspiro bem fundo e fico repetindo a tabela periódica na minha cabeça na ordem dos números atômicos. *Hidrogênio, hélio, lítio.* Sei que parece bobo, mas me ajuda.

— *Berílio, boro, carbono, nitrogênio* — murmurou Emmie, abrindo muito os olhos e se concentrando no rosto de Sanjay.

— Caramba! Eu nunca conheci ninguém que soubesse fazer isso sem ser gente nerd da área da saúde — comentou Sanjay, olhando-a como se ela tivesse acabado de quebrar um átomo.

— Eu era nerd na escola também — disse Emmie, soltando as palavras entre as respirações, que estavam um pouco mais lentas. Abriu os dedos que seguravam o pulso de Sanjay. Estava apertando com tanta força que deixou marcas na pele. — Desculpe. Eu me sinto uma idiota.

Ela havia esquecido o celular à sua frente na mesa, até que ele começou a tocar de novo. Antes que ela o pegasse para desligar, David atendeu.

— Quem é? — disse ele. Depois fez uma pausa, antes de responder, em um tom que Emmie nunca o tinha ouvido usar. — Eu sou o advogado da Emmie e, se você se aproximar dela de novo, entro com uma medida protetiva mais rápido do que você consegue pronunciar as palavras *perseguição, assédio, reputação arruinada* e *prisão preventiva*.

David deixou de novo o telefone na mesa.

— Um pouco antiético, já que não é a minha área do direito e eu não tinha autorização para atuar em nome da Emmie, mas parece que funcionou — disse ele.

— Nossa, David. Você está mesmo mudado — comentou Sanjay.

David sorriu para eles.

— Minha esposa diz o mesmo.

Iona

12h05 De Hampton Court para Waterloo e de volta

Como era sábado, Iona ficou na cama até mais tarde. Estava tentando retomar um sonho que ficara pela metade e envolvia ela própria, Bea e todas as Spice Girls exceto Posh Spice, de quem ela nunca gostara por causa daquela coisa de se recusar a sorrir, quando ouviu baterem à porta de seu quarto.

— Entre! — disse.

Iona abriu os olhos e, por um instante, achou que tivesse ficado cega, então se lembrou de que ainda estava com a máscara térmica de ervas aromáticas que colocara para dormir.

Levantou a máscara e viu um grande buquê de balões de hélio multicoloridos se movendo junto ao pé da cama. Será que ainda estava sonhando? Nesse caso, onde as Spice Girls tinham se metido? Elas estavam se divertindo tanto juntas.

— Feliz aniversário, Iona! — gritou Emmie.

— Menina do céu, é verdade! — exclamou Iona. — Como você descobriu?

— Estava em um dos convites pregados na parede do banheiro lá embaixo — disse Emmie. — "VENHA COMEMORAR O ANIVERSÁRIO DE 29 ANOS DE IONA QUINTA-FEIRA, 19 DE JUNHO, EM UMA NOITE DE DEVASSIDÃO NO MADAME JOJO'S."

— Ah, sim. Aquela festa foi um show. Penas, lantejoulas e drag queens por todo lado.

Os balões de hélio subiram pela escadinha de cachorro até a cama de Iona, amarrados, ela via agora, em volta da ampla barriga de Lulu.

— Fiz o seu café da manhã — disse Emmie, entregando a Iona uma bandeja carregada de folhados recém-saídos do forno, salada de frutas, suco de laranja e um bule de café fresquinho. — E isto é para você. — Ela lhe deu um envelope.

— Minha querida, você é muito, muito gentil. Não é mesmo, Lulu? Obrigada. Estou emocionada — disse Iona, com uma fungada teatral. Lulu deve ter sentido o mesmo, porque emitiu um peido delicado, mas surpreendentemente mortal, depois usou a comoção que se seguiu como cobertura para roubar um croissant da bandeja.

Iona abriu o envelope e tirou um cartão de aniversário, assinado por Emmie e toda a turma do trem, e dois tíquetes. Um de Hampton Court para Waterloo, e outro de volta.

— Aah, tíquetes de trem. Que amor — disse Iona, fazendo o melhor possível para parecer emocionada. O que contava, como se dizia, era terem se lembrado dela.

— Na verdade, os tíquetes não são o presente. O presente é o que está no trem — avisou Emmie. — O das 12h05, para ser precisa, então é melhor você se apressar.

— Tchau, Bea! — disse Emmie, quando saíram da casa.

Iona achou que ter uma hóspede em casa por um tempo a fizesse parar de falar com a esposa ausente, mas, em vez disso, Emmie pegara o hábito. Agora, as duas pareciam loucas.

Iona passou a caminhada de dez minutos até a estação tentando adivinhar o que seria seu presente de aniversário.

— Minha querida, você sabe como eu detesto surpresas! — disse ela. — Eu gosto de poder planejar minhas reações. Não tem nada pior do que ser pega desprevenida, principalmente em público.

Mas Emmie não cedeu.

— A Bea uma vez fez uma festa surpresa para mim, sabe? Acabou que eu entrei em uma sala cheia de gente só de calcinha e sutiã — disse Iona.

Emmie não entendeu a deixa. A ideia era que ela pedisse a Iona para contar a história, que era uma de suas favoritas.

— Rápido, Iona — disse ela, simplesmente. — Nós não podemos perder o trem!

— A Lulu não consegue andar mais depressa, ela tem pernas curtas. E eu acho que os balões estão causando um atrito adicional.

Emmie pegou Lulu e os balões com um braço; a garota era surpreendentemente forte para alguém tão magrinha. Essa era a mágica de Jane Fonda. Deu o outro braço para Iona e a puxou para a plataforma, onde o trem estava esperando para partir.

Elas pularam para dentro pela primeira porta que viram, bem no momento em que o fiscal soprava o apito, e começaram a andar pelo trem em direção ao vagão habitual.

Quando Iona chegou à última porta para o Vagão 3, percebeu que ele parecia estar movimentado, embora o restante do trem estivesse praticamente vazio. Abriu a porta e foi recebida por uma profusão de vozes.

— FELIZ ANIVERSÁRIO! — gritaram em uníssono.

Ali estava toda a turma do trem: Piers, Martha, David e Sanjay. E até Jake, o amigo de Martha da academia, e Deborah, a assustadoramente eficiente advogada trabalhista com um gosto trivial em termos de acessórios.

— Emmie! O que todo mundo está fazendo no trem em um sábado? — perguntou.

— Bom, como é seu aniversário, e nós todos sentimos sua falta nas viagens, pensamos em fazer uma festa no trem. Temos bebidas, balões e música, e cada um trouxe um salgadinho.

— Acho que preciso sentar — disse Iona. — Está me dando tontura.

Iona avançou pelo corredor até sua mesa, sentindo-se como uma noiva em um casamento. Quando chegou ao seu banco, já havia arruinado toda a maquiagem dos olhos. Ainda bem que tinha material de reserva na bolsa.

A mesa na frente de Iona estava coberta de pratos com comidas diversas, de salgadinhos simples a canapés elaborados. Ela pegou um salgadinho de queijo em uma das mãos e um blini de salmão defumado na outra. Tentou adivinhar qual de seus amigos havia levado cada prato, o que foi mais difícil do que havia imaginado. Piers, por exemplo. Alguns meses atrás, ela certamente teria dito sushi, mas agora se perguntava se ele não seria mais um cara do tipo palitinhos salgados.

— Este é o melhor presente de aniversário do mundo — disse ela.

— Na verdade, ainda nem chegamos ao presente — esclareceu Emmie. — Deborah e David, querem começar?

— Excelente — disse David, colocando um grande envelope marrom sobre a mesa à frente deles. — Bom, a primeira parte de seu presente está aqui. Na verdade, é de Ed Lancaster, seu antigo editor, depois de algumas reuniões com minha boa amiga Deborah.

Lulu rosnou, ameaçadora.

— Desculpe, David — disse Iona. — A Lulu rosna sempre que ouve *esse nome.*

— Deborah? — perguntou David, confuso.

— Não, seu bobo. Ed Lancaster — respondeu Iona.

Lulu rosnou de novo.

— Ela ainda não o perdoou, como pode ver.

— Bom, isto foi arrancado *daquela pessoa*, sob alguma coação, devo confessar — disse Deborah, lançando a Lulu um olhar de lado que a silenciou de imediato. Lulu sempre sabia com quem não devia mexer. — Ele deve ter perdido o memorando que informava que a alegria está mais em dar que em receber.

Iona passou as unhas pintadas por baixo da borda colada do envelope.

— É a oferta inicial da *Modern Woman* para um acordo entre as partes — prosseguiu Deborah. — Acho que ainda podemos conseguir um pouco mais, mas está dentro da faixa. Dê uma olhada.

Antes mesmo de tirar completamente o papel do envelope, Iona desceu os olhos pelo conteúdo profissionalmente formatado até chegar a um número constituído de vários zeros. Ela puxou o ar, surpresa.

— Ah, minha nossa, isso é muito melhor do que eu ousava esperar. Muito, muito obrigada a vocês dois — disse Iona, colocando depressa o papel de volta no envelope, para o caso de a exposição à luz de alguma forma pudesse fazer os números desaparecerem.

— Eu também tenho um presente, Iona — disse Piers, entregando-lhe um envelope marrom parecido. — É um investimento com boas vantagens tributárias para sua indenização. Deve lhe dar um retorno mensal estável para cobrir boa parte das despesas com a clínica da Bea.
— O rosto de Iona deve ter traído o que ela estava pensando, porque ele acrescentou depressa: — Não se preocupe. Eu sou extremamente bom para investir o dinheiro dos outros, só não sou bom com o meu. Vou explicar com detalhes para você outra hora. — Isso foi um alívio, porque a cabeça de Iona estava girando demais para ela conseguir fingir alguma sagacidade financeira.

— Nós queríamos ajudar com a situação da Bea — disse Emmie —, mas você também precisa de um trabalho. Então eu revitalizei o "Pergunte a Iona".

— Ah, minha querida, isso é muito gentil, mas *aquele que não deve ser nomeado* tinha razão sobre uma coisa. "Pergunte a Iona" estava mesmo um pouco antiquado. Não recebia mais nem a metade das cartas que costumava receber. Ele só aliviou o sofrimento antes de uma morte longa, dolorosa e humilhante — disse Iona, que já havia pensado por muito mais tempo nesse assunto do que Emmie. — Provavelmente foi a coisa mais piedosa a fazer.

— Isso não é verdade — respondeu Emmie. — Você viu o que aconteceu quando eles compartilharam parte de seu conteúdo nas redes sociais. "Pergunte a Iona" não está antiquado. As pessoas sempre vão precisar de ajuda para seus problemas. Olhe só para nós! — Emmie fez um gesto mostrando o grupo à sua volta e todos concordaram com a cabeça. — É a *Modern Woman* que está antiquada. Ironicamente.

Emmie prosseguiu:

— Nós vamos levar "Pergunte a Iona" para o YouTube. Vamos filmar você falando sobre um problema. Com a própria pessoa, se ela tiver coragem e quiser aparecer, ou, se preferir ficar anónima, lendo a carta. Depois vamos postar em seu canal e compartilhar pelas redes sociais. Com o tempo, conforme os inscritos no canal forem aumentando, você vai ter uma receita bem decente em publicidade e patrocínio. O Joey, meu chefe, disse que você pode usar os nossos estúdios sempre que algum deles estiver livre, em troca de dar o crédito para a agência em seus vídeos e oportunidades potenciais de patrocínio para nossos clientes. Ele diz que você traria para nós um público difícil de alcançar. Disse até que esse era exatamente o tipo de veículo criativo e inovador pelo qual a agência é famosa. É provável que ele já esteja fazendo propaganda para nossas maiores marcas neste exato momento. — Emmie olhou para ela com uma expressão ansiosa, esperando sua reação.

Iona não sabia o que dizer. Estava agradecida por seus amigos terem tanta fé nela, mas era tarde demais. Ela estava muito velha. Seu tempo tinha passado. Tinha fingido por anos e se cansara disso. Seus dedos doíam de se agarrar à borda do rochedo com tanta força. Tudo nela doía.

— Emmie, meu bem — disse ela, procurando uma boa razão para recusar a oferta educadamente. — Ninguém vai querer ver esses vídeos. As pessoas não vão perder tempo olhando para uma velha ultrapassada como eu.

— Bom, se existe uma coisa que isto prova — disse Emmie, indicando o grupo em volta —, é que, onde você estiver, encontrará um público. Além disso, temos uma arma secreta: a Fizz. Ela já concordou em indicar o "Pergunte a Iona" em todos os seus canais. Disse até que participará como convidada, com um problema para você resolver. Então, o que acha?

— Acho que você é uma gênia, obviamente — respondeu Iona. — Mas não posso deixar você gastar tanto do seu tempo para fazer eu me sentir importante. Não é justo. Você tem toda a sua vida para levar. A própria carreira para se concentrar.

— Mas, Iona, eu *quero* fazer isso — garantiu Emmie. — Eu estaria usando meu talento para algo que realmente ajudará pessoas e fará algum bem. Que pode mudar vidas, até. Eu me sentiria melhor comigo mesma, juro. Você estaria fazendo um favor *para mim*, para falar a verdade.

Iona olhou para seus amigos, todos a observando em expectativa. Respirou fundo, tentando estabilizar a voz, antes de responder.

— Obrigada. Eu agradeço de coração, muito mesmo. Mas não. Eu não vou fazer isso. É tarde demais para mim e, para ser sincera, estou em paz com isso agora. Vamos só aproveitar a festa, tudo bem? — Iona pegou mais um drinque, concentrando-se no copo e na garrafa para não ver o desapontamento no rosto de Emmie.

— Pelo menos pense a respeito, pode ser, Iona? — pediu Emmie. Toda a energia e entusiasmo haviam sumido de sua voz, o que Iona sabia ser totalmente sua culpa.

— Claro — respondeu ela, ainda sem olhar para Emmie.

O trem parou na Plataforma 5 em Waterloo, mas nenhum dos amigos de Iona desceu. Parecia que todos tinham a intenção de continuar na viagem de volta. Até o fiscal tinha parado de tentar conferir as passagens e foi participar.

— Iona — chamou uma voz à sua esquerda. Era Martha. — Eu também tenho uma coisa para você.

Ela entregou a Iona um pequeno envelope. Era obviamente o dia do envelope misterioso. Iona o abriu e encontrou, pela segunda vez em questão de horas, dois tíquetes.

— São para a noite de estreia da minha peça, na semana que vem — disse Martha. — Seria tão importante para mim se você fosse. Você vai?

— Querida, eu não perderia por nada deste mundo! — exclamou Iona. — Mas e sua mãe e seu pai? Eu não posso ficar com os ingressos deles. Eles querem ir ver você, não querem?

— Não se preocupe — disse Martha. — Eles não são pais totalmente inúteis, só um pouco ocupados. Eles vão juntos na última noite. Espero que consigam ficar até o fim da peça sem começar a gritar um com o outro como os Montecchio e os Capuleto.

— Bom, nesse caso estarei lá soltando fogos! — disse Iona. Ao ver a cara de Martha, acrescentou: — Não literalmente, minha linda. É só uma expressão.

Iona viu Piers mais ao fundo do vagão e caminhou até ele. Conferiu se Martha não poderia ouvi-la.

— Piers — disse ela —, você está dentro da escola da Martha, não está?

Piers confirmou com a cabeça.

— Pode-se dizer isso. Se "estagiário não remunerado" significa "estar dentro".

— Acha que poderia conseguir alguns ingressos extras para a noite de estreia da peça da escola? — perguntou Iona.

Uma coisa que Iona havia aprendido de seus anos no show business era que público e entusiasmo nunca eram demais.

Martha

O salão da escola estava totalmente transformado, mas ainda guardava a sensação de familiaridade, mais ou menos como no dia em que Martha tinha ido ver o Papai Noel na festa de Natal de sua escola primária e percebera que o homem embaixo de todas aquelas roupas volumosas e barba extravagante era, na verdade, o pai da sua melhor amiga.

O público, usando suas melhores roupas, se acomodava nas cadeiras. O salão estava com uma iluminação baixa e efervescente de expectativa. Mas, sob tudo aquilo, ainda havia o tênue eco das reuniões escolares. Uma mistura de perfumes e loções pós-barba de pais e mães sobrepunha-se ao cheiro habitual de desinfetante, suor e hormônios de adolescentes, e Martha sabia por experiência que, se passasse a mão embaixo de qualquer uma das cadeiras, encontraria pedaços secos de chiclete.

Lembrou-se de uma palavra que havia tido que procurar no dicionário, do primeiro parágrafo de *O conto da aia*, que Iona insistira que ela lesse. *Palimpsesto*. Algo revisado ou alterado, mas que ainda mantinha traços visíveis de sua forma anterior.

Teobaldo espiou de trás da cortina.

— Está tão cheio! — disse ele. — E tem uma mulher extravagante sentada bem no meio, segurando um cachorro vestido com babados elizabetanos como uma mini-Elizabeth I peluda. É hilário!

— Acredito que cachorros não são permitidos no recinto, são? — disse Benvólio. — A menos que seja um cão-guia. Ela é cega?

— Bem, isso explicaria o traje — disse Teobaldo.

Só havia uma pessoa que eles poderiam estar descrevendo. Martha espiou ao lado deles e, claro, lá estava Iona. Ela já era mais alta do que a maioria das pessoas, mas, quando se adicionava uns sete centímetros extras do elaborado penteado de inspiração elizabetana, ela se tornava o próprio obstáculo à visão. Notou as pessoas nas fileiras de trás murmurando e mudando suas cadeiras de lugar, tentando ver pelos lados. Martha sorriu. Não esperava menos que isso dela.

O que Martha não esperava, porém, é que seu fã clube pessoal fosse ocupar toda uma fileira de assentos. Lá estava Piers, obviamente, já que ele era quase um professor da escola, mas também Emmie, Sanjay, David e até Jake, seu amigo da academia.

Embora Martha estivesse feliz de ver todos eles ali, isso a deixava ainda mais nervosa. Quando estava sendo humilhada e sofrendo bullying na escola, sempre tivera seu grupo do trem a quem recorrer. Seu pequeno oásis sobre trilhos. Seu lugar seguro. Não podia suportar a ideia de passar uma vergonha irremediável na frente deles também. Para onde escaparia, se precisasse?

Martha esfregou os olhos. Por um instante, achou que seu medo a fazia estar alucinando. Mas ali, passando pela fila em direção ao lugar vazio entre Iona e Emmie, estava a Fizz do TikTok. Tinha certeza disso. Ninguém mais poderia usar aquele look maluco de cabelo colorido como se alguém tivesse mergulhado metade de sua cabeça em uma lata de tinta cor-de-rosa e depois enfiado seus dedos em uma tomada elétrica. As fileiras de assentos eram tão próximas umas das outras que todos tiveram que se levantar para deixar Fizz passar, como se estivessem fazendo uma *ola* para anunciar sua presença.

Um burburinho começou nos bastidores, crescendo rapidamente em volume e intensidade. Obviamente ela não era a única que havia percebido a chegada de uma celebridade.

— OMG! A Fizz veio ver a NOSSA PEÇA. Como é possível? Acham que ela vai postar sobre a gente? Estou supernervoso agora. Quantos seguidores ela tem? Sim, eu tenho certeza. É a Fizz, sim! Olha! Ali.

Martha se afastou do palco, para um canto escuro cheio de acessórios, tentando acalmar a respiração e os pensamentos. Não conseguia afastar a lembrança do sonho que a atormentara todas as noites naquela semana: ela entrava no palco, ofuscada pelas luzes, dizia sua primeira fala e era recebida com vaias e zombarias. Olhava para baixo e descobria que estava totalmente nua. Atrás dela, projetada em uma tela enorme, estava *aquela foto*, e o diretor, de pé em um pódio, apontava para suas partes notáveis com uma caneta laser.

Martha achou que fosse vomitar. Pegou o telefone e ligou para Iona, na torcida de que ela tivesse ignorado as instruções de desligar os celulares. Claro que, sempre a rebelde, Iona atendeu.

— Iona — sussurrou —, eu não vou conseguir. Vou vomitar. Não lembro nenhuma das minhas falas. Eu nunca vou conseguir superar *aquilo*.

— Martha — sussurrou Iona de volta. — Todos os grandes atores se sentem exatamente como você está se sentindo agora antes de entrar no palco. Eu tinha que convencer a Bea a sair do banheiro em cada noite de estreia. Mesmo depois de décadas de experiência. Os diretores sempre tinham o meu número na discagem rápida. É a adrenalina que está fazendo seu coração acelerar e as mãos ficarem suadas. Mas a adrenalina é sua amiga. Ela vai carregar você por toda a apresentação. Em triunfo! Assim que você começar, tudo vai voltar para a sua cabeça. Concentre-se só na primeira fala e se solte. Agora, respire. Respirações longas e profundas. Nós estamos com você.

Tudo ficou quieto e Martha ouviu a voz forte e autoconfiante de George, um garoto do nono ano.

Duas casas, iguais em seu valor,
Na bela Verona, palco de nossa ação,
De antiga hostilidade renovam o rancor,
E de sangue mancham novamente a mão.

Martha inspirou e expirou, deixando a poesia daquelas palavras tão conhecidas a tomarem, observando enquanto Teobaldo, Benvólio e Romeu ocupavam suas posições no palco. Saindo do caminho enquanto a equipe dos bastidores, vestida inteiramente de preto, como ninjas de teatro, executavam as hábeis mudanças de cenário. Esperando, até ouvir o chamado da ama, a mesma fala que Emmie ensaiara com ela no trem, tantas semanas atrás:

— Onde está essa menina? Ah, Julieta!

A caminhada até o centro do palco pareceu interminável, o refletor que acompanhou seu avanço era ofuscante, a expectativa do público palpável.

Respirações longas e profundas. Nós estamos com você.

— O que aconteceu? Quem está me chamando? — respondeu, em uma voz que parecia estar vindo de algum outro lugar. E então, exatamente como Iona tinha dito, o público sumiu e todas as palavras, todos os movimentos, voltaram a ela, como uma lembrança gravada em seu subconsciente.

Não era mais a Martha assustada e sozinha, nem mesmo a Outra Martha popular e ousada. Ela era Julieta, uma menina de treze anos, pega no meio de um drama familiar que ela não havia causado, prometida para um rapaz enquanto se apaixonava por outro que jamais poderia ter.

Sanjay

Todos se levantaram e o salão ecoou com os aplausos, batidas de pés e gritos de "Bravo!", que iam desde os sopranos esganiçados de meninas do sétimo ano até o baixo profundo de alguns pais. Até Lulu ficou empolgada e emitiu uma série de latidos agudos.

Martha havia triunfado. Em questão de minutos, Sanjay se esquecera até mesmo de que a conhecia ou que ela fosse outra pessoa que não a Julieta Capuleto de treze anos. Havia algo indefinível e hipnótico nela que atraía o olhar para cada um de seus movimentos calmos e discretos.

Ele a observou, sorrindo para o público, transformada da colegial desajeitada e assustada que ele havia conhecido em algum ponto entre New Malden e Waterloo apenas alguns meses atrás.

Romeu se inclinou e a beijou. Ou ele era um ator muito melhor do que até mesmo sua atuação havia indicado ou aquele era mais do que apenas um beijo encenado.

Iona tirou de sua bolsa uma rosa vermelha e a jogou na direção do palco. Ela pousou, trêmula, no ombro de um pai obeso e careca, que a jogou para a frente, fazendo-a aterrissar aos pés de Martha. Romeu a pegou e entregou a ela, com uma das mãos sobre o coração, produzindo um aumento na intensidade dos gritos e assobios, com o inevitável "Beija! Beija".

— Ela foi maravilhosa — elogiou Jake, cujos aplausos fortes e entusiásticos faziam os de Sanjay parecerem frágeis asas esvoaçantes de borboletas.

— Estou tão orgulhosa — disse Iona. — Sabe, eu sou a instrutora dela. Ensinei tudo que ela sabe.

Ao lado de Sanjay, Emmie riu baixinho da dificuldade de Iona de abandonar os holofotes. Ela ainda estava secando os olhos, depois de ter soluçado durante toda a cena do funeral.

Fizz segurava o celular levantado, apontado para o palco, enquanto o elenco ia e voltava à frente, atendendo aos chamados de um público que não queria deixá-los ir embora.

Toda aquela emoção intensa, toda a energia positiva, todo o clima de amor apaixonado — aquele certamente era o momento de Sanjay, não? Que hora melhor poderia haver?

Ele segurou a mão de Emmie, juntou toda a sua coragem e, sentindo-se como Tom Daley posicionado na ponta de um trampolim olímpico, vestido apenas com seu minúsculo calção com a bandeira britânica, deu o mergulho.

— Emmie — disse ele, sussurrando no ouvido dela —, faz tempo que eu queria te dizer o quanto gosto de você.

Emmie se virou para ele, com aquele sorriso terno e natural. O sorriso pelo qual ele se apaixonara desde a primeira vez que a vira no trem, mais de um ano atrás.

— Ah, eu também gosto muito de você, Sanjay — disse ela, fazendo o coração dele dar um pulo de esperança. — Nem tenho como lhe dizer como é bom para mim ter um amigo homem que não está apenas tentando me levar para a cama. Nunca tive um irmão, mas imagino que deve ser assim, sem toda a rivalidade envolvida, obviamente.

Sanjay tinha estudado anatomia o suficiente para saber que um coração não se parte de verdade. Mas, se esse era apenas um modo de falar, então por que doía tanto? Ele olhou para as palavras escritas na capa do programa em suas mãos: *Pois jamais houve história mais triste do que a de Julieta e seu Romeu.*

O público estava aglomerado no refeitório, onde havia a opção de vinho branco quente para os adultos e um ponche de frutas melecado para as crianças. Sanjay estava segurando um de cada, tentando saber qual deixaria um gosto menos ruim na boca. Os empurrões de toda aquela gente levavam a inevitáveis derramamentos e o chão sob seus pés estava grudento e com uma ligeira sensação de farelos devido a um acidente anterior envolvendo uma vasilha de batatas chips.

Sanjay escutava as conversas à sua volta, tentando esquecer a tentativa fracassada e humilhante de seduzir sua Julieta.

— Você viu? A Fizz já postou um vídeo do elenco recebendo os aplausos. Ela escreveu: "Que Julieta! Minha amiga Martha foi FANTÁSTICA!"

— Como a Martha conhece a Fizz? Acha que ela poderia nos apresentar?

— Certeza que eu vou convidar a Martha para a minha festa. Você acha que ela pode levar a Fizz?

— Olha só. A Martha de mãos dadas com o Aaden. Parece que Romeu e Julieta é real.

Nenhuma menção *àquela foto*, como Martha a chamava. Iona tinha razão; ela havia apagado todas as fofocas maldosas com algo bem mais interessante.

Martha e Aaden foram cercados por um grupo de pessoas para cumprimentá-los. Dois pequenos ímãs em uma bandeja cheia de limalha de ferro. Eles faziam aquela história de "garoto encontra garota" parecer tão simples. Como conseguiam? E por que para ele não dava certo?

Sanjay viu uma menina alta com uma expressão de quem tinha mordido uma maçã e encontrado meia larva dentro abrir caminho pela multidão. Ele a reconheceu. Era uma do grupo que estava no trem no dia em que ele e Martha se conheceram.

— Ei, Julieta! — disse ela, suficientemente alto para soar acima do barulho da sala. — Já mostrou para o Romeu a sua nude?

O nível de ruído baixou e um silêncio expectante ondulou em volta de Martha. Todos aguardavam para ver o que ela ia dizer. Mas ela não disse nada. Só puxou o cotovelo direito para trás na altura do ombro e desferiu um soco no rosto da menina maior.

As pessoas reagiram com alguns sons de susto e algumas comemorações disfarçadas enquanto a menina cambaleava para trás, com a mão pressionando o nariz.

Piers abriu passagem em direção a Martha.

— É melhor você vir comigo, mocinha — disse ele, em uma voz totalmente neutra de professor, seu rosto tenso de raiva controlada.

As pessoas saíram da frente para eles passarem. Piers segurava Martha pelo braço agressor, conduzindo-a para a saída.

Quando eles passaram por Sanjay, Iona e Jake, ele ouviu Piers sussurar:

— Boa, Martha. Vou tirar você um pouco daqui até as coisas se acalmarem.

— Estou tão orgulhoso — disse Jake para Iona. — Sabe, eu sou o instrutor dela. Ensinei tudo que ela sabe.

— Tem algum médico aqui? — perguntou outro professor, que estava contendo o sangramento do nariz da menina com um lenço.

— Aah, Sanjay! Esse déjà vu! — disse Iona.

Sanjay suspirou e se apresentou:

— Eu sou enfermeiro!

Eles voltaram para a estação juntos, andando pelas ruas movimentadas de Westminster com suas lâmpadas a gás, empolgados com o sucesso de Martha.

— Você ficou com muito medo antes de entrar no palco? — perguntou Sanjay, ainda sujo do sangue respingado do nariz da garota.

— Total! — disse Martha. — Ainda mais quando vi que o salão tinha chego na lotação completa!

— *Chegado* — corrigiu Iona. — Chegado, não chego. Ah, desculpe, é que depois de décadas trabalhando com palavras eu tenho um pouco de obsessão com a gramática.

— Eu me lixo pra gramática — disse Martha.

— Ninguém liga mais. Eu devia desencanar, já que não sou mais escritora — disse Iona, com ar de desânimo.

— Iona, eu não acredito que você vai deixar aqueles idiotas da revista definirem quem você é — protestou Emmie. — Não pode deixar o Ed Lancaster vencer. — Lulu rosnou para ela, mas Emmie só seguiu em frente. — Tem que mostrar a eles o que você pode fazer! Você não está ultrapassada. Ainda é uma escritora, e terapeuta. Está nos seus ossos. Se tem alguém com um talento real, é você.

— Emmie, minha querida, você é um amor e eu sei o que você está tentando fazer — disse Iona. — Sei que quer que eu concorde com a sua ideia do YouTube e admiro sua persistência, mas a resposta, sinto muito, ainda é não.

Iona

Iona e Bea estavam sentadas diante da grande janela saliente da clínica, com vista para o antigo parque. Iona podia imaginar os fantasmas de grupos de homens de um tempo passado retornando de um dia de caça, adentrando aquela mesma sala de estar para tomar chá e se vangloriar de suas façanhas, a proximidade com a morte só fazendo-os se sentir mais vivos.

Aquele não era o melhor dia, nem o pior. Bea não a havia reconhecido, mas pelo menos a recebera como uma amiga, e não alguém que deveria temer. Em seus melhores dias, como o dia em que Iona levara o Ditador, Bea sabia exatamente quem era e onde estava e era muito parecido com os velhos tempos. Os dias em que os olhos de Bea a fitavam com confusão, ou mesmo medo, e ela se retraía diante da mão estendida de Iona eram os que Iona realmente não conseguia suportar.

Iona tirou da bolsa o velho álbum de fotografias com capa de couro. Adorava poder tocar as fotos, em vez de apenas tê-las flutuando na Nuvem, misturadas a milhões de outras lembranças exiladas ali por milhares de estranhos. Todas aquelas férias, casamentos e festas de aniversário aglomeradas no éter, à espera de serem chamadas para seu momento ao sol, ou lançadas como uma lembrança aleatória no Facebook.

O álbum se abriu em uma página com o título "1º de dezembro de 1992 — DIA MUNDIAL DE COMBATE À AIDS".

— Você se lembra deste dia, Bea? — disse Iona, pondo o álbum na frente dela. — Nós nos juntamos à marcha em Downing Street e você foi presa por bater na cabeça de um policial com o nosso cartaz.

Bea passou o dedo indicador sobre as fotografias.

— Tanto estardalhaço a troco de nada. O policial estava de capacete e o cartaz de papelão estava encharcado por causa da chuva, pelo amor de Deus. Era como atacar um martelo com uma gelatina. Eles só eram racistas homofóbicos à procura de uma desculpa — disse Iona, transportada no tempo. Lembrou-se do medo que sentira enquanto tentava abrir passagem pela barricada da polícia para ir atrás de Bea, de sua raiva e impotência enquanto a via ser algemada e enfiada em uma viatura.

E ali estava ela, ainda tentando desesperadamente alcançar a mulher que amava, mas a distância entre elas se tornara tão maior e mais difícil de percorrer do que um cordão policial. O trajeto mudava com o tempo, escuro e inconstante, cheio de obstáculos que ela não conseguia ver, e a obrigavam a ir tateando ao longo do caminho.

Bea murmurou alguma coisa baixinho.

— O que foi, amor? — perguntou Iona.

— Se você desistir, eles vencem — disse ela.

— É verdade, Bea — respondeu Iona, apertando-lhe a mão. — Lembra, foi isso que você me disse quando eu larguei o emprego depois de sair do hospital. E nós dizíamos a mesma coisa sempre que saíamos em manifestações e fazíamos abaixo-assinados e campanhas. *Eles querem que nós sejamos pequenas, então temos que ser grandes.*

— Eles querem que nós sejamos invisíveis, então precisamos ser vistas — disse Bea.

— Eles nos querem em silêncio, então temos que ser ouvidas — disse Iona.

— Eles querem que nós nos rendamos, então temos que lutar — as duas falaram juntas, enquanto Bea se inclinava e apoiava o rosto no ombro de Iona.

Uma pergunta se alojou na cabeça de Iona e foi crescendo, crescendo, empurrando tudo o mais para os lados, até que ela não conseguia pensar em nada além disso.

Quando ela tinha parado de lutar?

Ela sabia a resposta. Quando teve que aceitar que não tinha como fazer Bea melhorar, que nenhuma luta ia trazê-la de volta, ela parara de lutar por si mesma também. Havia agitado a bandeira branca, deposto as armas e se rendido.

Algo que Bea nunca, jamais teria feito.

Iona entrou em seu velho Fiat 500 rosa-pudim e empurrou o câmbio com força para a primeira marcha. O motor do Fiat protestou, sem saber por que sua motorista havia se tornado tão agressiva. Enquanto ela dirigia para casa no piloto automático, mudando as marchas quase com raiva, as palavras que falara com Bea reverberavam em sua cabeça, misturando-se com as que Emmie havia lhe dito na noite anterior.

Nós precisamos ser vistas. Temos que ser ouvidas. Tem que mostrar a eles o que você pode fazer. Você não está ultrapassada. Eles querem que nós sejamos pequenas. Temos que ser grandes. Você não é insignificante. Você tem que lutar.

Iona sentia um arrepio de empolgação crescendo dentro dela, uma sensação de propósito combinada com uma injeção de adrenalina que era quase igual a como se sentia nos velhos tempos quando, prestes a entrar no palco, escutava dos bastidores o burburinho de uma casa cheia. Aquele conhecimento de que algo mágico estava prestes a acontecer.

Abriu a porta com tanta violência que a maçaneta bateu na parede do saguão, ampliando a lasca já existente e produzindo uma pequena chuva de pó de gesso sobre o chão de ladrilhos. Largou a bolsa e pegou um guarda-chuva fechado que estava no cabide de casacos.

— EMMIE! — gritou. — EMMIE, CADÊ VOCÊ?

Emmie apareceu no alto da escada, alarmada.

— EMMIE! — repetiu Iona, brandindo o guarda-chuva como se fosse uma espada. — O QUE VOCÊ ESTÁ ESPERANDO, MULHER? VAMOS COMEÇAR ESSE NEGÓCIO LOGO!

Piers

Piers mal podia acreditar que estava sentado em um estúdio de gravação à prova de som em uma agência digital supermoderninha no Soho. Nada poderia ser mais distante de sua velha sala de operações financeiras.

Havia sido convidado por Emmie e Iona para assistir à gravação inaugural de "Pergunte a Iona". Para ser sincero, isso não era bem verdade. Ele não tinha aulas naquela manhã e implorara para o deixarem ir até elas cederem.

De acordo com todos os indicadores habituais, a vida de Piers havia deteriorado significativamente. No entanto, ele se sentia mais feliz do que nunca. Via-se identificando os lados bons e agradecendo sua sorte como uma Poliana dos novos tempos.

Seis meses antes, morava com uma linda esposa e dois filhos em uma casa que o *Daily Mail* chamaria de "mansão", mas Candida descrevia como "adequada", no meio de um terreno enorme. Agora, vivia sozinho em um apartamento comum de dois quartos perto da estação, com vista para o estacionamento de um supermercado.

O tapete tinha partes gastas, as cortinas não fechavam no meio e havia uma mancha de umidade no formato da África em um canto de seu quarto. Mas, cada vez que Piers acrescentava uma nova almofada, um conjunto de pratos ou um castiçal, tinha uma sensação de conquista. De progresso.

Havia levado Theo e Minty à IKEA. Fora uma aventura e tanto, seguindo as setas no chão por toda a loja enorme, escolhendo móveis para o quarto deles sem se importar se combinavam ou se estavam na moda. Na verdade, tinham decidido que, quanto menos estivessem na moda, melhor. Depois comemoraram o sucesso de sua caça ao tesouro no restaurante da loja, banqueteando-se com almôndegas suecas e barras de chocolate Daim.

Sentia muito menos falta de Candida do que havia imaginado que fosse sentir. Percebeu que já fazia anos que o relacionamento deles se mantinha por pouco mais do que obrigações conjuntas, agendas e tarefas compartilhadas. Por ironia, o tempo em que haviam se sentido mais próximos tinha sido o período em que ela estava executando secretamente sua estratégia de saída.

A relação com Candida agora era tão amigável quanto possível numa situação em que um dos parceiros vinha fodendo em segredo com o vizinho rico enquanto o outro estava fodendo em segredo as finanças da família. Admitia que era culpado de encher as crianças de açúcar e conservantes antes de mandá-los de volta para a mãe com energia saindo pelos poros sempre que ficava sabendo que ela ia sair com o namorado. Mas ele nunca havia dito que era santo.

Piers tinha sido aceito no programa de treinamento de professores que começaria no semestre seguinte e, enquanto isso, cobria as aulas de professores faltantes. Sabia que boa parte de seu trabalho envolveria executar tarefas administrativas, pôr alunos de castigo e tentar fazer os princípios básicos da matemática entrarem na cabeça de garotos e garotas que sonhavam em ser estrelas de reality shows ou celebridades no mundo dos games e não viam a menor utilidade em álgebra. Mas, uma vez ou outra, já tinha a sensação de que algo que dizia ou fazia produzia algum impacto. Que, talvez, com pequenos passos, conseguisse mudar o futuro de alguém, em vez de apenas ficar jogando com números de um lado para outro para tornar pessoas ricas ainda mais ricas e conseguir uma úlcera para si mesmo.

Piers foi colocado em um canto escuro no fundo do minúsculo e abafado estúdio de gravação, com a instrução de não interferir. Na frente, iluminadas por holofotes e com um grande microfone em uma haste pairando no alto, havia duas pequenas poltronas, uma das quais ocupada por uma mulher magra e grisalha chamada Louisa, que dirigia a empresa de catering que atendia a agência e só estava ali porque Emmie a havia subornado para participar.

— A Bea sempre diz que nunca se deve confiar em uma fornecedora de alimentos magricela — sussurrou Iona para ele. — É como ter um personal trainer obeso ou descobrir que seu terapeuta de casal passou por um divórcio complicado. Ela diz que uma pessoa que passa o dia inteiro preparando comida e não come muito não pode realmente amar o que faz.

— Ou então é viciada em cocaína — disse Piers.

— Nossa, você acha mesmo? — perguntou Iona, olhando para Louisa com ar desconfiado.

— Não, Iona, eu não acho — disse Piers.

Emmie estava atrás de uma câmera de última geração em um tripé, usando grandes fones de ouvido e parecendo incrivelmente profissional. Piers reconheceu que a saia justa pink era a mesma que ela usava no dia em que se conheceram. Se é que se pode chamar assim uma experiência de quase morte.

— Muito bem, vamos lá, Iona — disse ela.

Iona se apresentou a Louisa e se sentou na poltrona vazia. Virou-se para a câmera, e Emmie disse "Ação!", como faziam nos filmes.

— Bom dia a todos! — cumprimentou Iona, com um largo sorriso contornado de batom vermelho vivo. — E bem-vindos ao primeiro episódio de "Pergunte a Iona"! Eu sou Iona Iverson e, hoje, estou acompanhada pela adorável Louisa. Bem-vinda, Louisa!

Louisa tinha um sorriso rígido pregado no rosto.

— Obrigada, Iona — respondeu Louisa, em uma voz fraca e aguda. — Olá a todos! — Ela fez um aceno nervoso para a câmera.

— Então, conte-nos por que está aqui hoje, Louisa — disse Iona.

— Ãhn... eu queria... queria perguntar a você... sobre...

Piers conteve a respiração em suspense, sem saber se a primeira convidada do programa conseguiria ao menos chegar ao final da frase.

— ... a mudança — concluiu ela, as duas últimas palavras se atropelando.

— Ah, sim. *A mudança* — disse Iona. — Não é estranho esse modo como a chamamos? Como se chegássemos a uma certa idade e nos transformássemos em um lobisomem, ou no Incrível Hulk!

— Bom, é que às vezes parece que é isso mesmo — disse Louisa. — Sabe, as ondas de calor estranhas que chegam de repente, a falta de sono, a irritação sem motivo, toda hora entrar em uma sala e esquecer o que tinha ido fazer lá, encontrar a chave do carro perdida dentro da geladeira. — Piers já estava pensando se seria seguro ter aquela mulher como encarregada dos sanduíches da tarde. — A gente fica com a sensação de que já não é mais útil para ninguém. Nós nos tornamos invisíveis.

Louisa estava definitivamente entrando no clima. De uma forma até perturbadora. Seria mesmo uma boa ideia discutir questões tão particulares em público? Não era importante reter algum grau de mistério? Em oito anos de casamento, por exemplo, ele e Candida nunca haviam deixado a porta do banheiro aberta enquanto o usavam. Esse tipo de coisa era a morte do romance. Se bem que, para ser justo, todo o romance do casamento dele tinha morrido e sido substituído por listas de tarefas e comentários passivo-agressivos mesmo sem compartilhar a higiene íntima. Será que Candida e seu novo amante faziam xixi um na frente do outro com naturalidade? Talvez sim.

— Minha cara, você não está sozinha! — disse Iona. — Eu já passei por isso! E, como alguém que já saiu do outro lado, eu lhe garanto que há enormes *benefícios* na menopausa!

A expressão de Louisa era totalmente cética. Como deveria ser.

— Nós, mulheres, passamos a maior parte da vida como escravas de nossos hormônios chatos. Temos que lidar com menstruações desconfortáveis, doloridas e caras!

Piers se sentiu um pouco enjoado. Ela poderia pelo menos usar algum eufemismo prático, como *ficar incomodada,* ou *estar de chico.*

— Sem falar na TPM! E todo aquele estrógeno nos deixa loucas para cuidar de todo mundo, menos de nós mesmas. Os homens não têm que enfrentar nada desse despropósito. Eles só seguem sem rumo, deleitando-se na vantagem de gênero. Mas o que não sabem é que a pós-menopausa é a *hora da compensação*. Nós finalmente nos damos o direito de ser egoístas. Encontramos um novo gosto pela vida e, muitas vezes, um segundo ato triunfante!

— Eu nunca tinha pensado nesses termos — disse Louisa. — Na verdade, isso faz eu me sentir bem melhor.

— Você se lembra do álbum *Private Dancer* da Tina Turner? — perguntou Iona, e Louisa fez que sim com a cabeça. — Foi o maior sucesso da carreira dela. Seu retorno depois de anos de purgatório comercial. Sabe quantos anos ela tinha quando lançou esse álbum? *Quarenta e cinco!* E estava só começando. Ela fez sua última turnê mundial com setenta anos.

— Tudo bem, mas e as ondas de calor? — indagou Louisa, que, obviamente, era realista e, encaremos o fato, nenhuma Tina Turner.

— Sim, com certeza, você precisa encontrar uma maneira de amenizar a transição — disse Iona, voltando à Terra. — Se conversar com sua ginecologista, ela vai avaliar o seu perfil de risco e lhe apresentar as opções que forem apropriadas para o seu caso, como reposição hormonal ou acupuntura.

Depois de mais alguma conversa sobre cabelos ralos e dificuldades de memória, Emmie fez um sinal com as mãos para "encerrar".

— Muito obrigada, Louisa, por ter vindo conversar comigo em "Pergunte a Iona", também conhecido como o segundo ato pós-menopausa da Iona, e obrigada a todos por assistirem.

— Visitem o nosso site, officecateringsolutions.com, para todas as necessidades de catering de seu escritório! O melhor preço e qualidade que você vai encontrar! — disse Louisa, rapidamente.

— Você pode me enviar seus problemas por e-mail para iona@pergunteaiona.com — interrompeu Iona. — Se for um pouco tímida ou tímido, pode enviar anonimamente, ou então pode fazer como a Louisa e falar comigo ao vivo no estúdio ou por vídeo.

— Parabéns, Louisa e Iona! — exclamou Emmie. — Vocês foram incríveis!

Piers aplaudiu de seu cantinho e todos levaram um susto, como se tivessem esquecido que ele estava lá.

— Na próxima vez, vamos ver se trazemos alguns convidados remotos — disse Emmie. — Temos usado uma nova tecnologia chamada Zoom que permite gravar uma conversa de vídeo de duas localizações por meio de um link. É o caminho do futuro, ao que parece.

Piers fez um som de desdém. Ele tinha recebido um convite para investir nessa pequena empresa e recusara. Nada substituiria adequadamente uma reunião cara a cara. Isso nunca iria para a frente. Ele tinha instinto para essas coisas.

Sanjay

Sanjay fora a três sessões do Grupo de Apoio. Não podia acreditar que não os encontrara antes. Os ataques de pânico não tinham parado de vez, mas com certeza estavam menos frequentes. Olhar a ansiedade de frente fez com que ela perdesse parte de seu poder.

A maior mudança, no entanto, era que não se sentia mais sozinho ou envergonhado. Ouvir outras pessoas, de médicos especialistas a enfermeiros júnior, descreverem as mesmas inseguranças que o assombravam e o medo que o perseguia era extraordinariamente catártico e tranquilizador.

Na reunião da semana anterior, um cirurgião cardíaco sênior, daqueles que é sempre seguido por um séquito nos corredores, confessou que ainda vomitava antes de cada grande cirurgia. Disse que passara a aceitar sua ansiedade, pois a via como um sinal de que ele ainda se importava, e não queria jamais deixar de se importar quando alguém estivesse deitado inconsciente em uma mesa de operação.

Ele observou Julie caminhar até o grande sino de bronze pendurado em um pilar bem no meio da sala de espera da quimioterapia. Era uma tradição nessa ala que o paciente sempre tocasse o sino depois de terminar sua última sessão. Em uma sala em que o ar costumava ser espesso com uma sensação palpável de doença e angústia, o sino sempre proporcionava um interlúdio momentâneo, mas bem-vindo, de alegria e esperança.

Julie segurou a corda suspensa do sino com ambas as mãos e a puxou três vezes, fazendo o sino balançar de um lado para outro. As badaladas reverberaram pela sala, junto com aplausos e gritos de comemoração dos pacientes que esperavam ali. Ela foi até Sanjay e o abraçou. Estava muito mais magra do que alguns meses antes, todas as curvas removidas pela quimioterapia, mas seu abraço era forte mesmo assim.

— Eu estava esperando para fazer isso desde a primeira vez que ouvi esse sino tocar — disse ela. — Mal acredito que finalmente chegou a minha vez.

— Por mais que eu tenha amado conhecer você, não quero mais te ver por aqui, combinado, Julie? — disse Sanjay.

— Vou fazer o possível para ficar longe — respondeu ela.

— O Adam vem te buscar? — indagou Sanjay.

— Sim, mas vai pegar as crianças na escola primeiro, então deve demorar pelo menos mais meia hora — disse ela.

— Bom, e meu intervalo vai começar agora. Não costumo parar de trabalhar, mas tenho a orientação de não fazer mais isso, portanto seria um favor para mim se você aceitasse tomar um chá de despedida comigo na cantina — disse Sanjay.

— Convite aceito — respondeu Julie.

— Você parece muito bem, Julie — disse Sanjay, enquanto punha a bandeja de plástico com chá e bolos na mesa na frente dela. Julie levantou as sobrancelhas pintadas sem muita perícia.

— Você é um encanto, mas eu sei que minha aparência está péssima. — Ela tirou a boina multicolorida e esfregou a mão pela cabeça calva e reluzente.

— Eu não estou falando do cabelo — respondeu Sanjay. — Estou dizendo que você parece bem mais feliz. Um mês atrás você me disse que não via mais sentido em sair da cama.

— É, eu sei — disse Julie. — Mas tive uma revelação. Percebi que estava passando todo o meu tempo me preocupando com o futuro, ou com a falta dele. Eu vivia com esse medo constante, persistente, como ratos roendo minhas entranhas.

— Eca — disse Sanjay.

— Sim, desculpe. Essa imagem é de uma cena de tortura bem repugnante de *Game of Thrones*... era a série que eu via quando ficava enjoada demais para sair do sofá. Enfim, a questão é que eu sei que esse câncer pode voltar e me dar uma rasteira a qualquer momento, mas não vou ficar pensando nisso. A vida é curta, a minha possivelmente mais curta do que a maioria, e eu me recuso a perder mais um único dia me estressando por algo que não posso controlar.

— Eu também me preocupo demais — contou Sanjay. — Sempre imagino os piores cenários possíveis em qualquer situação. Mas você está certa. A vida é muito curta para viver com medo.

E foi nesse instante que o pensamento lhe veio. Ele sabia o que ia fazer. O que tinha que fazer.

— Quer saber? Vou resolver isso de uma vez — disse ele, antes de conseguir se censurar.

— Vai atrás do quê? — perguntou Julie. — Uma promoção? Aaah, ou é uma garota? Por favor, diga que é!

Sanjay confirmou com a cabeça, olhando para seu chá.

— Só faça algumas perguntas para si mesmo. É fácil amar alguém quando a pessoa é jovem, radiante e cheia da alegria da vida, mas dê uma boa olhada em mim. Você ainda amaria essa sua garota se ela não tivesse cabelo, sobrancelhas ou cílios? Você massagearia as costas dela enquanto ela estivesse vomitando tarde da noite ou sairia às três da manhã para passar horas procurando um sorvete de menta porque é a única coisa que para no estômago dela? — disse Julie, olhando para ele com uma expressão séria.

— Olha, eu faria isso, sim — respondeu Sanjay. — Ela tem cabelos e cílios lindos, mas eles estão bem lá embaixo na lista de todas as coisas de que eu gosto nela.

Julie ia dizer alguma coisa, mas parou, olhando por sobre o ombro dele, sorrindo abertamente.

— Julie! — gritou Adam. — Acabou! Eu tenho tanto orgulho de você, minha linda. — E Adam a levantou, abraçou com força e beijou várias vezes o topo de sua cabeça careca antes de cobri-la carinhosamente com a boina.

Enquanto caminhavam para a saída, Julie olhou para trás.

— Se é isso que você quer, Sanjay — disse ela. — Vai fundo.

Sanjay pôs as xícaras e pratos vazios na bandeja e a levou para o balcão. No caminho, dois estudantes de enfermagem, rindo de algo que haviam dito entre si e que não olhavam por onde andavam, bateram nele e fizeram todo o conteúdo da bandeja deslizar precariamente para um lado.

Sanjay sentiu um pedido de desculpa pairando sobre os lábios, mas fechou-os com força e só olhou para os dois estudantes. Esperando.

— Ah. Desculpe — disse um deles.

— Desculpe — disse também o outro.

— Tudo bem — respondeu Sanjay, com um sorriso.

Martha

8h13 De Surbiton para Waterloo

Quando o trem parou na estação Surbiton, Martha viu Iona sentada com Sanjay. Iona acenou, apontando para Martha, depois para Lulu no assento ao lado dela. Isso era o código para *A Lulu guardou um lugar para você*. Martha se sentia como uma das escolhidas.

— Oi, Iona! Oi, Sanjay — cumprimentou, quando chegou à mesa. — A Emmie não veio hoje?

— Não — respondeu Iona. — Ela tinha uma reunião logo no café da manhã com o pessoal da pasta de dente. Vou me encontrar com ela na agência para a próxima sessão de gravação. O Sanjay, muito gentilmente, me encontrou em Hampton Court para me ajudar com os e-mails que vieram para "Pergunte a Iona". Quer se junta a nós? Temos algumas perguntas de estudantes preocupados com os resultados dos exames. Você poderia dar algumas ideias...

— Claro — disse Martha. — Tenho certeza que eu me dei muito mal nos meus também. Tirando matemática, talvez.

— Pois eu tenho certeza que nao foi assim, mas voltaremos a isso depois — disse Iona. — O que você tem aí agora, Sanjay?

Sanjay procurou na pilha de e-mails impressos, todos marcados com canetas coloridas e postts. Passou um deles para Iona, que tirou os óculos de leitura da bolsa e o examinou.

— Ah, esse *é mesmo* interessante. É de mais um anônimo — disse ela, passando os olhos até o fim da página. — Ele diz que está secretamente apaixonado por uma garota há muito tempo. Eles se veem quase todo dia e se tornaram grandes amigos. Mas ela acabou de sair de um relacionamento desastroso e pensa nele como um irmão. E ele quer ser muito mais que isso. Será que é caso perdido? Como ele pode fazer com que ela o veja de um jeito diferente?

Iona colocou o papel sobre a mesa.

— Como você vai responder essa? — perguntou Sanjay, olhando atentamente para Iona.

— Bom, meu querido — disse ela —, eu direi a ele que a linha entre melhores amigos e amantes pode ser muito tênue. Você viu *Harry e Sally, feitos um para o outro?*

Sanjay fez que não com a cabeça.

— Pois deveria ver. Sabe, fazer sexo apaixonado e selvagem com alguém é a parte fácil. Construir uma grande amizade, como a de Harry e Sally, baseada em gentileza, respeito mútuo, valores semelhantes e um senso de humor parecido, o que algo me diz que são exatamente as coisas que esse anônimo tem, *essa sim* é a parte difícil. Exige tempo e esforço dos dois lados. Mas, quando se combina isso com atração sexual, aí vocês se tornam o *bolo inteiro*. Entende?

Sanjay fez que sim com a cabeça.

— Quando dá merda, como acontece em todo relacionamento em algum momento — continuou Iona —, é a amizade que ajuda a superar e ir em frente, não o sexo. Você sabe disso, Sanjay. Você trabalha em uma ala oncológica, então deve ver relacionamentos sendo testados o tempo todo.

— E o Harry e a Sally ficam juntos? No filme? — perguntou ele.

— Sim! Mas só depois de doze anos e três meses — respondeu Iona.

— Isso não é muito animador — disse Sanjay. — Para o anônimo.

— Eu tenho certeza que para ele não vai levar tanto tempo — garantiu Iona. — Porque eu estou aqui para ajudar.

— Então o que ele deve fazer para passar de amigo para mais do que isso? — indagou Sanjay, como se aquilo importasse tanto para ele quanto para o anônimo. Sanjay, concluiu Martha, era um dos adultos mais empáticos que ela já havia conhecido.

— Bom, é aí que você... ele... precisa de um *gesto grandioso*. Algo que a faça parar e prestar atenção, questionar suas suposições, vê-lo sob outra luz — disse Iona.

— Como o quê? — perguntou Sanjay.

— Vamos pensar nos filmes de Hollywood outra vez. Richard Gere na limusine com um buquê de flores declarando seu amor para Julia Roberts? Hugh Grant e Andie MacDowell se beijando às margens do Tâmisa, sem nem perceber a chuva? Mas ele não pode simplesmente sair roubando uma dessas ideias, tem que ser algo que seja muito pessoal para ela, para eles — disse Iona. — Por exemplo, minha esposa e eu nos conhecemos no palco. Essa era a nossa paixão em comum. Então, quando eu quis me declarar, uma noite inventei que tinha esquecido uma coisa no teatro. Nós voltamos lá e estava tudo escuro e vazio. Aí um conjunto musical começou a tocar ao vivo e um holofote se acendeu. Imaginem só, meus queridos!

Iona abriu o braço, gesticulando para um palco imaginário, e seus olhos se fixaram em um ponto aleatório.

— Eu fui até o microfone e comecei a cantar "Let's Do It" do Cole Porter. E esse foi o início de um romance para a vida inteira. Por sorte, ela não desanimou com o fato de que cantar não é um dos meus muitos talentos. Portanto eu vou sugerir que o anônimo pense em como eles se conheceram, o que é especial no relacionamento deles, e trabalhe a partir daí.

— Então, se eles tiverem se conhecido em um trem, por exemplo... — disse Sanjay.

— Ele poderia pensar em um gesto grandioso que envolva uma viagem de trem — disse Iona, sorrindo. — Por que não? E o que ele tem a perder?

— Mas e se não funcionar? — perguntou Sanjay.

— A única maneira garantida de fracassar, meu querido garoto, é não tentar — respondeu Iona. — O amor é o maior risco de todos, mas uma vida sem ele não tem sentido.

— Isso é muito poético, Iona — disse Martha. — Quem disse essa frase?

— Eu disse, minha querida — respondeu Iona. — Agora mesmo.

Eles passaram para uma discussão rápida sobre os e-mails que pediam ajuda com a ansiedade por causa das provas e, quando o trem parou em Waterloo, Sanjay correu para o seu turno no hospital, deixando Iona e Martha recolhendo os papéis juntas.

— Iona — disse Martha. — Eu não queria me meter, e você é a especialista, claro. Mas tem mesmo certeza que é uma boa ideia sugerir que alguém faça um grande gesto romântico *em um trem*? Eu acho isso muito constrangedor.

— Ah, pois é, você pode mesmo estar certa, minha criança — disse Iona. — O problema é que eu estou tão desesperada para ver! Depois de estar envolvida tão de perto desde o começo, eu não quero perder o desfecho.

Martha não tinha a menor ideia do que Iona estava falando. O e-mail era anônimo, então como Iona achava que conseguiria um lugar na primeira fila?

Emmie

8h05 De Hampton Court para Waterloo

Emmie estava finalmente voltando a ser ela mesma, o que era estranho, porque até então não havia percebido que *não era* ela mesma quando estava com Toby. Ele a fora desgastando tão lenta e sutilmente, que as mudanças não ficaram evidentes. Ela se sentia protegida quando na verdade estava sendo sufocada. Sentia-se adorada, mas estava sendo isolada. Sentia-se apoiada enquanto ele destruía sua autoconfiança. Como pôde não ter notado tudo isso?

Estabeleceu uma regra firme e decisiva para si mesma: *Chega de Homens*. Pelo menos por um bom tempo. Até que ela tivesse consertado todos os danos e conseguisse confiar no próprio bom senso outra vez.

Emmie estava sentada com Iona, que estava indo para a cidade se encontrar com mais uma jornalista. "Por que eles acham que uma notícia do tipo 'mulher inicia nova carreira perto dos sessenta anos e sabe usar mídias sociais' é algo tão extraordinário?", perguntara Iona com uma boa dose de razão. "Aprender taquigrafia Pitman e operar uma máquina de Telex, ou um terminal telefônico, isso sim era difícil!"

Emmie desconfiava de que boa parte do interesse da mídia, na verdade, era mérito da própria Iona, que tinha o hábito de acrescentar uma camada de "extraordinariedade" a tudo que tocava. De qualquer forma, era uma grande vantagem. Toda a publicidade gratuita havia jogado as métricas de Iona nas alturas.

Iona estava olhando seus e-mails e bufou tão alto que Emmie olhou para ela alarmada.

— Olha só! — exclamou Iona. — Lá vai o corpo do meu inimigo! Você se lembra do meu provérbio chinês favorito?

— *Se você ficar em cima da ponte por tempo suficiente, o corpo do seu inimigo vai passar flutuando embaixo?* — respondeu Emmie, que já estava esperando há algum tempo avistar Toby no rio. — É o corpo de quem?

— Aquele que Não Deve Ser Nomeado — disse Iona, indicando Lulu com um gesto. — Meu antigo editor. Escute só isso.

Iona olhou para a tela de seu iPad com o tamanho das letras aumentado para não ter que usar os óculos de leitura em público.

— *Querida Iona* — leu, imitando o jeito pomposo de Ed —, *fiquei tão entusiasmado ao ver o seu grande sucesso.* Ah, sei bem, seu vermezinho traiçoeiro. *Estou feliz por termos conseguido chegar a um acordo tão generoso e nos despedido como bons amigos, porque eu gostaria que você e seu pequeno canal no YouTube...* PEQUENO canal? Minha base de inscritos é o dobro da sua, imbecil... *considerassem a ideia de fazermos uma parceria paga. Tenho certeza de que a relação seria imensamente benéfica para ambos. O que acha de almoçar comigo no Savoy Grill para conversarmos a respeito? Você pode levar o seu adorável cachorrinho. Um abraço*, etcetera etcetera.

— Caramba! — exclamou Emmie. — E o que você vai responder?

— Que tal: *Querido Ed, vá se foder?* — disse Iona. Lulu rosnou.

— Um pouco grosseiro, talvez? — opinou Emmie.

— Você tem razão, como sempre, minha flor — disse Iona. — Não há necessidade de descer ao nível dele. Lembremos do que diz a querida Michelle Obama: *Quando eles jogam baixo, nós jogamos alto!* Vou amenizar um pouco. — Ela fez uma pausa, depois digitou com os dois indicadores, o que era um pouco dificultado por suas longas unhas vermelhas. — Pronto. Melhor assim?

Ela passou o iPad para Emmie, que leu a resposta que Iona já havia mandado.

Querido Ed,
Vá se foder.
Cordialmente,
Iona

O trem parou em New Malden. Emmie olhou pela janela, procurando Sanjay, mas não o viu. Sentiu uma pontada de decepção, o que era bobo. Não havia nenhuma regra de que eles tivessem que viajar no mesmo trem. Então viu dois rostos que lhe pareceram um pouco familiares.

— Iona, lembra quando a gente conheceu os colegas de apartamento do Sanjay no trem outro dia? — perguntou ela, e Iona fez que sim com a cabeça. — Não são eles ali?

Ambas olharam pela janela para os dois rapazes na plataforma. Todas as outras pessoas se apressavam para entrar no trem, mas eles só estavam parados ao lado do vagão, acenando para Emmie e Iona. De repente, abaixaram-se ao mesmo tempo e voltaram a se levantar, segurando um grande cartaz entre eles.

Escrita em grandes letras maiúsculas, havia uma única palavra: EMMIE.

Emmie franziu a testa e se levantou para sair do trem e descobrir o que estava acontecendo, mas o trem começou a andar e os dois rostos na plataforma deslizaram para a esquerda e sumiram de vista.

— O que foi isso, Iona? — perguntou ela, sentando-se de novo.

— Não faço ideia, docinho — disse Iona, examinando as unhas.

Emmie franziu a testa de novo. Uma coisa que havia aprendido sobre Iona era que quanto mais inocente ela parecia, mais culpada era.

Eram só três minutos de viagem entre New Malden e Raynes Park, portanto, antes que Emmie tivesse chance de solucionar o enigma, o trem estava chegando à plataforma seguinte.

Ali, parado como um poste de sinalização em uma estrada com tráfego em movimento, estava Jake. Quando o trem parou, ele acenou para elas. Então abaixou e pegou um cartaz, como o de New Malden, só que este dizia VOCÊ.

Os três minutos de Raynes Park para Wimbledon pareceram durar uma eternidade. Dessa vez, ela não se surpreendeu ao ver David, e uma mulher que ela deduziu que fosse sua esposa Olivia, de pé na plataforma. Eles sorriram e levantaram dois cartazes. Um dizia QUER e o outro SAIR.

— Emmie. Você quer sair.. — murmurou Emmie. — Iona, é uma mensagem para mim.

— Nossa, será? — disse Iona, tentando parecer surpresa e fracassando. Emmie não entendia como pôde ter imaginado que ela fosse uma atriz shakespeariana.

Levou quatro minutos até a plataforma seguinte, Earlsfield, surgir à vista, com Martha e seu namorado, Aaden. Seus cartazes diziam PARA e JANTAR.

A distância entre Earlsfield e Clapham Junction era mais longa ainda. Seis minutos inteiros. Emmie estava sentada na ponta do banco, o nariz quase tocando a janela. Ela o avistou de alguma distância. Seu amigo. Sanjay. Ele estava segurando um cartaz que dizia COMIGO?

Iona mexeu dentro de sua bolsa gigante. Ela tirou cartões e os empurrou sobre a mesa na direção de Emmie. Um dizia SIM, o outro dizia NÃO.

— Sinto muito — disse Iona. — Não tem um cartão dizendo NÃO SEI, POSSO PENSAR UM POUCO. Você vai ter que ir pelos seus instintos. Mas depressa. Antes que o trem comece a andar de novo. Ligeira!

Emmie pensou em como se sentia feliz e à vontade sempre que estava com Sanjay. Será que isso poderia ser o ponto de partida para algo mais? Lembrou-se de como tinha ficado decepcionada alguns minutos antes, quando vira que Sanjay não estava na estação em New Malden, e como ele era a pessoa com quem ela mais queria estar. Pensou em como ele era extremamente bonito, como a visão de sua barriga definida todas aquelas semanas atrás a tinha deixado sem ar, e em sua sensação irracional de ciúme quando achou que ele estava saindo com outra pessoa. Lembrou-se de Sanjay ajudando-a a sair da crise de pânico quando Toby estava ligando sem parar para ela. A única outra pessoa que ela conhecia que havia memorizado toda a tabela periódica em ordem e que amava Daphne du Maurier.

Talvez *já* fosse algo mais e ela só não tivesse percebido. Estivera tão ocupada olhando para trás, para sua vida perdida, que não vira o que se encontrava bem na sua frente. O gentil, adorável, absurdamente bonito Sanjay.

Mas, depois de ter se jogado tão de cabeça em um relacionamento que quase a destruíra, como Emmie podia confiar em si mesma outra vez? Não podia. No entanto, podia confiar em Iona. Iona, cujo dedo indicador estava deslizando um dos cartões em sua direção, incentivando-a em silêncio para que o escolhesse.

Emmie quase o pegou, até se lembrar de sua nova regra firme e decisiva: *Chega de Homens.*

Só que uma das coisas que Iona lhe havia ensinado era que regras existiam para ser quebradas. Espetacularmente, e com estilo.

Emmie se inclinou para a frente e levantou o cartão que dizia SIM.

Martha

Às vezes Martha achava difícil lembrar que o sr. Sanders era Piers. Ele parecia tão à vontade, sentado com os outros professores no palco do salão da escola, com a típica calça de veludo cotelê de professor e o suéter de lã cor de vinho da Marks & Spencer, que era impossível conciliar aquela imagem com o homem ríspido e arrogante vestido com roupas de grife em quem ela havia vomitado meses antes. O homem que falava alto demais no celular e ocupava muito mais espaço e sugava muito mais oxigênio do que seria a sua cota justa. Agora, ele estava no caminho de se juntar ao pequeno grupo de professores que conseguiam se equilibrar sobre a corda bamba entre tranquilo-e-na-paz e incapaz-de-manter-a-disciplina.

Havia um boato circulando de que existia alguma coisa entre o sr. Sanders e a srta. Copeland, a professora de artes, porque eles tinham sido vistos saindo juntos do depósito de materiais de artes, mas Martha não ia cair nessa assim tão fácil. Tinha passado tempo demais no lado errado da cadeia de fofocas para acreditar em tudo que ouvia. Talvez Piers só estivesse com uma necessidade absurda de argila para modelagem. Ou de uma folha de plástico adesivo.

Quando Martha estava saindo do salão, o sr. Braden, seu professor de teatro, a puxou de lado.

— Martha — disse ele, com uma expressão tão inescrutável que tornava impossível saber ia soltar uma má notícia ou não. Ela imaginava que anos de escola de teatro haviam lhe dado um controle supremo sobre os gestos faciais. Provavelmente era um módulo obrigatório. — Tenho uma carta para você e seus pais. Depois que tiverem a oportunidade de conversar sobre o que ela diz, me avise o que decidiram. — Ele lhe entregou um envelope fino e desapareceu de novo no meio da multidão antes que ela conseguisse pedir mais alguma informação.

Martha não abriu a carta até a hora do almoço, apesar de ela queimar em sua mochila como um isótopo radioativo. Carregara-a consigo a manhã inteira, esperando a hora de poder se encontrar com Aaden. Por algum motivo, tinha a sensação de que aquele não era um envelope que deveria abrir sozinha.

O refeitório já estava lotado quando ela chegou. Contornou as mesas periféricas de solitários e desajustados, com quem ainda sentia certa afinidade, e foi até a mesa de Aaden, bem no centro.

Jamais teria ousado se sentar ali alguns meses antes. Isso teria violado todos os códigos implícitos de panelinhas e hierarquias. Ela ainda era a mesma pessoa. Ainda magricela e desengonçada, ainda incapaz de aprender os modos de falar mais modernos, de usar os acessórios corretos ou idolatrar as celebridades certas, mas, por alguma incrível alquimia, o que antes era visto como *esquisito* se tornara *individualidade*.

— Oi, Martha! — exclamou Aaden, abrindo espaço no banco. — Que saudade de você!

— Faz só duas horas, seu bobo — disse Martha. — Olha, o sr. Braden me deu este envelope. Eu ainda não tive coragem de abrir. Deve ser alguma coisa bem nada a ver, mas...

— Quer que eu leia para você? — ofereceu Aaden.

— Não. Obrigada, eu leio. Eu só queria que você estivesse comigo — respondeu ela. — Para me dar apoio moral.

Martha abriu o envelope e tirou um papel dobrado. Passou os olhos pelo texto e o leu várias vezes em silêncio, tentando, sem sucesso, captar o sentido. Então passou a página, sem dizer nada, para Aaden, que leu a carta em voz alta.

Cara Martha,
Nick Braden, seu professor de teatro, teve a gentileza de me enviar um trecho em vídeo de sua recente produção de Romeu e Julieta. *Devo dizer que fiquei muito bem impressionado com a sua atuação.*
Estou no momento montando o elenco para uma peça no Young Vic Theatre. Há um papel pequeno, mas importante, para o qual eu gostaria muito que você fizesse um teste.
Se estiver interessada, talvez possa pedir a seus pais que me telefonem para conversar sobre detalhes, datas etc. O que acha?
Espero ter o prazer de conhecê-la em breve.
Atenciosamente,
Peter Dunkley
Diretor teatral

— Martha, isso é épico! — disse Aaden, olhando-a como se ela tivesse acabado de levitar vários metros acima do banco. O que, para falar bem a verdade, não seria mais surpreendente do que o que havia de fato acontecido.

Martha não conseguia falar. Só ficou ali, sentada, olhando para o papel em sua mão.

Sanjay e Emmie

— Onde eu ponho isto, Emmie? — perguntou Sanjay, segurando um bule de porcelana.

— Onde você quiser! — disse Emmie. — Este apartamento vai ser cheio de uma montoeira de coisas que não são úteis nem "trazem alegria" espalhadas pelos lugares mais aleatórios. Chega de Marie Kondo para mim.

Um apartamento com preço razoável tinha aparecido nas proximidades de onde Sanjay, James e Ethan moravam e Emmie aproveitou depressa a oportunidade. Era a solução perfeita: três paradas a menos até Waterloo, e perto o suficiente para eles poderem dormir um na casa do outro com facilidade, mas ainda dando a Emmie todo o espaço que ela queria. Sanjay tinha muita esperança de que um dia, em um futuro não muito distante, ela o convidaria para se mudar para lá, mas não iria apressá-la. A última coisa de que Emmie precisava era de mais alguém tentando controlar sua vida. E, de qualquer modo, eles tinham todo o tempo do mundo.

Jake havia se oferecido para supervisionar a retirada dos pertences de Emmie da casa de Toby; sua presença junto à porta da frente como um segurança presidencial fizera com que tudo transcorresse com relativa tranquilidade.

— Emmie — disse Sanjay, abrindo a caixa seguinte com um canivete. O cheiro reconfortante de livros muito manuseados se misturou ao perfume das flores que Sanjay tinha comprado como presente de primeiro dia na nova casa, e da limpeza completa que haviam feito no apartamento naquela manhã. — Posso fazer uma pergunta?

— Claro.

— Você quer conhecer a minha família? Achei que nós poderíamos almoçar lá no domingo — disse ele.

— Eu adoraria, Sanjay! — exclamou Emmie. — Sou louca para conhecer a Meera. Tenho certeza que vou gostar muito dela.

— Não tanto quanto ela vai gostar de você. Esteja preparada — disse Sanjay.

Ele pegou o celular e começou a digitar.

Mãe, posso levar minha namorada para almoçar aí domingo? Houve uma breve pausa antes que a tela se enchesse com a palavra NAMORADA?!, seguida por uma avalanche de emojis, aparentemente aleatórios. Ele tomou isso como um sim.

Sanjay levou uma pilha de livros para a estante e começou a guardá-los nas prateleiras. Um deles o fez parar, transportando-o para meses atrás. *Rebecca*, de Daphne du Maurier.

— O que você está olhando? — quis saber Emmie, sentando-se ao lado dele.

— *Rebecca* — disse Sanjay. — Eu amei este livro.

— Eu também — disse Emmie.

— O que você acha da sra. Danvers? — indagou Sanjay, mas, como na primeira vez que ele tinha lhe feito essa pergunta, ela não respondeu. Em vez disso, só se inclinou e o beijou, com tanta intensidade que fez a cabeça dele girar.

A sala, assim como algumas caixas semivazias e pilhas de pertences de Emmie, desapareceram. Todos os seus sentidos estavam focados inteiramente neles dois, no toque dos dedos dela em sua pele, a respiração em seu pescoço, os lábios nos seus.

Sanjay tinha entendido que não a amava desde que a vira pela primeira vez no trem. Ele amava a ideia que fazia dela. A fantasia que criara em torno de todas as perfeições que percebia em Emmie. Mas, agora, amava a Emmie *real*, com todas as suas manias e imperfeições. Todas as coisas que a faziam ser exclusivamente quem era.

Sanjay não estava pensando no que poderia dar errado, ou no que o futuro traria. Depois de tantas horas ouvindo o aplicativo de meditação Headspace, tentando dominar as técnicas de mindfulness, ele finalmente conseguira. Não havia outro momento além daquele momento perfeito; o aqui e o agora.

Ele passou a mão pelo cabelo de Emmie, enrolando-o em seus dedos, respirando o perfume dela, e soube que jamais ia querer estar em nenhum outro lugar.

Iona

— Olá, minha bela Bea — disse Iona.

Bea estava sentada na poltrona, olhando o pôr do sol pela janela. Virou-se para Iona e sorriu. Iona relaxou. Obviamente era um dos dias bons.

— É você outra vez — disse Bea. — Eu te conheço, não é?

— Sim, minha querida. Sou eu, Iona — respondeu.

— Iona. Esse é o nome da minha amada. Ela está em Paris, sabe? Olhe. Ela é linda, não é? — Bea apontou para uma fotografia emoldurada na estante, uma versão menor da imagem do cancã que decorava o sala da casa.

— Você é linda também, querida — disse Iona, seguindo o rumo da conversa de Bea. Tentar corrigi-la só a deixava mais confusa e incomodada.

Iona tinha aprendido que havia alguns problemas que não dava para resolver. Era preciso encontrar um modo de viver com eles. E, se Bea não podia mais estar com ela no mundo de Iona, então Iona estaria com Bea no mundo dela.

— Que tal fazermos uma viagem a Paris? — sugeriu Iona, caminhando até a velha vitrola sobre o móvel junto à parede. O disco de Cole Porter que ela queria já estava no prato, então ela só baixou a agulha sobre a faixa certa: Ella Fitzgerald cantando "Let's Do It".

— Ah, essa é a nossa música! — exclamou Bea, batendo palmas.

— Você me daria o prazer desta dança? — convidou Iona.

Ela estendeu a mão para Bea, que se levantou, pôs uma das mãos nas costas de Iona e segurou sua mão com a outra.

Iona cantou a letra da música baixinho, com a face encostada na de Bea. Fechou os olhos, e elas estavam de volta no palco de La Gaîté, enquanto a banda tocava no poço da orquestra e elas davam os primeiros passos em uma jornada que duraria a vida inteira.

Elas giraram pelo piso lustroso, em movimentos que incorporavam todas as danças que compartilharam juntas: girando como piões, braços estendidos e cabeça inclinada para trás, sob a chuva em um Champs-Élysées iluminado por lâmpadas a gás; rindo alto enquanto rodavam em pistas de dança em tantas cerimônias de inaugurações e premiações sob os flashes dos paparazzi; a belamente coreografada primeira dança no casamento delas, os smokings prateados idênticos, salpicados de pétalas de rosas.

— Eu te amo, Iona — disse Bea.

Iona não tinha certeza se Bea estava falando com ela, ou com a lembrança dela, mas, naquele momento, não importava de fato. De um modo ou de outro, as palavras pertenciam a ela, como sempre havia sido, como sempre continuaria a ser.

— Não tanto quanto eu amo você, querida Bea — respondeu.

— Nós somos o bolo inteiro — disse Bea.

— O bolo inteiro — ecoou Iona.

Nota da autora

Passei grande parte da minha vida em ônibus, trens e no metrô de Londres. Com frequência via os mesmos rostos e, como Iona, inventava apelidos para meus colegas de transporte e imaginava como seria a vida deles para além de nossa viagem compartilhada. Foi assim que começou a minha paixão por contar histórias.

Nunca falei com nenhuma dessas pessoas. E ninguém falou comigo. Teria sido muito *esquisito*. Uma vez, vi o rosto de um homem muito bem vestido no metrô começar a ficar verde. Todos olhamos para ele meio de lado, até que, em certo ponto, ele colocou sua elegante pasta de couro sobre o colo, a abriu e vomitou dentro. Depois a fechou de novo e desceu na parada seguinte. Ninguém disse uma única palavra. É isso que é ser londrino.

Vez por outra eu lia histórias no *Evening Standard* sobre homens que viajavam todos os dias de terno para o centro de Londres durante meses depois de perder o emprego, porque tinham vergonha de contar a verdade para os outros, e até para si mesmos. Eu ficava fascinada por essas histórias e me perguntava o que faria com que uma pessoa se comportasse assim. Essa pergunta se alojou em meu subconsciente e acabou se tornando Piers.

Cresci em uma casa às margens do rio Tâmisa em East Molesey. A casa, de fato, em que Iona mora. Descrevi essa casa de minhas lembranças da década de 80, por isso peço desculpas aos proprietários atuais que, sem dúvida, a ampliaram e modernizaram. Todos os dias meu pai pegava o trem de Hampton Court para Waterloo para ir trabalhar e, quando eu era adolescente, pegava a mesma linha para ir à escola em Wimbledon. Lembro-me de um grupo de meninas particularmente detestáveis de uma escola rival que me ridicularizavam por sempre estar com o nariz enfiado em um livro. Essa lembrança, junto a meu crush adolescente por David Attenborough, inspirou Martha.

Também tenho que pedir desculpas a todos que usam atualmente a linha de Hampton Court para Waterloo. Vocês vão notar que tomei certas liberdades com, como diria Iona, a actualité. O trem costuma sair da Plataforma 3 em Waterloo, mas Plataforma 5 apenas soou um pouco melhor para mim. Além disso, em algum momento da última década, o layout dos trens foi alterado para remover todas as mesas. Iona teria ficado horrorizada! Onde ela apoiaria sua xícara de chá e seu jornal? Felizmente, a alegria da ficção é que ela me permitiu corrigir esse erro medonho da South Western Railway.

Agora eu trabalho em casa e em bibliotecas e cafés, e nunca pensei que sentiria saudades daqueles dias em que me espremia em vagões sujos e malcheirosos. Mas, então, começou a pandemia e eu me vi lembrando daqueles tempos com uma inacreditável sensação de nostalgia. Também comecei a imaginar o que teria acontecido se eu tivesse ignorado a regra implícita do transporte público e tivesse tido a coragem de conversar com meus colegas passageiros. Em que aventuras essas conversas poderiam ter me levado?

E essa ideia se tornou este livro.

Uma observação sobre nomes. Aprendi que nomes têm poder. O determinismo nominativo é real. Quando um novo personagem começa a se formar em minha cabeça, o nome correto aparece lentamente ao lado dele. Então, assim que esse nome é vinculado ao personagem, começa a moldar seu comportamento. Isso é muito verdadeiro quanto a Hazard em *O pequeno caderno das coisas não ditas*.

O nome de Iona tem uma ressonância particular. Eu tive um amigo maravilhoso chamado Iver (de ascendência nórdica). Iver era fazendeiro e construtor — forte como um touro. Alguns anos atrás, ele decidiu passar uns meses na Tanzânia para usar suas habilidades ajudando uma instituição de caridade a construir moradias acessíveis para pessoas carentes. Enquanto estava lá, ele teve um infarto fulminante. A filha de Iver, Iona, é minha afilhada, e a viúva dele, Wendy, é uma de minhas melhores amigas. Então Iona recebeu este nome por causa de Iona e Iver, e, assim que eu lhe dei esse nome, ele começou a moldá-la. Iona desenvolveu as excentricidades de Iver, seu joie de vivre e seu modo de se vestir, junto à coragem, inteligência e imensa bondade de Iona. Ainda sinto saudade de Iver todos os dias e espero que, de alguma forma, ele saiba dessa personagem nomeada em sua homenagem e que a ame tanto quanto eu.

Sempre usei a escrita como terapia. Como uma maneira de encontrar sentido no mundo e explorar coisas que me incomodam. Foi isso que fiz com a maravilhosa Iona. Passei quase duas décadas no mundo embriagante da publicidade. No começo, eu adorava. Era agitado, criativo e meio louco. Eu tinha apenas trinta anos quando fui promovida para a diretoria da J. Walter Thompson. Era a diretora mais jovem, e uma das poucas mulheres. Menos de uma década depois, olhei em volta e me dei conta de que, aos trinta e nove anos, eu era uma das pessoas mais velhas no escritório. Também era tratada de um jeito diferente. Estava no auge de meu talento e, ainda assim, era vista como uma dinossaura. Ultrapassada e irrelevante.

Fico furiosa quando vejo que os homens, quando envelhecem, ganham *respeitabilidade*. Tornam-se *grisalhos charmosos*. As mulheres, no entanto, ficam invisíveis. Não podemos deixar que isso aconteça, minhas amigas. Precisamos todas *ser mais Iona*. Todas nós merecemos, como Iona, um Segundo Ato Triunfante. Escrever é o meu. Meu primeiro romance foi publicado quando eu tinha cinquenta anos e sou grata todos os dias a todas as leitoras e leitores no mundo inteiro que compraram e recomendaram meus livros. Vocês, com todas as letras, tornaram meu sonho realidade. Obrigada.

Agradecimentos

Esta história nunca teria sido contada se não fosse por três mulheres incríveis do mundo real.

A primeira é minha agente: Hayley Steed. O título "agente" não chega nem perto de descrever o papel que Hayley desempenha em minha vida. Ela é minha mentora, minha consultora, minha psicoterapeuta, minha gerente comercial, minha líder de torcida e minha amiga. Também é apoiada por um grupo fantástico e cheio de energia na Madeleine Milburn Literary Agency, que inclui a própria fenomenal Madeleine, Giles Milburn e Elinor Davies, pela equipe de direitos internacionais — Liane-Louise Smith, Georgia Simmonds e Valentina Paulmichl — e a agente de filme/TV Hannah Ladds.

As outras duas mulheres extraordinariamente talentosas a quem preciso agradecer são minhas editoras: Sally Williamson, na Transworld no Reino Unido, e Pamela Dorman, na Pamela Dorman Books nos Estados Unidos. Trabalhar com Sally e Pam, e suas assistentes, Lara Stevenson e Marie Michels, é um enorme privilégio. Como escritora, muitas vezes é difícil ver o quadro inteiro. A gente sabe que algo não está muito certo, mas estamos perto demais da história para identificar o que é. Minhas incríveis editoras sempre têm a coragem e a sensibilidade de me dizer quando algo não está funcionando, a criatividade e a visão para perceber como minhas palavras podem ser melhoradas, e o entusiasmo para me fazer seguir em frente.

Ser uma contadora de histórias é o melhor trabalho do mundo, mas pode ser difícil e muito solitário. Como muitos escritores (especialmente mulheres!), eu sofro de uma terrível síndrome do impostor, e com frequência duvido de meu próprio talento. É aí que amizades com outros escritores são tão importantes. Gostaria de agradecer ao Write Club — um fabuloso grupo de escrita formado quando todos nós fizemos o curso de escrita de romances da CBC em 2018. Obrigada a todos pelo apoio, sabedoria e humor: Natasha Hastings, Zoe Miller, Max Dunne, Geoffrey Charin, Maggie Sandilands, Richard Gough, Jenny Parks, Jenni Hagan, Clive Collins e Emily Ballantyne. Um enorme agradecimento também ao grupo D20 do Facebook, um grupo de colegas estreantes que compartilham a honra duvidosa de terem tido seus primeiros romances publicados no meio de uma pandemia global. Atravessamos isso juntos.

Obrigada também à minha maravilhosa colega escritora Annabel Abbs, e a meus primeiros leitores de confiança — Caroline Skinner, Caroline Firth e Johnny Firth.

O que me leva a meu marido, John. Estamos juntos há mais de duas décadas e, embora sua incapacidade de colocar os pratos na lava-louças ainda me deixe louca, casar-me com ele continua sendo a melhor decisão que já tomei na vida. Nenhum de meus livros existiria sem seu apoio e sua fé em mim.

Um enorme agradecimento, como sempre, para minha mãe e meu pai pela torcida incansável, e a meus três filhos maravilhosos. Este livro é dedicado à minha mais velha, Eliza, mas entendam que isso não significa que ela seja a minha preferida. Claro que eu amo todos eles apaixonada e igualmente. Gostaria, no entanto, de observar a Charlie que nunca terá um livro dedicado a ele até que se decida a fazer um esforço de ler pelo menos um!

É preciso uma equipe enorme de pessoas incrivelmente talentosas e dedicadas para pôr este livro em suas mãos, e sou grata a todos eles, que aqui estão:

Editorial
Rafaella Machado
Ana Paula Gomes
Raquel Tersi
Mallu Costa

Tradução
Cecília Camargo Bartalotti

Edição de texto
Fernanda Marão

Design
Juliana Misumi

Diagramação
Marcos Vieira
Mayara Kelly

Marketing
Everson Castro
Lucas Reis
Débora Souza

Produção
Marco Rodrigues
Marcos Farias

Comercial
Roberta Machado
Franciele da Silva

E-book
Rodrigo da Silva Barbuda
Roberto Barcellos
Myla Guimarães

Assessoria
Kátia Müller

Direitos autorais
Elisabete Figueiredo
Patricia Begari

Impresso no Brasil pelo Sistema Cameron da Divisão Gráfica da
DISTRIBUIDORA RECORD DE SERVIÇOS DE IMPRENSA S.A.